눈물은 어떻게 존재하는가

눈물은 어떻게 존재하는가

문서정 소설집

강

차 례

레
일
위
의

집

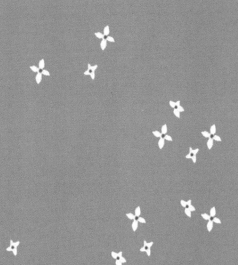

기차가 레일 위를 소리도 없이 달렸다. 새벽 5시에 부산에서 출발한 서울행 기차는 정확히 세 시간 뒤면 서울역에 도착할 것이다. 새벽에 리포트가 끝나는 바람에 나는 두 시간밖에 눈을 붙이지 못했다. 머릿속이 휑했고 눈꺼풀은 무거웠다. 손으로 마른세수를 하자 턱밑에 깔깔한 수염이 만져졌다. 면도를 언제 했는지조차 기억나지 않았다. 의자 깊숙이 몸을 들이고 눈을 감았다. 기차가 30분 간격으로 정차할 때마다 객실이 부산스러워 저절로 눈이 떠졌다. 뒷좌석 어디쯤에서 고래처럼 코를 고는 소리가 들렸다. 기차 통근에 이골이 났지만 새벽 시간에 잠을 이루기는 쉽지 않았다. 나는 창에 머리를 기댄 채 습관처럼 태블릿피시를 켰다. 바탕화면에 있는 J신문

앱을 눌렀다. 실시간 주요뉴스 창이 먼저 눈에 들어왔다. '빨간 모자의 주인은 누구인가?' 하는 머리기사를 클릭했다. 보름 전에 서울역 부근에서 노숙자의 시신이 이틀 간격으로 연달아 발견되었는데 첫번째 사건 현장 부근에서 빨간색 야구 모자를 발견했다는 내용이었다. 나는 커피 판매 카트를 밀고 다니는 승무원에게 원두커피를 한 잔 샀다. 커피는 지쳐버린 내 삶만큼 어두운 색이었다. 뜨거운 커피가 목구멍으로 내려가자 움찔 몸이 떨렸다. 기차는 커피가 위장으로 흘러 들어가는 속도보다 빠르게 터널로 진입했다.

*

　지금 여기서 담배를 피울 수 있다면 얼마나 좋을까, 만약에 지금 창밖에 눈이 내린다면 얼마나 좋을까, 소도시에 아름다운 전원주택 하나 가지고 있다면 얼마나 좋을까…… 수영은 기차 객실 밖 통로에서 가는 손가락으로 마술사처럼 허공에서 담배 한 개비를 집어 입술로 길게 빨아들이는 시늉을 하거나 뭔가를 코로 킁킁거리며 흡입하는 시늉을 하며 몽환적인 눈빛으로 말을 했다. 그건 수영이 담배 생각이 간절할 때 기차 객실 밖 통로에 서서 자주 하던 말이었다. 얼마나 좋을까, 라는 말은 두번째, 세번째 담배를 연달아 피우는 시늉을 할 때까지 계속됐다. 나는 빨리 대학원 학기를 마쳤으면 좋겠다거나, 논문이 통과되면 좋겠다거나, 내년엔 더 이상 임용고시를 치르지 않았으면 좋겠다거나 하는 말로 대꾸하지 않았다. 그런 말들은 그저 입안에서만 맴도는 쓸쓸한 문장들이었다. 대신 그저 지금 눈이 왔으면 좋겠다거나 서울에서 출발한 기차가 30분 만에 부산에 도착할 수 있다면 얼마나 좋을까 하는, 하나 마나 한 말들로 답을 했다. 레일도 없는 길을 바퀴도 없는 기차를 타고 하염없이 달려가고 있는 내 상황을 '얼마나 좋을까'라는 달콤한 말을 빌려 수영에게 말하고 싶지는 않았다. 기간제 교사 월급으로 대학원 학비와 생활비를 충당하고 있던 나는 좁고 낡은 오피스텔에서 나와 반지하 방을 알아봐야 할 상황이었다.

크리스마스를 며칠 앞둔 날, 나는 우동 전문점 '하루'에서 수영을 처음 보았다. 서울역에서 부산행 고속열차를 기다리는 동안 역사 3층에 있는 '하루'에 들렀다. 대학원 첫 학기 첫 수업을 마친 뒤라 긴장이 풀려서인지 속이 허룩했다. 막차 시간까지는 한 시간 남짓 남았고 가볍게 위를 채울 음식으로 우동이 적당하다고 생각했다. '하루'에 들렀을 때 가게는 손님들로 빼곡했다. 빈자리가 없었다. 출입문 입구에 커다란 크리스마스트리가 인공 눈송이를 흠뻑 맞은 채 자리를 잡고 있어 가게 안은 더욱 발 디딜 틈이 없었다. 돌아서려는데 맑고 경쾌한 여자 목소리가 들렸다. "여기 자리 있어요." 2인용 미니 테이블에 혼자 앉은 여자가 우동을 젓가락으로 한 가닥씩 집어 올리며 말했다. 한겨울인데도 하늘하늘한 시폰 보라색 원피스에 검정색 가죽 재킷을 입고 있었다. 언뜻 봐도 옷맵시가 좋아 보였다. 마치 계절을 앞당겨 패션 화보를 찍는 모델 같았다. 나는 여자의 맞은편에 앉아 우동을 먹으면서 휴대전화를 들여다보았다. 연인인 은정에게서 카톡 메시지가 여러 통와 있었다. 급등주통합검색기로 검색해보니 투자한 주식 종목이 많이 내려갔어. 거래 수수료만 너무 높아. 은정은 당장세상의 종말이 올 것처럼 침울한 표정의 이모티콘을 일곱 개나 보냈다.

"면 붙는다니까요. 우동 먹고 휴대폰 봐도 되잖아요."

여자가 오래 알고 지냈던 사람처럼, 어제도 만났던 사람처럼, 부드럽고 친밀한 목소리로 내게 말을 던졌다. 나는 앞에 앉아서 우동을 한 가닥씩 후후 불며 먹고 있는, 내 손바닥으로도 가려질 만큼 얼굴이 작은 여자를 바라보았다. 이십대 초반으로도 삼십대 초반으로도 보이는, 정확한 나이를 가늠하기가 어려운 얼굴이었다. 여자는 덧니를 드러내며 생긋 웃었다. 우동을 다 먹고 났을 때, 여자는 내게 냅킨을 건넸다. 내가 받지 않자 그녀는 쌍꺼풀진 큰 눈으로 '자, 어서 받아요' 하는 듯한 표정을 지어 보였다. 나는 이유 없이 친절하게 구는 그녀가 이상했다.

1월 하순이었다. 서울역에서 출발한 기차는 대전을 지나고 있었다. 고속열차를 놓치는 바람에 하는 수 없이 무궁화호를 탔다. 계절학기 교육대학원생들과 오랜만에 술을 마셨다. 차 시간에 맞추어 급하게 뛰어왔지만 다리가 풀려 눈앞에서 막차인 고속열차를 놓쳤다. 무궁화호는 새벽에야 부산에 도착할 것이다. 창밖은 짙은 어둠이 휴대전화 화면을 빠르게 넘기듯 지나가고 있었다. 속이 울렁거려 객실을 빠져나왔다. 통로에 이십대로 보이는 여자가 서 있었다. 여자는 창밖을 진지하게 쳐다보며 담배를 피우는 시늉을 하고 있었다. 긴 머리를 포니테일 스타일로 묶은, 보통보다는 조금 큰 듯한 키에 마른 체형이었다. 여자가 나를 힐끔 쳐다보았다. 피로한 듯 보였지만 다정한 눈빛이었다. "지금 담배를 피울 수 있다면 얼마나 좋을까요?" 여자가 담배 연기를 구름처럼 길게 내뿜듯이 숨을 들이쉬었다 천천히 내뿜으며 말했다. "아, 아니다. 술 한잔할 수 있다면 세상이 정말 근사할 텐데요" 하고 혼잣말하듯이 내뱉었다. 이내 푸후, 웃었다. 나도 웃었다. 그녀는 내가 누구든 상관없다는 듯이 막역하게 굴었다. 내가 한 번도 만나보지 못했던 유형의 여자였다. 얼굴이 유난히 조그맣던 여자, 사근사근하고 친밀한 목소리를 가진 여자, 한 달 전 '하루'에서 만났던 여자였다. "전자담배라도 피우지 그래요?" 내가 지인에게 말을 하듯 한마디 건넸다. "참, 그런 방법도 있었네." 그녀가 생긋 웃으며 반말을 했다. 내가 객실로 가려고 몸을 돌렸을 때, 그녀가 물었다. "이름이 뭐야? 나는 스윗 하우스야. 온라인에서 사용하는 닉네임이야. 그래도 영원한 내 사랑이나 슬픔이여 안녕이라는 닉네임보다는 쉽잖아. 스윗이 어려우면 그냥 수영이라고 불러. 스윗을 발음하기 쉽게 내가 지은 이름이야." 그녀가 후후 웃으며 내게 손을 내밀어 악수를 청했다. 그녀는 익히 잘 알고 있던 사람을 만나 매우 반가워할 때의 표정을 지었다. 나는 다음 역에서 내려야 해. 수영이 내게 손을 내민 채로 말했다. 나는 그녀의 손을 잡지 않았다. 그러나 나는 그때 이미 알고 있었다. 다음에 만나게 된다면 내가 먼저 그녀에게 손을 내밀게 될 것이라는 걸.

"야, 이봐!"

서울역의 3층 푸드숍 통로를 걸어가고 있는데 여자 목소리가 들렸다. 무심결에 뒤를 돌아보았다. 수영이었다. 3층으로 올라오는 무빙워크에 그녀가 서 있었다. 그녀는 무빙워크에서 내리자마자 안녕, 하며 내 어깨를 툭 쳤다. 나는 멈칫했다. 엉겁결에 오랜만이에요, 라는 말을 하고 말았다.

"하루, 가는 중인데 같이 갈래?"

나는 이번에도 엉겁결에 고개를 끄덕이고 말았다.

그녀는 지난번과 달라진 것이 없었다. 어깨까지 내려오는 구불거리는 머리카락을 한 손으로 잡고 이번에도 우동을 한 가닥씩 집어 올려 천천히 먹었다.

"왜 그렇게 먹어요?"

"음미하면서 아껴 먹는 거야. 하루 한 끼 이상 먹으면 안 되거든."

수영은 우동 한 가락을 나무젓가락에 감아올리며 말했다. 나는 왜 하루에 한 끼 이상 먹으면 안 되는지 물어보려다 그만두었다.

"이유가 뭐냐고 물으려고 했지? 이상한 여자라고 생각했지? 금방."

수영이 독심술을 하는 사람처럼 큰 눈을 살짝 치켜뜨며 물었다. 나는 수영을 쳐다보았다.

"방금, 왜 반말하느냐고 따지려고 했지?"

나는 어이없다는 표정으로 그녀를 빤히 쳐다보다 우동을 반 그릇이나 남겨둔 채 식당 출입문으로 걸어갔다.

"넌 네 꺼만 계산해. 내 껀 내가 계산해!"

수영이 나를 향해 큰 소리로 말했다.

서울역 3층 식당가에서 수영은 가끔 눈에 띄었다. 온라인에서 사용하는 이름이든 오프라인에서 사용하는 이름이든 '스윗'이나 '수영'이라는 이름은 제법 그녀와 잘 어울렸다. 예쁘고 경쾌하고 달콤한, 근심 걱정 없어 보이는 그녀의 이미지와 맞아떨어지는 이름이었다. 굳이 그녀를 찾으려 하지 않아도 그녀의 모습은 누구의 눈에도 띌 만큼 독특했다. 석류빛보다 더 짙은 빨간색 털모자를 쓰거나 무릎 위까지 올라오는 긴 부츠를 신거나 청 재킷과 청바지에 인디언들이나 신었을 법한 술이 많이 달린 스웨이드 부츠를 신었다. 그녀도 나처럼 서울과 지방의 어느 도시를 오가며 통근을 하거나 통학을 하는지도 몰랐다. 직장인이라면 비교적 스타일이 자유로운 패션 계통 직업을 가졌을 것이다. 어쩌면 고독한 아티스트나 미용 계통의 인기 유튜버일지도 모를 일이었다.

휴일에는 좁은 내 오피스텔에서 은정과 시간을 보냈다. 은정은 내 배를 베고 누워 드라마를 봤다. 미국 법정 드라마 「굿 와이프」를 다운받아서 연속적으로 보는 내내 은정의 손은 내 턱이나 머리카락을 쓰다듬거나 팬티 속을 드나들었다. "외출해서 돈을 쓰는 것보단 집에서 이렇게 알뜰한 주말을 보내는 것이 더 좋지 않아? 굿 와이프가 뭐 별거야? 알뜰한 주말을 책임지는 것도 굿 와이프가 할 일이지." 은정이 팝콘을 먹으며 후후 웃었다. 나는 응, 그래, 그래, 하고 말했다. 나는 주말에 번잡스런 시내를 돌아다니는 것도, 교외로 나가기 위해 은정의 작은 차를 타고 정체된 도로 위에서 몇 시간을 소비하는 것도 싫었다. 은정은 데이트 비용을 절감한 돈을 저금통에 집어넣었다. "우리 둘 다 학자금 대출금을 다 갚고 난 후에 결혼을 해도 되잖아." 그 말은 내가 임용고시에 합격해 정식 교사가 된 뒤에 결혼을 하겠다는 의미였다. 기간제 교사인 나와는 미래를 함께하기엔 불안하다는 의미이기도 했다. "구질구질하게 신혼 생활 하기 싫어서 그래." 은정이 투정 부리듯 얘기할 때마다 나는 응, 응, 하고 답을 했다. "너한테 말을 할 때에도 조곤조곤 목소리를 낮춰 말을 해야 하는 집에서 애를 낳아서 키우고 싶지는 않아." 은정은 예쁘고 감각적인 신혼 가구들을 잘 배치할 수 있는, 작은 평수라도 깨끗한 아파트를 얻고 싶어 했다.

은정은 부산에 있는 여자고등학교에서 영어를 가르쳤고, 나는 은정이 재직 중인 학교에서 4킬로미터 떨어진 남자고등학교에서 물리를 가르쳤다. 은정은 임용고시에 합격해 첫 발령을 받은 초임 교사였고 나는 3년째 기간제 교사였다. 은정과는 동갑이었지만 은정은 결혼을 서두르지 않았다. 주변 상황들이 결혼하기 가장 좋은 여건이 되었을 때 결혼하자고 했다. 재가했다 다시 혼자가 된 어머니가 장남인 내게 매달 돈을 좀 보내줄 수 있느냐고 데면데면한 목소리로 전화했을 때 은정은 마침 내 오피스텔에 있었다. 그녀는 남의 나라 얘기를 들은 듯 별다른 내색을 하지 않았다. 말없이 티브이 채널을 리모컨으로 이리저리 돌렸다. 전역해서 복학한 동생이 서울에서 쪼개기 방*을 전전할 때마다 형, 형, 사는 게 정말 좆같아, 하며 보내온 문자를 은정은 보고도 못 본 척해주었다. 엄

---

* 불법적으로 방 하나를 얇은 막으로 쪼개어 세놓는 방. 이삼십대 사이에 쓰이는 은어.

마나 동생의 연락을 받을 때면, 인생을 끝장내버리기라도 할 듯이 궤도를 이탈해 달리고 싶었다.

은정은 나와 데이트를 하지 않는 날에는 주식 공부를 했다. 학원에 등록해서 주식 강의를 들었다. "임용고시를 준비하느라 이십대를 다 보냈어. 삼사십대에도 집 한 채 장만하려고 평생 저축하며 제대로 된 여행도 못 가며 살긴 싫어. 그렇게 살지 않으려면 주식이 답이라고!" 주식 얘기를 할 때마다 은정의 목소리에는 활기가 넘쳤다. 가볍게 콧소리를 내기까지 했다. 은정과 함께 지내는 주말, 퇴근 후 임용고시를 준비하는 일, 더 나은 미래를 위해 방학 동안 계절학기 대학원에 다니는 일, 매일 똑같이 반복되는 학교생활, 숨 가쁜 일상이지만 내 삶과 은정을 그럭저럭 사랑한다고 여겼다. 수영을 만나기 전까진 분명 그랬다.

서울역 3층, 서점 가판대에서 나는 잡지를 보고 있었다. 부산행 기차가 도착할 때까지는 한 시간 남짓 남았다.
"이봐!"
돌아보니 빨간색 야구 모자를 쓴 수영이 커피를 들고 서 있었다. 수영이 커피가 든 종이컵을 내게 건넸다.
"이봐, 라니. 진짜 예의가 없네."
나는 불쾌한 표정을 지어 보이며 단호하게 말했다.

"그럼, 이름을 얘기해봐."

그녀는 아무렇지 않은 듯 내 쪽으로 턱을 살짝 치켜들며 말했다.

"좋아, 나도 온라인에서 사용하는 이름을 말할게. 서준."

"서준…… 모범생 같은 이름이네. 좋아. 앞으로 서준이라고 부를게."

수영의 건방진 말에 눈살이 찌푸려졌지만 내가 수영이라는 여자에게 무얼 기대한다는 게 우스워 피식, 웃고 말았다. 서준은 내 본명이었다. 온라인에서 사용하는 이름이 아니라.

서울역에서 수영을 만나지 못하고 부산으로 내려갈 때면 뭔가를 놓쳤다는 기분이 들었다. 어디선가 수영이 이봐, 서준, 하고 나를 부르며 튀어나올 것 같았다. 부산행 기차가 서는 6번 플랫폼으로 내려가는 에스컬레이터 앞에 서 있었다. "야!" 누군가 내 어깨를 쳤다. 수영이었다. 반가운 마음에 미소를 지었다. "거봐, 나를 기다리고 있었구나." 수영은 깔깔 댔다. 고개를 뒤로 젖혀 크게 소리 내어 웃다가 나를 빤히 바라보며 말했다.

"우리 앞으로 날짜, 시간 정해서 만날까?"

그건 질문이 아니었고 대담한 요구 같은 것으로 들렸다. 나는 얼떨결에 미소를 보내고 말았다. 그게 승낙의 의미로 비칠 수도 있다는 것을 모르진 않았지만 달리 거절의 의사를 나타

내지는 않았다.

그 뒤로 나는 수영을 대학원 수업이 있는 매주 화요일과 금요일, 서울역에 있는 '하루'나 할리스커피, 잡지 가판대 앞에서 시간을 정해 만났다. 대학원 수업이 있는 날이면 샤워를 더 꼼꼼하게 했고 가죽 재킷을 입었다가 알파카 오버코트를 입었다가 코듀로이 겨울 재킷을 입었다 하며 어떤 옷을 입고 나갈지 신경 썼다.

수영과 '하루'에서 돈가스와 우동을 먹고 역사 근처의 인도를 걸었다. 편의점에서 산 캔커피 하나를 나누어 마시며 걸었다. 그녀는 여전히 빨간색 모자를 쓰고 있었다. 앞창이 제법 길고, 정수리 부분에 빨간색 방울이 두 개 달려 있는 털모자였다.

"모자 쓰는 걸 많이 좋아하네. 혹, 모자 덕후?"

"그런…… 신상 캐기 놀이는 하지 마. 그래도 처음으로 질문을 했으니 처음이자 마지막으로 대답해줄게. 음…… 빨간색 모자는 내겐 부적 같은 거야. 어릴 때 찍은 가족사진을 보면 말이지…… 엄마나 아빠가 빨간 베레모를 쓴 나를 안고 있는 사진이 많아. 유치원 원복 모자였지만."

수영은 폴라로이드 스냅을 꺼내 버스 승강장에서 버스를 기다리고 있는 사람들을 찍었다. 빨간색 폴라로이드 카메라는 휴대전화 크기만 했다. 일본에서 나올 때 카메라를 챙겨 오지 못해서 급하게 하나 마련한 거야. 수영이 지나가는 바람에나 들릴 듯 웅얼거렸다.

수영은 자신에 대한 이야기는 한마디도 해주지 않았다. 내가 수영에 대해 아는 건 세 가지뿐이었다. 그녀의 이름, 그것도 본명이 아닌 온라인에서 사용한다는 이름을 알고 있었고, 그녀가 빨간색 모자를 즐겨 쓴다는 사실, 사진 찍는 것을 좋아한다는 것을 알고 있었다.

수영은 나에 대해서도 아무것도 묻지 않았다. 나이, 직업, 가족 상황 같은 것들에 대한 정보는 서로 묻지 않는 게 우리 사이의 규칙이었다. 그 규칙은 암묵적으로 수영이 정한 것이었다. 요컨대 서로에 대해서 안다고 한들 둘의 관계가 달라질 게 없었기 때문인지도 몰랐다. 수영을 만나면서도 은정이 생각나곤 했다. 그러나 수영을 만나면 자유롭고 편했다. 은정은 끊임없이 주식과 집 장만 이야기를 하고, 임용고시 준비 상황을 점검하고, 나의 모든 것에 대해 참견을 해대지만 수영은 한 번도 나에 대해 물은 적도, 내게 무언가를 해달라고 요구한 적도, 내 일에 참견한 적도 없었다. 휴대전화 번호도 물은 적 없었다. 은정에게 도의적으로 미안해할 일도 없었다. 수영과는 손도 한 번 잡아보지 않은 사이니까. 은정과 함께 있으면 안정적인 느낌은 받지만 갑갑했다. 은정은 대학원 진학을 미래에 대한 투자라고 말하며 나를 부추겼다. 무엇인지 설명할 수는 없지만 나는 어떤 변화나 강렬한 사건 같은 것을 열망하고 있었다. 한 번쯤은 궤도를 이탈해 달려보고 싶었다.

2월의 끝 무렵이었지만 추웠다. 사람들의 옷차림도 여전히 두툼했다. 캔커피를 손에 들고서 수영과 서울역 부근을 걸었다. 수영은 한 손을 내 코트 주머니에 넣은 채 한 손으로 캔커피를 들어 입으로 가져가며 말했다. "나는 원래 한곳에 오래 머물지 않아. 근데 너 때문에 서울역에서도 주로 3층 푸드가에만 있었어. 너와 자주 마주칠 수 있게." 마침 수영의 옆으로 옷을 여러 겹 껴입어 퉁퉁해 보이는, 얼굴이 시커멓고 부어 보이는 사내가 커다란 배낭을 메고 느적느적 걷고 있었다. 주위 사람들이 사내를 슬그머니 피했다. 행색이 노숙자 같았다. 나는 얼른 수영의 손을 잡고 내 쪽으로 끌어당겼다. 험악한 인상의 냄새나는 사내로부터 수영을 보호하려는 의도였다. 그때 수영이 불쾌하다는 표정을 지으며 나를 살짝 밀쳤다. "저 사람이 태어날 때부터 노숙자였겠어? 여우도 굴이 있고, 새들도 둥지가 있어. 저 사람도 집이란 게 있었을 거라고. 엄마 뱃속에 있을 때는 누구든 다 집을 갖고 있어." 나에게 무안을 주는 말투는 아니었다. 누군가에게 따지는 듯한 딱딱한 말투였다. 수영은 고개를 돌려 사내가 걸어가는 뒷모습을 바라보았다. 이내 내 코트 주머니에서 손을 빼더니 마시던 커피를 내게 주며 총총걸음으로 먼저 갔다.

은정은 내 오피스텔에 들어서자마자 아, 이게 뭐야를 연발했다. "일주일 전에 정돈해준 게 다 엉망이 됐잖아." 소파에 널브러져 있는 옷가지, 개수대에 들어 있는 식기들, 책상 위에 흩어져 있는 필기구들, 책상 모서리에 책들이 탑처럼 쌓여 있는 것을 보며 미간을 찌푸렸다. 커피머신에서 커피를 내려 마시는 동안에도 어디부터 정돈할까 궁리를 하는 표정이었다. 책상 위 달력 표지가 5월에 멈춰 있는 것을 본 은정이 달력을 뒤로 넘기며 샐쭉한 표정으로 나를 쳐다보았다. "지금 6월 하고도 일주일이 지났다고. 뭐든 깨끗하게 정리해두어야 좋은 기운이 들어온다고." 나는 그제야 대학원 여름학기가 곧 시작된다는 사실을 생각해냈다. 지난 2월에 수영을 본 게 마지막이었나? 그날이 언제였는지 감감했다. 한 달 뒤면 다시 수영을 만나게 될 거라는 생각에 묘한 흥분이 일었다.

대학원 두번째 학기, 여름학기 첫 수업이 있는 날, 서울역에서 내리자마자 나는 역사 안을 눈으로 훑었다. 수영은 보이지 않았다. 수많은 사람들이 개미떼처럼 들고 나는 역사에서 몇 개월 만에 수영을 찾기란 쉽지 않았다. 허전한 발걸음을 학교로 향하기 위해 1호선 플랫폼으로 옮겼다. 수영은 지난해 겨울, 나를 만나는 내내 그녀가 찍고 있는 사진들에 대해 이야기를 했다. 자신이 찍고 있는 사진에 대해 들어줄 사람이 이 우주에는 오로지 나밖에 없다는 듯이. 나는 그런 느낌이 나쁘지 않았다. 예쁘고 발랄한 여자의 우주가 된다는 느낌은 특별한 것이었으니까.

　오후 늦게 수업이 끝나자마자 서울역으로 향했다. '하루'에 들러 시장기부터 면하고 역사 안을 찬찬히 둘러볼 계획이었다. 국물이 얼큰한 가쓰오우동을 천천히 먹었다. 혹시나 수영이 나타날지도 모를 일이었다. 수영은 나타나지 않았다. '하루' 옆 버거킹을 지날 때였다. 수영이 이어폰을 낀 채 휴대전화를 들여다보고 있었다. 버거킹은 벽과 출입문이 아예 없는 매장이었다. 수영의 테이블로 다가가 어깨를 가볍게 쳤다. 수영이 고개를 들어 나를 빤히 올려다보았다. "이봐, 수영, 잘 지냈어?" 내가 그녀의 말투를 흉내 내며 다시 한 번 그녀의 어깨를 톡, 톡, 건드렸다. 수영은 아무런 말을 하지 않은 채 버거킹 밖으로 나갔다. "오랜만인데 반갑지 않아?" "온다 간다 말도 없이 사라져버린 사람을 내가 왜 반가워해야 해?" 수영이 정색을 하고 대들었다. "아까 뭘 골똘히 보던데 뭘 보고 있었어?" 내가 다시 그녀의 어깨를 톡, 톡, 톡 두드리며 물었다. "일본어 공부. 안 쓰니까 자꾸 단어를 잊어버려. 도로 일본으로 갈 수도 있으니까. 그리고 사진 잘 찍는 방법을 유튜브를 보며 공부하고 있었어." 수영은 언제 뾰족한 표정을 지었냐는 듯이 밝은 톤으로 대답을 했다.

　수영과 유쾌하게 안부 인사를 나누고 할리스에서 커피를 사서 나왔다. 곧바로 부산행 열차를 타야 했다. 수영이 버거킹 매장에 있다가 나를 보자 따라 나왔다. 플랫폼으로 내려가는 에스컬레이터에 오를 때 수영의 눈가가 파르르 떨리는 것을 보았다. 뭐랄까 슬픈 표정이 얼핏 스치고 지나갔다고나 할까. 이내 수영이 나를 향해 미소를 지으며 잠깐 기다려! 나도 기차표 사서 탈게, 하며 매표소 쪽으로 뛰어갔다.

수영은 부산까지 갔다가 바로 서울로 돌아오겠다며 막무가내로 기차에 올랐다. 수영은 좌석에 오래 앉아 있지 못했다. 수시로 객실을 빠져나가 통로에 서서 담배를 피우는 시늉을 하다가 왔다. "답답해서 그래. 기압 때문에 귀가 멍해져서 그래. 가슴이 갑갑하기도 하고." 객실 밖 통로에 서서 수영은 숨을 몰아쉬며 창밖 풍경을 바라보았다. "이럴 때 담배 한 개비를 피울 수 있다면 얼마나 좋을까?" 수영이 눈으로 그치, 라는 말을 건넸다. "이게 그냥 담배를 말하는 게 아니라는 걸 범생 선생은 모를걸?" 수영이 하하, 웃었다. 심장이 쿵, 했지만 모른 척하며 물었다. "내가 교사라는 걸 어떻게 알았지?" "그걸 모르면 바보지. 딱, 전형적인 선생 타입인걸." 높다랗게 줄을 지어 서 있는 아파트들, 짙은 초록빛으로 물든 낮은 구릉들, 연한 녹색빛으로 잔잔하게 흘러가는 강물들, 철길 부근에 옹기종기 모여 있는 주황색이거나 파란색 기와를 이은 집들이 빠르게 스쳐 지나갔다. "저렇게 평화로워 보이는 집에는 어떤 사람이 살고 있을까? 저 사람들은 얼마나 좋을까……" 수영이 말끝을 길게 흘렸다. "나는 저런 풍경을 찍는 사진작가가 되고 싶어." 그녀의 표정이 다시 밝아졌다. "내가 근사한 사진작가가 되면 너한테 프러포즈할지도 몰라. 기다리고 있어." 그녀가 고개를 좌우로 가볍게 까닥거리며 미소를 지었다. 나는 그녀의 어깨를 조용히 감싸 안고서 그 작은 얼굴을 두 손으로 받쳐 들고 그녀의 입술에 내 입술을 살며시 갖다 댔다. 우리들 사이에 조심스러운 우정 같은 게 존재한다는 걸 보여주고 싶었다. 그녀의 꿈을 격려해주는 의미이기도 했다. 그녀가 내게서 몸을 떼며 깔깔댔다. "진심이지? 지금, 거짓된 행동 아니지?" 내가 눈을 크게 뜨고 쳐다보았다. 가볍게 입맞춤한 것을 수영이 지나치게 해석하는 것 같아 적잖이 놀랐다. "나를 친구 이상으로 생각한다는 의미이지? 그렇지?" 나는 눈으로 농담하는 거야, 진담하는 거야, 라고 그녀에게 물었다. "연인 같은 감정이었다고 빨리 말해. 말하지 않으면 객실로 들어가 큰 소리로 말할 거야. 이 남자가 성추행했다고." 그녀는 재미있어 죽겠다는 표정을 짓고 있었다. 나는 얼떨결에 그래, 그래, 하고 말했다. "의례적인 행동 아니지? 만약 그렇다면 객실로 진짜로 뛰어들어가 말할 거야. 아니면, 기차역 신고센터에 나도 당했다, 라고 '미투' 신고 접수할 거야." 나는 당황한 나머지 "진심이야" 하고 둘러댔다. 수영이 애틋한 눈빛으로 나를 바라보며 내 뺨과 귀와 목을 어루만졌다.

나는 가끔씩 수영의 블로그를 방문했다. 수영의 블로그를 찾기란 어렵지 않았다. 네이버에서 스윗 하우스를 검색하니 여러 사이트가 올라왔고 그중 한 사이트를 클릭하니 바로 수영의 블로그였다. 블로그 이름이 '스윗 하우스 갤러리'였다. 블로그에 카테고리는 세 개밖에 없었다. 길 위에서, 타인의 집, 빨간 모자. 각 카테고리에는 사진들만 올라와 있었다. '길 위에서'에는 풍경, 사물, 인물들 사진이 있었고, '타인의 집'에는 주로 공간, 건물, 주택 사진이 있었다. 나가사키 시내에 있는 예쁜 찻집, 갤러리, 주택 사진들이 간단한 설명과 함께 올라와 있었다. '빨간 모자'에는 예쁜 모자 사진을 찍어 올려두었다. 빨간 색상의 모자가 대부분이었다. 나는 수영이 어떤 사람인지 궁금할 때마다 그녀의 블로그를 방문했다.

모텔에 들어섰을 때 수영은 수줍어했다. "날씨가 너무 춥지만 않다면 산책을 해도 되는데⋯⋯" 그녀는 끝말을 얼버무렸다. 수영과 모텔에 오는 게 당연한 순서 같기도 했다. 여름과 겨울, 두 계절 동안 만났지만 햇수로는 벌써 일 년이 넘었다. 이제는 뭔가 새로운 관계의 시작, 아니면 관계의 진화를 할 때가 된 것도 같았다. 만남, 기다림, 설렘, 연민, 확인, 그다음 순서는 섹스가 아닐까?

은정과는 한 달에 한 번씩은 섹스를 했다. 은정의 엉덩이를 손으로 움켜잡고 후배위를 하다가도 이처럼 의무적이고 지루한 일을 왜 할까, 하는 생각을 할 때가 많았다. 수캐가 암캐 뒤꽁무니에 달려들어 순식간에 교미를 하고 내려오듯이 급하게 은정의 몸에서 떨어져 나올 때면 씁쓸했다.

수영이 먼저 욕실로 들어갔다. 나는 지금 후회할 행동을 하고 있는 것은 아닌지 혼란스러웠다. 은정의 얼굴도 떠올랐다. 침대에 누워 천장을 바라보다 침대에 걸터앉았다. 수영의 팬티와 브래지어가 바닥에 떨어져 있었다. 손으로 주워 다시 콘솔의자 위에 걸쳐놓다가 이상한 생각에 휩싸였다. 수영의 속옷들은 겉옷과 달리 남루했다. 행거에 걸린 수영의 캐멀색 롱코트와 초콜릿색 머플러는 꽤 고급스러워 보였고 그녀가 늘 메고 다니는 버버리 백팩도 세련된 디자인이었다. 그녀의 속옷은 재래시장의 어지러운 좌판에서 묶음으로 산 것처럼 디자인과 질감이 조악했다. 게다가 팬티의 아랫부분은 천이 닳아 구멍이 나기 직전이었다. 상한 치즈나 버터에서 나는 누릿한 냄새까지 났다. 수영이 어떤 사람인지 의심스러웠다. 짓궂은 막내 삼촌이 자주 너스레를 떨며 하던 말이 떠올랐다. 야인마, 장미는 가시가 있는 법이야. 자나 깨나 여자를 조심해야 해! 수영은 대체 몇 명의 남자와 이런 식으로 모텔을 드나들었을까? 화려한 외모나 말투만으로 본다면 수영은 그러고도 남을 사람 같았다. 수영이 샤워를 마치고 나왔을 때 "부산으로 지금 내려가야 해. 엄마가 많이 다치셨대." 재킷에 급하게 팔을 꿰며 말했다. 샤워 타월로 몸을 감싼 수영이 나를 물끄러미 바라보았다. 묘하게 웃는 듯 우는 듯한 표정을 지었다. 어딘가 허탈하고 난감한 표정이었다. 그녀를 애써 외면한 채 나는 빠른 걸음으로 모텔 복도를 빠져나왔다. 수영에 대한 의심과 어지러운 생각을 떨쳐내려고 뒤도 돌아보지 않고 서울역으로 향했다.

모텔 사건 뒤 어느 오후에 '하루'에 들른 날이었다. 그날은 '하루'에서 간단히 요기를 하고 일찍 기차에 오를 생각이었다. 주방 쪽에서 오십대의 중년 남자가 걸어 나왔다.

"늘 같이 다니는 여자분에게 말 좀 전해줘요. 그 여자분 휴대전화는 사용 중지됐지, 어디 연락할 방법이 있어야지. 마침 잘됐네, 남자 친구분을 만나서. 그 여자한테 맡겨놓은 캐리어를 좀 빨리 가져가달라고 전해줘요. 하루만 맡기겠다고 해서 그러라고 했는데 일주일이 지나도록 가지러 오지 않는다니까."

"캐리어요?"

나는 뜻밖의 이야기라 영문을 모르겠다는 어조로 물었다.

"주방 입구 옆에 세워둔 남산만 한 캐리어 두 개 안 보여요? 그 여자분 말입니다. 애인인지 어떤 사이인지 모르겠지만. 이 가게 저 가게에 캐리어를 맡기나 보던데 우리 가게엔 이제 더 이상은 안 돼요, 안 돼!"

남자의 입에서 새어 나오는 숨소리가 거칠었다. 남자는 말을 마치자마자 신발을 거칠게 끌며 주방으로 걸어갔다. 주방 입구에 송아지 한 마리 정도는 들어갈 만큼 큰 캐리어 두 개가 보였다. 캐리어는 내가 여태 본 여행 가방 중 가장 남루했다. 새것이었을 때는 밝은 코발트색이었을 것이다. 지금은 색상이 다 벗겨져 알루미늄 색상이 그대로 다 드러나 있었다. 표면은 흠집투성이였고 캐리어 바퀴도 반은 사라지고 없었다. 수영은 나와 연인 사이도, 그와 비슷한 어떠한 관계도 아니었다. 그런데도 나는 지금 연인에게 뒤통수를 맞은 것 같은 배신감이 들었다. 언제나 깔끔하고 세련된 옷차림을 하고 다니는 수영이 거처도 없이 떠돌아다니는 사람이었다니…… 얼마 전 모텔에서 본 수영의 남루한 속옷이 떠올랐다. 그러고 보니 나는 수영에 대해 아무것도 아는 게 없었다. 일주일 동안 수영을 보지도 못했다. 우동을 한 젓가락도 먹지 못하고 국물만 조금 떠먹다 '하루'를 나왔다. 커피숍에서 아메리카노를 사서 마시는 동안 유리창 너머로 기차 출발 시간을 알리는 전광판만 바라보았다. 승강장으로 걸어가는데 서준, 서준, 하고 나를 부르는 수영의 목소리가 들렸다. 나는 돌아보지 않았다. 마치 신발창에 껌이라도 붙을까 봐 급히 발걸음을 떼는 사람처럼 잰걸음으로 플랫폼으로 내려왔다.

3월 봄이었다. 임용고시에 합격한 후 부임한 고등학교에서 바로 1학년 담임을 맡았다. 학기 초인데다 처음 맡은 담임인지라 집에 들어가면 샤워도 못하고 곯아떨어졌다. 그동안 나는 수영을 까맣게 잊고 지냈다. 7교시 수업을 마치고 교무실

의자에 앉아 손바닥으로 눈을 지그시 누르고 있었다. 학생 한 명이 교무실로 들어오더니 선생님, 어떤 분이 선생님을 찾아요, 하면서 교무실 창가로 가서 운동장의 축구 골대 근처를 가리켰다. 4층 교무실에서는 축구 골대 부근에 있다는 사람이 잘 보이지 않았다. "누구? 교무실을 가르쳐주지 그랬어." "운동장에서 기다리고 있겠대요." 나는 고개를 갸웃거리며 급하게 계단을 내려갔다. 운동장 뒤쪽 나무 아래에서 수영이 튀어나왔다. "야, 오랜만이다." 수영이 웃으며 손을 흔들었다. 수영은 몰라보게 몸이 말라 있었다. 빨간색 야구 모자 아래로 보이는 퀭한 눈은 커다란 구멍 같았다. 나를 보며 웃고 있었지만 지독한 피로감이 얼굴 여기저기에 묻어 있었다. "대체 무슨 일이야? 어떻게 알고 여기까지 찾아왔어?" 나는 당혹스러워서 수영을 보자마자 쏘아붙였다. 반가운 마음이라곤 손톱만큼도 없었다. "부산에 있는 중학교와 고등학교 홈페이지를 다 뒤졌어. 서준, 이라는 이름이 본명인 건 진작부터 알고 있었거든." 수영이 소리를 내지 않고 겸연쩍게 웃었다. 학생들이 힐끔거리며 우리들을 쳐다봤다. "선생님, 우, 우, 우, 우!" 탄성을 내지르며 가는 학생도 있었다. 나는 급하게 퇴근 준비를 해서 다시 운동장으로 내려왔다. 그녀는 운동장 위로 저녁 이내가 뒤덮이는 풍경을 바라보다가 내게로 고개를 돌렸다. 그녀의 한쪽 얼굴에도 검푸른 이내가 내려앉았다. 서울에서는 보지 못했던 쓸쓸한 낯빛이었다. 그녀 옆에는 예전에 보았던 커다란 남색 캐리어 두 개가 있었다. 짜증이 치밀었지만 나는 얼른 캐리어를 차 트렁크에 싣고 그녀를 차에 태웠다. 어디로 갈까 잠시 망설였다. 내가 서울역에서 수영을 만나 잠시 친하게 지냈던 건 사실이었다. 부산에 내려와서도 한동안 그녀가 종종 생각났던 것도 틀림없는 사실이었다. 그렇다고 해서 수영이 어린 송아지만 한 캐리어 두 개를 끌고 내가 근무하고 있는 학교까지 찾아올 이유는 없었다. 연인 사이라면 모를까. 그렇지만 수영을 저녁만 먹여서 돌려보낼 상황은 아니라는 것쯤은 직감적으로 알았다. 내 오피스텔로 차를 몰았다.

오피스텔에 도착하자마자 수영은 캐리어 두 개를 현관 입구에 두고선 실내를 구경했다. "정말 좋은데? 겉모습과는 달리 실내는 정말 깔끔해. 스윗 하우스야." 수영은 감탄사를 연발했다. 나는 아무런 대답도 하지 않았다. "좁지만 당분간은 같이 지낼 수 있겠어." 수영의 말에 얼굴이 확 달아오르는 게 느껴졌지만 대답을 하지 않았다. 내가 커피콩을 갈아 커피를 내릴 동안 수영은 방이며 욕실, 좁은 조리대 위의 싱크대 문을 열어보고 있었다. 막역한 것을 넘어 예의 없이 구는 모습에 짜증이 났다. 조리대 수납장 문을 열어보면서 수영이 말했다. "당분간, 아주 당분간만 같이 지내도 되지? 재워주는 대가로 뭐라도 할게. 청소나 마트 가기 같은 거 말이야. 밤에는 바깥에서 적당히 시간을 보낼 생각이야. 부산역이 좋겠네. 네가 출근을 하고 나면 내가 집에 들어와서 잘게." 싱크대에서 머그잔 두 개를 꺼내다 수영의 말에 멈칫했다. 아래는 빨간색이고 위는 흰색인 머그잔은 서울역 근처에 있는 가게에서 수영이 골라준 거였다. 생활밀착형 실용도자기라며, 실제 일본 사람들 식탁 위에는 이런 간결한 디자인의 찻잔이 많다며 적극 추천했다. 나는 머그잔 가득 커피를 따르다가 쏟았다. 수영이 얼른 휴지로 조리대를 닦으며 괜찮아? 하는 표정을 지었다. "내가 아직 근사한 사진작가가 되지 못했으니 프러포즈하는 건 아니야. 놀라지 마. 아주 잠시 동안만, 보름 정도만 홈셰어하면 안 될까?" 수영이 후후 웃으며 말했다. 나는 거의 폭발 직전이었다.

"아, 커피 향 참 좋아."

소파에 앉은 수영은 커피를 몇 모금 마시고 내려놓았다. 어둑한 거실 창으로 눈비가 내리고 있었다. 너무 고요해서 벽시계 소리 외에는 아무런 소리도 들리지 않았다. 나는 커피를 들고 거실 창가에 서서 밖을 바라보았다. 건조해진 입술을 혀로 핥았다. 입술에 묻어 있는 커피의 맛이 씁쓸했다. 수영이 꼭 다문 입술을 천천히 뗐다.

"3월인데…… 눈인지 비인지 모르겠네."

"너야말로 무슨 생각으로 이러는 건지 모르겠어. 대체 나와는 무슨 사이라고…… 이렇게 불쑥…… 약간의 우정이 있었던 건 맞지만. 그것도 일정한 거리가 있는 우정이었어."

수영의 얼굴이 희미하게 일그러졌다. 이번엔 그녀가 한동안 아무런 말이 없었다. 그녀는 왼손 손가락 끝으로 오른손 손가락 끝을 계속 문질렀다. 몇 번이나 머그잔을 쥐었다가 도로 놓았다. 나는 그녀가 하는 행동을 말없이 지켜봤다.

"2년 동안 서울역 근처에 있는 찜질방에서 자거나 무궁화호 안에서 잤어. 아침부터 밤까지는 종일 서울역사 안에서 시간을 보냈고. 오랜 찜질방 생활에 이명이 생겼어. 환청이 들리기도 해. 이젠 찜질방에서 잘 형편도 못 돼. 이젠 정말 거리에서 자야 할 판이야. 남은 돈을 몽땅 털어서 부산행 차표를 샀어. 도로 일본으로 가고 싶진 않아. 그런 생활을 다시 하고 싶진 않아. 아주 잠시만 집을 나눠 쓰면 안 될까? 지금 나한테는 너밖에 없어……"

"이 집은 나 혼자만 사는 집이 아니야. 주말이면 여자 친구와 함께 지내는 집이야. 뭐라도 해보지 그래. 무슨 일이라도."

"……다들 그렇게들 말하지. 젊은 사람이 뭐라도 해보지 그러느냐고. 뭐라도 할 수 없는 사람들도 있다는 걸, 그럴 만한 사정이 있다는 걸 사람들은 몰라. 나는 열일곱 살 이후로는 집을 가져본 적이 없어. 그거 알아? 누구도 우동 한 그릇으로 하루를 버티고 싶은 사람은 없어!"

수영이 소리를 크게 내어 격하게 말했다.

"어디 쉼터 같은 데 알아봐줄게. 자립할 수 있을 때까지 도와줄 수 있을 거야."

"박서준 선생님!"

수영이 처음으로 내 이름을 성까지 붙여 제대로 불렀다.

"박서준 선생님에게 나는 그냥 처리해버려야만 될 낡은 여행 가방이었네. 여행지에서는 유용했을지 모르겠지만. 그동안 실례가 많았어."

말을 마친 수영은 참담한 눈빛으로 나를 바라보았다. 이내 소파에서 일어나 캐리어를 끌고 나갔다. 나는 아무런 행동도 취하지 못하고 그 자리에 그대로 서 있었다. 테이블 위에는 커피가 절반이나 남아 있는 수영의 머그잔과 그녀가 즐겨 쓰던 빨간색 야구 모자가 놓여 있었다. 나는 지갑에 있는 지폐를 급하게 꺼내 빨간 모자를 들고 골목으로 뛰어나갔다. 수영은 보이지 않았다. 골목 곳곳을 살폈지만 수영은 없었다.

며칠 내내 오피스텔 정문 어귀에서 캐리어를 끄는 소리가 들렸다. 저녁을 먹으려다, 침대에 누우려다 벌떡 일어나 뛰어가보았다. 수영은 어디에도 없었다.

대학원 네번째 학기 마지막 수업을 마치고 서울역 커피숍에서 기차를 기다리고 있었다. 8월 끝 무렵이고 폭우가 내린 직후여서인지 역사 내는 선선했다. 서울역에만 들어서면 나도 모르게 두리번거렸다. 혹시라도 수영을 만날 수도 있을 거라는 이상한 기대감이 작용했기 때문이었다. '하루'로 발걸음을 옮겼다. 가게 안 메모판에 사진들이 걸려 있었다. 대부분 풍경 사진들이었다. 서울역 대합실의 의자, 우동 가게에 있는 긴 벤치, 오래된 단독 주택들이 어깨를 맞대고 있는 좁은 골목길, 아담한 개인 주택의 저녁 테라스 풍경, 시골집 텃밭, 견본주택 내 어린이 침실 사진이 걸려 있었다. 나는 그 사진을 누가 찍었느냐고 주인에게 물어보지 않았다.

기차를 타러 플랫폼으로 내려가면서 역사 안에 있는 편의 시설들을 올려다보았다. 당분간 서울역이 그리워질지도 모를 일이었다. 다음 학기는 논문만 쓰면 되니 자주 올 필요가 없을 것이다. 대기실 벽면에 걸려 있는 대형 티브이에서 저녁 뉴스가 나오고 있었다. 며칠간 계속 내린 폭우로 강물이 불어서 산에 있는 텐트가 떠내려가는 영상이 나오고 있었다. 화면에는 '야산에서 텐트를 치며 사는 사람들 폭우로 집을 잃어'라는 자막이 나왔다. 집이 없어 야산에서 텐트를 치며 사는 사람들 이야기였다. 카메라는 강물에 텐트가 떠내려가는 것을 망연자실 바라보고 있는 사람들을 계속 비추었다. 화면에 빨간색 바탕에 흰색 문양이 새겨진(흰색 바탕에 빨간색 문양이었던가) 야구 모자를 쓴 젊은 여자의 모습이 잠깐 비쳤다. 나는 아, 하는 짧은 탄식을 내뱉었다. 수영의 모습이 겹쳐졌기 때문이었다. 그녀는 아직도 어딘가를 흘러가고 있는 것일까. 좁은 방 하나 없이 어디로 떠내려가고 있을까. 나는 다시는 수영을 만나지 못하리라는 것을 알았다. 흘러가는 것들은 잡을 수 없으니까. 흘러가는 것들은 머물지 않으니까. 그녀가 부디 큰 파도에 휩쓸려 떠내려가지 말고 흐르고 흘러 어딘가에 정착하기를 바랐다. 기차에 올라 자리에 앉자 눈물이 차올랐다. 기차가 출발했다.

*

기차가 광명역에 도착할 때쯤에야 수영에 대한 기억에서 빠져나왔다. 2년을 쉬다 이번 학기에 다시 석사학위 논문을 준비하고 있었다. 은정에게서 카톡 메시지가 와 있었다. 강남에 가거든 교보문고에 들러 부동산 관련 신간 서적들을 훑어보고 와. 은정은 요즘 부동산 관련 책과 부동산 관련 밴드에 심취해 있었다. 은정은 지금 같이 살고 있는 오피스텔을 전세로 돌리고 난 뒤, 내년쯤 결혼을 하자고 했다. 다시 한 번 태블릿피시를 켜서 기사를 검색했다. 서울역 부근에서 두 명의 변사자가 발견됐기 때문인지 서울시의 복지 문제, 부랑자 수용 시설의 사각지대 등에 대해서 논쟁들이 많았다. 모든 언론 매체들의 기사는 변사자가 자연사인지 타살인지에 초점이 맞추어져 있었다. 경찰 관계자는 '사인 규명을 위해 부검을 실시했다. 약물에 의한 사망으로 추정하고 있다. 빨간 모자의 주인을 유력한 살인 용의자로 보고 있다. 빨간 모자의 주인을 찾는 데 수사의 초점을 맞추고 있다'고 보고했다.

기차는 한 무리의 사람들을 광명역에 부려놓았다. 한 무리의 사람들이 객실 안으로 들어오자 기차는 소리도 없이 서울역을 향해 달렸다. 창으로 아침 햇살이 들어왔다. 나는 창에 머리를 기댄 채 눈을 감았다. 사람들이 몸을 움직이는 소리, 컴퓨터 자판을 톡, 톡 두드리는 소리, 휴대전화 진동음 소리, 책장을 넘기는 소리가 들렸다. 수영이 이봐 서준, 하며 나를 부르는 소리가 들렸다. 캐리어를 끄는 소리도 들렸다. 눈을 번쩍 떴다. 주위를 둘러봤다. 수영은 없었다. 태블릿피시 화면 속 글들이 도통 눈에 들어오지 않았다.

10분 뒤면 서울역에 도착할 것이다. 좌석 위에 있는 짐칸에서 가방을 내려 간이 테이블 위에 놓았다. 옷걸이에 걸어둔 재킷을 내리는데 티브이 모니터 자막에 빨간 모자 용의자를 검거했다는 자막이 떴다. 나는 얼른 이어폰을 찾아 귀에 꽂고 뉴스를 시청했다. 유력한 용의자였던 빨간 모자의 주인 이 모씨(32세)를 새벽에 검거했다는 소식을 기자가 보도했다.

용의자 이씨는 유흥업소 종사자였습니다. 이씨는 차상위 계층 독거노인들과 주거가 일정하지 않은 노숙자들에게 무료로 영정사진을 찍어주는 자원봉사를 했던 적이 있고, 5년 전에는 향정신성 의약품 위반 혐의로 집행유예를 받은 적이 있습니다. 그녀는 살인을 전면 부인하고 있습니다. 집이 없는 사람들이 더 이상 유랑하지 않도록 영원한 안식의 집으로 가는 길을 도와줬다고 진술하고 있습니다. 고통을 하소연하는 사람들에게 영원하고 달콤한 잠으로 드는 약을 나누어줬을 뿐, 누군가는 해야 할 일이었다는 등 횡설수설하고 있습니다.

기자의 브리핑이 끝나자마자 나는 이어폰을 뺐다. 보통 키보다 조금 큰 듯 보이는, 검정색 모자를 깊숙이 쓴 채 마스크로 온통 얼굴을 가린 여자가 경찰에게 연행되어 가는 모습이 나왔다. 재킷을 들고 있는 손이 후들후들 떨렸다. 저 용의자가 수영이 아니라면, 수영이 아니라면…… 얼마나 좋을까? 나도 모르게 얼마나 좋을까, 라는 말이 튀어나왔다. 티브이 화면을 하염없이 바라보았다.

기차가 서울역에 도착했다. 플랫폼에 내려서 에스컬레이터를 타고 출입구로 올라가면서 생각을 정리했다. 먼저 남대문 경찰서로 가서 용의자가 수영인지 확인하는 게 우선일 것 같았다. 용의자가 수영이라면 변호사 선임 등 보호자 역할을 하는 게 도리이겠지. 역 대기실 가장자리에 놓인 벤치에 앉아 천천히 커피를 마셨다. 역 출입구 쪽에서 많은 사람들이 끊임없이 흘러나왔다가 사방으로 우루루 흩어졌다. 나는 어디로 가야 할지 모르는 사람처럼 한동안 앉아 있었다. 입술을 꽉 다물고서 천천히 일어났다. 지하철 플랫폼으로 향했다. 더 이상 지체했다가는 첫 수업을 놓칠지도 몰랐다. 발걸음을 서둘렀다. 어디선가 캐리어 끄는 소리가 들렸다. 나는 듣지 않으려고 손으로 귀를 감쌌다.

밤의 소리

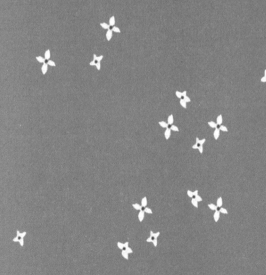

나는 왼쪽 귀가 없다. 귀가 있어야 할 곳에 수박씨만 한 작은 구멍만 있다.

벽을 마주보고 모로 눕는다. 나는 어둠 속에서 팔을 뻗어 손바닥으로 벽을 더듬는다. 작고 돌올한 것들이 만져진다. 베이지색 바탕에 노란색 꽃들이 흐드러지게 피어 있는 엠보싱 벽지를 만지면 꽃잎들이 손에 가득 들어온다. 나는 그것들을 귀라고 상상한다. 굳이 세어본다면 어림잡아 천 개는 되지 않을까. 아주 작고 귀여운 꽃잎들은 새끼 짐승의 귀, 큰 꽃잎들은 크고 울퉁불퉁한 귀, 끝이 뾰족한 꽃잎들은 톱니바퀴처럼 날카롭게 생긴 동물의 귀라고 생각한다. 귀들이 온 방 안을 돌아다니다 내 몸에 내려앉는다. 머리카락, 손가락, 어깨, 둔부, 음모 위에 앉는다. 천 개의 귀들이 천 개의 상처를 가진 나를 위무하는 시간이다. 나는 그것들을 가만히 쓰다듬어준다. 천 개의 귓속으로 차도의 소음들이 빨려 들어가고, 사람들의 소리가 흘러 들어간다.

"희명 씨는 왜 매일 밤 근무를 자청해서 하죠?"

사십대 후반의 자원봉사자가 반납된 도서를 카트로 밀고 다니며 책을 제자리에 꽂다 말고 철학서가 코너에 서 있는 사서 H에게 뜬금없이 묻는다.

"야근 수당을 주니깐 하는 거죠."

H는 너무나 당연한 이야기를 묻는다는 듯이 살짝 퉁을 주듯 말한다.

"아니, 저렇게 젊고 예쁜 아가씨가 왜 밤도, 휴일도 없이 자원해서 근무를 하느냐 말이에요?"

면장갑을 벗으며 자원봉사자가 정말 그 이유가 궁금하다는 표정을 지으며 한 번 더 묻는다.

"아니, 정말 몰라요? 희명 씨 청각장애인인 거. 가족도 없고 애인도 없는 사람이 밤 근무라도 해서 돈이라도 벌지 뭐하겠어요? 게다가 희명 씨는 성형 중독자라고요. 매년 전신 피부재건 성형을 해대는데 돈이 많이 필요하지 않겠어요?"

H가 비밀이라도 털어놓는 양 은밀한 목소리로 답한다. H

는 나지막하게 말했을지 모르나 내게는 음절 하나하나가 뚜렷하고 크게 들린다. 저녁 식사 후, 도서관 종합자료실 데스크에 앉아 컴퓨터로 신간 도서 분류 작업을 하고 있는 나를 두고 두 사람이 은밀하게 대화를 주고받는다. 그들은 내가 당연히 들을 수 없을 거라 생각하고 내 얘기를 공공연히 하고 있다. 나는 다 듣고 있으면서도 못 들은 척한다. 씨발, 이라는 욕이 목구멍 바로 아래까지 치밀고 나왔지만 도로 삼킨다. 대신 H의 이름을 휴대전화 메모장에 적고 날짜, 요일, 시간, 그녀가 나에 대해 말한 신체 비하 발언을 그대로 기록한다. 이런 걸 공격적 수비라고 하는 거다. 누구든 나를 공격하면 백 배, 천 배로 되갚아준다. 얼음도 이빨이 있다는 걸, 나무 그늘도 날카로운 손톱이 있다는 걸 H는 곧 알게 될 것이다.

나는 여덟 살 때 6급 청각장애인 판정을 받았고, 작년에 새로 5급 청각장애인 판정을 받았다. 두 귀의 청력 손실이 각각 60데시벨 이상으로 50센티미터 이상 거리에서 발성된 말소리는 듣지 못한다. 손을 귀에 갖다 대고 큰 소리로 이야기하는 것은 희미하게나마 들을 수 있다. 오른쪽 귀에 보청기를 끼면 복잡한 차도의 경적 소리, 초인종 소리, 도서관 사무실 바닥에 유리컵이 떨어지는 소리 등은 들을 수 있다. 청력은 점점 떨어지고 있다. 언젠가는 양쪽 귀에 아무 소리도 들리지 않는 날이 올 것이다. 나는 단 한 번도 내 청력이 회복되리라는 희망을 품어본 적이 없다. 이미 여덟 살에 세상의 어둠을 모두 보아버렸기 때문이다. 터무니없는 희망을 버려야만 세상을 그럭저럭 살아낼 수가 있다는 것도 그때 깨달았다. 여덟 살 이후로 왼쪽 귀에 인조 귀를 부착하고 다녔지만 실제 귀가 아니라 인조 귀라는 걸 누구라도 알 수 있었다.

나는 밤에는 아주 작은 소리도 선명하게 들을 수 있다. 남들이 듣지 못하는 소리를 들을 수 있다. 그것은 밤에 한해서만 가능하다. 가령 마른 잎사귀들이 바람에 부딪혀 가랑가랑한 기침 같은 소리를 내는 것, 느티나무 둥치에 매달려 있던 매미가 허물을 벗는 소리, 눈송이들이 철 대문 위로 싸그락 싸그락 내려앉는 소리, 육중한 트럭이 차도 위로 달려드는 고양이를 밟고 지나가는 소리, 양탄자처럼 납작해진 고양이가 차도 위에서 마지막 신음을 내는 소리를 들을 수 있다. 낮 시간에 봉인되었던 소리가 밤이 되면 스스로 빗장을 열고 나에게로 달려온다. 여러 소리 중에서 가장 또렷하게 들을 수 있는 것은 죽음이 깃든 소리이다. 수심에 찬 깊은 한숨 소리, 중환자실 침대 난간을 붙잡고 누군가 흐느끼는 소리 등은 더 잘 들린다. 왜 그런 능력을 가지게 되었는지는 나도 모른다. 그건 나로서도 참 신기한 일이다. 만약 내가 검진 의사에게 밤의 소리들을 들을 수 있다고 말한다면 의사는 분명 청각장애 5급 판정에 덧붙여 정신장애 3급 판정을 내릴 게 분명하다. 아니 어쩌면 화상으로 왼쪽 귀는 형태조차 없고, 왼쪽 목덜미부터 왼쪽 어깨와 팔, 왼쪽 유두에까지 엷은 화상 자국이 있는 스물일곱 살의 아가씨가 사는 게 너무 힘들어서 꾸며낸 이야기일 거라고 가엾게 여길지도 모를 일이다.

여덟 살 때 집에 불이 났다. 불길이 방 한 칸, 부엌 한 칸을 삼키고 엄마와 언니도 삼켰다. 나는 화마로 청각장애인이 되었고 늘 머리를 길러야 했다. 긴 머리카락이 인조 귀가 부착되어 있는 왼쪽 귀와 화상 자국이 희미하게 남아 있는 목덜미를 덮을 수 있도록. 내가 밤의 소리를 들을 수 있는 능력을 가지게 된 것은 내 운명이 너무 가여워서 돌아가신 할머니가 나에게 주신 선물이라고밖에는 달리 설명할 길이 없다.

2년 전 돌아가신 할머니는 천 배를 올리기 위하여 아예 분황사 근처 동네로 이사를 갈 정도로 불심이 깊었다. 할머니는 천수관음보살상이 있었다고 전해져 내려오는 분황사에 가서 매일 천 배를 올렸다.

두 무릎 구부리고 두 손바닥 모아 천수관음 앞에서 빌며 아룁니다. 천 개의 손에 있는 천 개의 눈, 그중 하나를 덜어서 우리 희명이, 불쌍한 내 새끼에게 귀 하나 만들어주옵소서. 아무짝에도 쓸모없는 이 늙은 목숨은 거두어 가시고 젊디젊은 내 새끼 청력은 살려주옵소서!

할머니는 사찰에서뿐만 아니라 어디서나 기도를 했다. 길가 장승 앞에서, 성모마리아상이나 교회 첨탑 위의 십자가를 보고도 언제나 나를 위해 기도를 했다. 할머니는 당신의 염원

대로 늙은 당신의 몸을 외제차가 거두어 가게 했다. 젊은 내게는 수억의 보상금이 주어졌다. 외제차가 할머니를 치었는지, 운전자의 말대로 할머니가 차도로 뛰어들었는지는 아무도 모른다. 죽은 자는 말이 없는 법이니까.

할머니의 장례를 치르고 집으로 돌아온 날 밤, 나는 바람이 창틀을 흔들고 지나가는 소리를 들었다. 길고양이가 이웃집 담을 넘어가는 소리도 들었다. 새벽엔 앞집 현관문 우유 주머니에 500밀리리터 우유가 담기는 소리, 삶을 한번 홀랑 뒤집어봐! 하며 다리 위에 서서 어떤 남자가 혀 꼬부라진 음성으로 울부짖는 소리도 들었다. 그날부터 내게 세상은 들리는 세계와 들리지 않는 세계, 밤의 세계와 낮의 세계로 확연히 구분되었다.

포구에서 들리는 파도의 철썩거림을 들으며 눈을 감는다. 현관문 너머에서 들려오는 앞집 1003호 부부의 애들 성적 걱정, 은행 대출금 상환 계획 등을 의논하는 소리, 옆집 1005호 청년이 문을 여닫는 소리, 벽에 무언가를 탁, 탁, 탁 던지는 소리, 아래층 904호 여자의 교성이 고스란히 들린다. 팔십 킬로그램은 족히 넘어 보이는 오십대 아줌마의 교성치고는 꽤 섬세하고 농염하다. 나는 귀를 막는다. 보통 사람들이 들을 수 없는 밤의 소리를 듣는다는 것은 세상에 대한 적대감과 세계에 대한 불안감을 더 높이 쌓는 일일 뿐이다.

할머니의 따스한 손이 그립다. 가칫한 손으로 왼쪽 귀부터 화상 난 자국을 따라 내 몸을 어루만지며 나직이 읊조리던 할머니의 기도문을 인용해 주문을 외워본다.

"비나이다, 비나이다. 부디 밤의 소리들은 거두어 가시고 낮의 소리들을 들려주소서!"

나는 P시 시청 본관에 있는 도서관에서 사서로 일하고 있다. 공공기관에 장애인과 귀화 외국인 의무고용할당제가 생기고부터 P시 시청에도 장애인이 두 명, 귀화 외국인 한 명이 채용되었다. 장애인 공무원 두 명 중 한 명은 계약직 9급 사서인 나이고 또 한 명은 시청 문화동 갤러리실에 근무하는 큐레이터 조승우 실장이다. 그는 프랑스 유학 중에 스키 사고로 두 다리를 잃은 후천적 장애인이다. 그는 사고 전에도 유능한 큐레이터였고 사고 후에도 유능한 큐레이터이다.

들리는 세계와 들리지 않는 세계, 둘 다를 경험하고 있는 나는 두 다리로 걷는 세상과 휠체어 바퀴로 걷는 세상을 다 경험하고 있는 조 실장과 가깝게 지낸다. 조 실장은 서른다섯 살로 하얀 피부에 조각상 같은 이목구비에 붉은 입술을 가졌다. 남자가 붉은 입술이라니! 데이트 상대로는 분에 넘치는 남자지만 우린 이따금 데이트 비슷한 걸 한다. 주로 미술관에서 설치 미술을 감상하거나 소극장에서 연극을 보는 정도이다. 그는 절대로 내가 휠체어를 밀도록 두지 않았다. 운전도, 요리도 뭐든 직접 했다. 그는 내가 그보다 키가 훨씬 크다는 사실에도 기죽지 않았다. 둘이 가끔 거리를 오갈 때면 사람들의 시선이 부담스러웠다. 휠체어를 탄 남자와 키가 170센티미터가 넘어 보이는 여자가 함께 다니는 모습을 다들 이상하게 쳐다보았다. 게다가 나는 종종 수화를 하기까지 하니 더 기이하게 보였을 것이다.

조 실장이 오늘 저녁 나를 초대했다. 자신의 오피스텔에서 저녁 식사를 하고 영화를 보자는 거였다. 밖에서는 사람들의 시선이 부담스러웠는데 오피스텔에서의 데이트는 사람들의 이목을 피할 수 있어 좋다. 가기 전에 오래도록 샤워를 했다. 가슴 라인과 힙 라인에 옅은 꽃무늬 패턴이 들어간 캘빈클라인 제품의 브래지어와 팬티, 짧은 누드 톤 슬립을 갖춰 입었다. 왼쪽 귀부터 왼쪽 가슴까지 연하게 파운데이션을 발랐다. 할머니의 사망보상금으로 매년 피부재생 수술을 받고 있지만 효과는 별로 보지 못했다. 내 갈비뼈의 연골로 귀를 만들어 붙이는 성형수술도 하려고 했으나 진짜 귀의 모양이나 기능과는 매우 다르다는 담당 의사의 말을 듣고 포기했다. 남자와 가정을 꾸려 정상적인 삶을 살아보겠다는 꿈은 생각조차 해본 적 없지만 그와의 만남은 늘 나를 설레게 했다. 나는 오늘 온밤 내내 그와 사랑을 나눌 생각이다. 물론 그가 원한다면 말이다.

그의 오피스텔은 스틸하우스가 많은 동네에 있었다. 웬만한 부자가 아니면 입주할 수도 없는 70평대 고급 오피스텔이었다. 정문에서 보니 형산강 물줄기가 유유히 흘러가는 것이 보인다. 어느새 어스름이 깔려오고 있다. 소리들이 귓가에 쟁쟁 울리기 시작한다. 새들이 허공을 가르며 날아가는 소리, 가로수 잎들이 바람에 살랑대는 소리, 어스름을 안고 투명하게 흘러가는 강물 소리가 기분 좋게 귀에 감긴다. 유두가 바람에 날리는 원피스 자락처럼 부풀어 오른다. 그는 과일 바구니를 들고 쑥스러운 듯 서 있는 나를 부드러운 표정으로 맞이한다.

"어서 와."

낮 동안, 소리가 삭제된 채 보이는 그의 모습만 보다가 그의 부드러운 목소리를 들으니 따스한 기운이 가슴으로 파고든다. 그는 휠체어에 앉아 익숙한 동작으로 냉장고에서 볼을 꺼낸다. 볼 안에는 정사각형으로 큼직하게 잘라 갖은 양념과 술에 미리 재워둔 고기가 들어 있다. 그가 고기를 볶고 상을 차리는 동안 나는 눈을 감고 음악을 듣는다.

"희명아, 슈베르트 피아노 연주곡으로 준비했어. 볼륨을 최대치로 높였어. 들려?"

그가 나를 정면으로 쳐다보며 입 모양을 크게 해서 말한다. 처음으로 데이트를 한 다음날이었던가. 그는 수화를 배울 동안은 입 모양을 크게 해서 말할 테니 이해해달라고 했다. 귀가 몹시 따갑지만 나는 조용히 웃으며 고개를 끄덕인다. 저녁을 먹은 뒤, 소파에 나란히 앉아 자막이 나오는 영화를 보며 나는 기네스를, 그는 위스키를 마신다.

"희명아, 너를 좋아해."

그가 입을 크게 벌려 또박또박 천천히 말한다. 나는 그의 입술을 보며 고개를 끄덕인다. 그의 입술이 내 입술로, 머리카락으로, 목덜미로, 가슴께로 내려온다. 갑자기 그가 동작을 멈춘다. 조명등을 켠다. 왼쪽 귀에 피부전용접착제로 단단히 부착해놓았던 인조 귀가 그의 손아귀에 들어 있다. 그가 내 왼쪽 어깨에 걸쳐져 있는 슬립 끈을 거칠게 내린다. 왼쪽 머리카락을 귀 뒤로 쓸어넘기더니 윽, 하고 소리를 지른다.

"이게 뭐야? 도대체 이 물건은 뭐야? 왜 말 안 했어. 이건 반칙이야!"

나는 오른손으로 왼쪽 어깨를 감싸며 그를 빤히 쳐다본다.

"당신이야말로 반칙이야. 불부터 끄라고. 그리고 하나씩 물어보란 말이야, 이 병신새끼야!"

그의 동공이 커지더니 표정이 일그러진다. 그 순간이었다. 그가 나의 뺨을 때린 건.

"병신이라고 말하지 마! 네가 아니라도 숱하게 듣는 말이야. 왜 말하지 않았어? 이 정도로 심할 줄은 몰랐어!"

나를 바라보는 그의 눈빛은 당혹감과 배신감으로 가득 차 있다.

"병신! 그걸 어떻게 말하냐? 사람 마음도 모르는 새끼!"

나도 그의 뺨을 때린다.

"병신이라고 말하지 말랬지! 너는 나를 속였어, 나를 속였다고!"

그가 한 번 더 내 뺨을 친다.

"언제든 말을 하려고 했어. 속인 건 아니라고! 승우 씨라면, 승우 씨라면 나를 이해해주리라 믿었어."

나는 발악하듯 대들며 그의 뺨을 한 번 더 갈긴다.

그의 심장이 격하게 쿵쾅거리는 소리가 들린다. 내 심장이 요동치는 소리도 고스란히 듣는다. 누구든 나를 치면 피범벅이 되도록 곱절로 되갚아준다. 이것이 여덟 살 이후 내가 세상을 견뎌온 방법이다. 나는 무엇을 간절히 원해본 적이 없다. 왜냐하면 무엇을 간절히 원하기 전에 내가 그것을 원할 만한 조건을 가지고 있는가를 생각하면 언제나 고개가 저어졌기 때문이다. 그러나 조 실장에 대해서는 소극적이고 싶지 않았다. 그를 간절히 원했다. 설령 조 실장이라 하더라도 나를 치면 나는 물어뜯을 수밖에 없다.

방에 불도 켜지 않은 채 탈진하듯 침대로 가 눕는다. 고작 세 시간 동안 조 실장 집을 다녀온 것뿐인데 오랜 시간, 먼 곳을 다녀온 것 같다. 목덜미 뒤로 눈물이 흘러내린다. 손으로 벽을 더듬는다. 어둠 속에서 귀들이 돋아난다. 무수히 많은 귀들이 허공에 떠다닌다. 작고 앙증맞은 귀들이 귀엣말로 속삭인다. 울지 마, 울지 마! 귀들이 내 눈물을 훑는다. 귀들이 하나씩 벽 속에서 태어날 때마다 내 울음은 줄어든다. 페니스 크기만 한 귀가 질 속으로 미끄러지듯 들어온다. 질 깊숙이 파고들어 오랫동안 머문다. 들떠 오르는 옅은 신음이 천 개의 좁은 달팽이관 속으로 음밀하게 숨는다.

밤 9시, 자원봉사자가 반납된 도서를 실은 카트를 데스크 앞으로 밀어두고선 퇴근을 한다. 도서관 종합자료실은 조용하다 못해 적막하다. 시청 내에 있는 이곳 도서관은 열람실이 따로 없다. 종합자료실 중앙에 원탁 테이블과 의자가 구비되어 있고, 장방형 코너마다 긴 책상과 의자가 구비되어 있어 책이나 신문 등을 읽을 수 있게 되어 있다. 아직 서너 명의 사람들이 남아 있다. 그날 이후로 조승우 실장에게서는 연락이 없다. 같은 시청에서 근무하고 있지만 그가 있는 갤러리실은 문화1동이고 이곳 도서자료실은 문화2동에 있어 부딪힐 일이 없었다. 나도 모르게 자꾸 휴대전화에 눈길이 간다. 메시지창을 자주 확인한다. 충동적으로 그에게 먼저 문자를 보내고 싶다는 생각이 들 때면 휴대전화를 서랍 깊숙이 넣는다.

종합자료실은 내가 컴퓨터 자판을 두드리는 소리와 차도에서 들려오는 자동차 소음과 자료실 복도에 설치된 자판기 동전 투입구에 누군가 동전을 집어넣는 소리만이 들린다. 종합자료실 옆 자료조사실에서 스카치테이프 뜯는 소리가 계속해서 난다. 두런두런한 말소리도 간헐적으로 새어 나오고 있다. 자료조사실은 사서들만 출입할 수 있는 곳이다. 도서 라벨을 붙이거나 파손된 책을 스카치테이프로 붙여 정비하거나 신간 서적과 폐기될 정기간행물을 보관해두는 곳이다. 나는 진작 부터 신경이 곤두서 있었다. 유난스레 스카치테이프를 뜯는 소리는 견디기 힘들었다. 그 소리를 듣고 있노라면 머리가 터 질 것만 같았다. 진통제를 먹어야 겨우 진정이 되곤 했다. 숨 을 죽이고 발끝으로 걸어가 자료조사실 문을 소리 나지 않게 연다. 간접조명만 커져 있다. CCTV 사각지대에 있는 코너 벽 쪽에 남녀가 마주보고 서 있다. 사서 H와 홍보실 K다. K가 P 시 홍보용 스토리텔링 책자 발간 건을 모 출판사에 전권을 넘 겨주는 조건으로 리베이트를 받은 얘기를 하고 있다. 나는 휴 대전화 동영상 버튼을 누른다. K가 돈 봉투를 H에게 건네더 니 포옹을 한다. 이어 입술과 입술이 부딪히는 소리, 혀가 혀 를 깊숙이 흡입하는 소리. 바지 지퍼를 내리는 소리, 선이 굵 은 K가 내는 낮은 탄성, H의 입에서 터져 나오는 옅은 신음 이 들린다. 내가 들어온 줄도 모르고 그들은 하던 짓을 멈추 지 않는다. 내일 아침이면 시청 홈페이지 게시판에 동영상이 올라올 것이다. 둘 다 기혼인 그들은 분명 중징계를 받게 될 것이다. 나는 받은 건 반드시 곱절로 갚는다. 상처밖에 없는 나에게 또 한 줄의 상처를 남긴, 동료의 아픔을 비아냥거린 H 를 용서할 수가 없다.

피곤에 전 몸으로 아파트 엘리베이터 버튼을 누른다. 뒤에서 향수 냄새가 난다. 아래층 904호 여자다. 밤마다 남편에게 잔소리를 해대다 교태를 부리다 하는 여자다. 푸훗, 웃음이 난다. 여자가 1004호 아가씨네, 하며 따라 웃는다. 오늘, 많이 덥죠? 물빛 원피스 참 곱네요. 엘리베이터 안에서 둘이 머쓱하게 있기가 겸연쩍었던지 여자가 먼저 인사말을 건넨다. 나는 눈인사만 한다. 나는 아래층 여자의 경제 사정이며 부부 사정을 낱낱이 알고 있기에 쿡, 자꾸 웃음이 난다. 여자의 얼굴을 찬찬히 살핀다. 여자의 얼굴 주름을 살펴보는 중이다. 여자는 지난 주말, 백화점 화장품 코너에서 바르면 10년쯤은 젊어진다는, 왕후의 품격을 갖춘 여성들만이 바를 수 있다고 광고를 해대는 동안크림을 오십만 원 주고 샀다. 그날 밤, 여자는 여동생에게 전화를 해서 밤늦도록 카드 대금을 걱정했다.

불을 끄고 침대에 눕는다. 휴대전화를 침대 협탁 위에 두었는지 확인한다. 아직도 조 실장에게서는 연락이 없다.

탁! 탁! 탁! 벽 너머에서 소리가 난다. 무언가 뾰족한 기구로 책상 위를 찍어대는 날카로운 소리이다. 늘 이맘때쯤이면 나는 소리이다. 이 아파트로 이사 온 3개월 전부터 줄곧 듣던 소리이다. 내 침실과는 벽 하나를 사이에 두고 있는 1005호에서 나는 소리이다. 나는 1005호에 누가 사는지 모른다. 한 번도 마주친 적이 없다. 1500세대가 넘게 모여 사는 복도식 13평 주공아파트, 1005호 입주민과 나는 벽 하나를 공유하고 있다. 이어 뭔가 벽에 부딪혔다가 방바닥에 떨어지는 소리가 들린다. 아마도 파손될 염려가 없는 가벼운 물건들일 것이다. 방금 1005호 남자가 볼펜 같은 걸로 책상 위를 찍어대다 책으로 추정되는 물건을 벽으로 던졌을 것이다. 이어 그가 벽 쪽으로 아주 딱딱한 질감의 작은 물건을 연속적으로 던지는 소리, 방문을 열고 나가 화장실 문을 여닫는 소리가 여과 없이 들린다. 얼마 지나지 않아 그가 침대 위로 몸을 던진다. 정확히 말한다면 그는 아마도 침대 위에 12시 20분 자세로 누워 있을 것이다. 그가 다리로 이불을 감는 소리, 몸을 뒤척이는 소리로 미루어 그의 자세까지 알 수가 있다. 오늘 밤도 또 숙면을 취하긴 그른 것 같다. 그가 밤새 잠을 잘 자줘야 나도 편히 잠을 잘 수 있다. 밤의 소리들을 들을 수 있는 능력이 생기고부터 침대에 눕는 것이 두렵다. 소리들 때문에 잠을 제대로 잘 수가 없다. 그럴 때면 어쩔 수 없이 솜으로 오른쪽 귀를 막거나 이어폰을 끼고 이불을 머리끝까지 뒤집어쓴다. 비나이다, 비나이다. 부디 밤의 소리들은 거두어 가시고 낮의 소리들을 들려주소서. 자장가처럼 주문처럼 백 번쯤 외우다 보면 나도 모르게 눈이 감긴다.

문화동 전체, 아니 시청 전체가 술렁이고 있다는 걸 느끼지만 무심한 척 종합자료실 데스크에 앉아 컴퓨터를 켠다. 업무에 집중하려 애쓴다. H의 모습은 문화동에서 보이지 않았다. 도서관장이 나를 부른다는 전갈이 왔다.

관장은 책상에 앉아 있다가 유연히 고개를 들어 나를 바라본다. 사십대 후반인 여자 관장은 무척 수다스러운 편인데, 상당히 정치적인 인물로 알려져 있다. 윗선들한테는 정색을 하고 깍듯하게 대하며 최대한 말을 아끼지만, 부하 직원들에게 일을 다그치고 독려할 때는 걸걸한 목소리로 끊임없이 농담을 섞어가며 말하는 베테랑 공무원이다. 관장이 책상 쪽으로 오라고 손짓을 한다. 이어 흰 종이에다 글자를 적어 내게 보여주기도 하며 입을 크게 벌려 천천히 말한다.

"여기 도서관에서 일한 지 이 년 됐지요?"

"네."

"뭐 불편한 점은? 가령 동료들과 불편하다든가, 소통이 잘 안 된다든가……"

"……"

"곧 특채가 있을 예정인데 오희명 씨는 내가 특채 대상자로 적극 추천할 생각이에요. 시청 게시판에 올라온 동영상은 오늘 아침에 삭제됐어요. 그래도 일파만파로 퍼져 인터넷포털 검색어 1위에 올라 있어요. 외국 리얼 동영상을 흉내 낸, 배우 지망생들의 설정된 동영상이라는 기사가 나갈 겁니다. 오희명 씨 생각은 어때요? 내 생각과 다르다면 지금 말해주세요."

"······"

"그럼, 내 생각과 같은 걸로 알겠습니다. 곧 인사 이동이 있을 거예요. H는 감봉 처리돼요. 면 단위 도서관으로 발령이 날 겁니다. K는 당분간 정직 후, 한적한 곳으로 파견근무 보낼 겁니다."

시청 구내식당에서 점심을 먹을 때나 엘리베이터를 탈 때, 사람들은 나를 보면 당황해하거나 혼란스러운 표정을 지으며 나를 피해 양쪽 벽으로 붙었다. 어떤 사람들은 눈짓으로 나를 가리키면서 옆에 있는 사람에게 속닥거렸다. 저 여자가 미스 베토벤이야? 귀머거리 사서 말이야. 응, 맞아. 바로 저 여자야. 미스 베토벤, 성깔이 장난 아니네. 에휴, 소름 돋아. 조심해야겠어. 원래 장애인들은 콤플렉스 덩어리들이야. 그들의 입 모양을 보고서 읽어낸 내용들이다.

야간 근무를 마치고 집으로 돌아오는 길에 편의점에 가서 캔맥주를 몇 개 산다. 편의점 앞 테이블에 앉아 맥주를 마신다. 근무 내내 누구도 나에게 말을 걸지 않았다. 누구도 내게 눈인사를 건네지 않았다. 나는 귀 하나만 없는 게 아니라 직장이든 어디든 이야기 나눌 사람 하나 없다. 미스 베토벤이라······ 사람들이 나를 그렇게 부르는지도 몰랐다. 귀머거리, 어버버, 라고 부르지 않은 것만도 다행한 일이었다. '빨간 셰퍼드'라는 학창 시절 별명보다는 천 배, 만 배나 그럴싸한 별명이다.

고등학교 때 내 별명은 빨간 셰퍼드였다. 졸업식 날이 되어서야 내가 그동안 빨간 셰퍼드라고 불렸다는 걸 알게 됐다. 교장실 앞 복도에 '꿈은 이루어진다', '하면 된다'라는 글귀가 씌어진 액자에 나는 빨간색 래커 스프레이로 '새빨간 거짓말'이라고 써놓았다. 얘, 한여름인데 머리를 좀 묶는 게 어떠니? 보는 사람이 다 덥다, 얘. 누가 네 귀만 쳐다보고 다닌다니? 이젠 콤플렉스에서 벗어날 때도 되지 않았니?, 라고 말한 이십대 여교사 자동차에는 '개보지'라고 빨간색 래커로 도배를 해놓았다. 그 후, 누구도 나를 건드리는 사람은 없었다. 나를 건드리면 물린다는 걸 알고 있었기 때문이다. 격렬하게 저항하지 않으면, 먼저 공격하지 않으면, 불행은 머리카락처럼 자라나고 슬픔은 밤처럼 점점 짙어간다는 걸 나는 이미 열일곱 살에 알아버렸다.

톡, 톡, 톡. 옆 테이블에서 나는 소리이다. 비니 아래로 굵게 웨이브 진 머리카락이 목덜미까지 내려오는 어떤 남자가 한 손으로 캔맥주를 마시며 다른 손으로 볼펜을 쥐고 테이블을 찍어댄다. 차 소리에 묻혀 다른 사람들은 들을 수 없겠지만 내게는 또렷하게 들린다. 매일 밤 듣는 익숙한 소리이다. 바로 1005호에서 나는 소리이다. 남자를 물끄러미 쳐다본다. 무척 해사한 얼굴이다. 이십대 후반쯤 되어 보인다. 큰 키에 마른 남자다. 남자는 왜 뭐든 자꾸 찍어댈까? 다들 일을 하러

나간 낮에도 저렇게 찍어댈 게 분명하다. 다들 잠을 자는 밤에도 수시로 무언가를 톡, 톡, 톡 찍어대는 남자가 있다는 걸 주민들은 모를 것이다. 밤에만 그 소리를 들을 수 있는 여자가 그 청년과 벽 하나를 사이에 두고 살고 있다는 것도 역시 모를 것이다. 피식, 헛웃음이 난다.

후두둑.

갑자기 비가 쏟아지자 남자는 자리에서 일어나 빠른 걸음으로 주공아파트를 향해 걸어간다. 나도 엉거주춤 일어나 편의점에서 산 비닐우산을 들고 남자를 뒤따른다. 남자가 301동 중간 현관문으로 사라지고 없다. 내가 사는 동이다. 나도 중간 현관문으로 발걸음을 옮긴다. 그는 어디에도 없다. 엘리베이터가 10층에서 잠시 섰다가 다시 아래로 내려오고 있다. 그가 10층에서 내린 모양이다. 남자의 멱살을 잡고 당신이 뭔가를 두드리고 던져대는 소리 때문에 잠을 도통 잘 수 없다고, 제발 소리 좀 내지 말아달라고, 한 번만 더 소리를 내면 당신을 사나운 개처럼 물어버릴지도 모른다는 말을 해보지 못한 것이 아쉽다.

빗소리가 실내에 가득 찬다. 너무 크게 들려 고막이 찢어질 것 같다. 이어폰으로 막는다. 숙면을 취하기 위해서다. 빗소리를 듣다 까무룩 잠이 든다. 벽 너머에서 무언가 벽을 향해 던지는 소리가 들린다. 종잇조각이나 과자 봉지, 티슈 조각처럼 아주 가벼운 물건들을 던지는 소리이다. 탁, 탁, 탁.

이어 벽을 향해 끝이 뾰족하고 날카로운 걸 던지는 소리가 난다. 오른쪽 귀를 틀어막은 작은 솜뭉치는 어디로 빠져버렸는지 없다. 머리가 터질 것만 같다. 카디건을 걸치고 1005호로 향한다. 이제 더 이상은 참을 수가 없다. 초인종을 연속적으로 누른다. 문이 열린다. 문 뒤로 보이는 실내는 캄캄하다. 아까 편의점에서 봤던 파리한 얼굴의 남자가 엉거주춤한 자세로 경계의 눈빛을 하고 서 있다. 제멋대로 흐트러진 곱슬머리가 목덜미를 덮고 있어 베토벤을 연상시킨다.

"무, 무슨 일이죠?"

"1004호 사는 사람이에요. 벽에, 그러니까 벽으로 던지지 말라고요."

"무, 무, 무얼 던, 던, 던지지 말라는 거죠?"

남자는 말을 더듬거린다. 평소 긴장하면 나타나는 말버릇인 것 같다.

"그러니까…… 물건들을 던지지 말라고요. 휴지나 종이, 과자 봉지, 뾰족한 기구 같은 것도요. 책상 위도 두드리지 말라고요."

나는 다소 짜증스럽다는 듯 빠른 속도로 말을 건넨다.

"그, 그 소리가 들려요? 그 소리들이 들, 들, 들린단 말인가요?"

남자의 눈이 동그랗게 커진다. 무척 순진해 보이는 눈이다.

"……"

내 침묵이 어색했던지 그가 내 눈치를 보며 조심스럽게 묻는다.

"정말로 1004호 사는 거 맞아요? 당, 당신도 환청을 듣는 건가요?"

"……"

"정말 그 소리들이 다 들려요? 죄송합니다. 죄, 죄, 죄송합니다."

남자가 기어들어가는 목소리로 말한다. 갑자기 맥이 풀린다. 남자는 대기에 떠 있는 공기 앞에서도 고개를 못 들고 굽실거릴 사람처럼 보인다. 내가 푸훗, 웃음을 터뜨리자 남자는 뜨악한 표정을 지으며 말없이 문을 닫는다.

남자는 자기 방으로 들어가자마자 씩씩거린다. 아까 파리한 표정으로 말소리를 더듬으며 나를 경계의 눈빛으로 쳐다보던 것과는 대조적인 행동이다. 벽으로 또 무엇을 던진다. 나중에는 베개며, 생수병을 던지는 소리가 들린다. 별 귀신같은 여자 다 보겠네. 모르는 여자까지 나를 우습게 보네. 그래, 우습게들 보라고. 다 그놈 때문이야. 그놈 때문에 뭐든 안 되는 거라고. 나를 어느 직장에서 받아주겠냐고! 나는 벽을 탕, 탕 친다. 남자가 캔을 벽으로 던진다. 나는 더 세게 벽을 탕, 탕, 탕 친다. 남자가 이번엔 백팩 크기만 한 물건을 벽으로 던진다. 나는 더 세게 오랫동안 벽을 친다.

매일 밤마다 그와 나는 벽 하나를 사이에 두고 교전을 벌인다. 탁, 탁, 탁. 그가 먼저 공격을 해오면 나도 이어 탕, 탕, 탕 반격을 한다. 어떤 날은 새벽까지 계속된다.

초인종 소리에 문을 여니 1005호 남자가 서 있다. 남자는 우물쭈물 한참을 망설인다. 남자는 얇은 입술을 앙다문다. 그의 입술이 더 얇아 보인다.

"소, 소, 소리…… 들리는 거 말이에요. 그것 좀 조금만 참아주면 안 될까요?"

"……"

"나는 곧 사, 사, 사라질 계획이거든요……"

남자의 목소리는 모기 소리만 하다. 순간, 묘한 느낌이 치밀어 오른다. 이웃의 고통, 고민을 함께 나누지는 못하더라도 최소한 들어주기라도 해야 한다는 빌어먹을 책임감 비슷한 감정 말이다.

"……우리, 술 한잔할래요? 옥상으로 가요."

나는 캔맥주 네 개와 새우칩을 들고 옥상으로 올라간다. 잠시 머뭇거리던 남자도 뒤따라 오른다. 녹색 우레탄 방수포장이 되어 있는 옥상 바닥으로 굵은 빗방울이 떨어진다. 남자의 옷이 젖어가고 있지만 그는 고개를 조금 숙이고 밤거리를 내려다본다. 그의 머리 위로 우산을 받친다. 맥주 네 캔을 남자 혼자서 다 마실 동안 나는 아무런 말도 하지 않는다. 술이 들어가니 남자는 놀랍도록 침착하다. 말을 더듬지 않는다.

"매일 밤, 환청을 들어요. 죽여라, 죽여! 너를 구타하고 추행까지 한 놈을 죽여라! 하는 소리요. 그놈을 죽여야 네가 산다는 소리가 끊임없이 들려요. 밤엔 유독 더 자주, 더 선명하게 들리죠. 나는 그 소리를 밤의 소리라고 불러요."

뜻밖의 말에 내 몸이 움찔한다. 밤의 소리, 라는 말에 다리가 휘청거린다.

"사라지기 전에 누굴 좀 죽을 만큼 혼내주고 싶어요. 나는 어디서나 왕따였어요. 학교에서도, 군대에서도. 집단 구타와 놀림을 당하고 성추행까지 당했죠. 그중 나를 가장 괴롭혔던 놈을 찾아 죽이고 싶어요. 그런데…… 나는 생각과는 달리 남 앞에서는 말도 제대로 못해요. 더듬거리기나 하죠. 찾아가서 욕이라도 실컷 퍼부어줄 수 있으면 소원이 없겠어요."

곧 사라질 것이니 소리 나는 것을 참아달라는 남자의 말을 믿을 사람은 아무도 없을 것이다. 어쩌면 남자는 관심을 끌고 싶은 건지도 몰랐다. 계획적으로 내게 접근하기 위한 건지도 모를 일이다. 죽을 거면 그냥 죽지 내게 말하는 의도는 뭔가, 누군가를 죽이고 싶다고 공공연하게 말하는 의도는 또 뭔가, 라는 말이 목구멍 아래까지 치밀고 나왔지만 차마 뱉을 수는 없다. 어쩌면 남자도 분노와 슬픔을 어떻게 밖으로 표출해야 할지 모르고 있을 수도 있다. 빗소리는 굵어졌다 가늘어졌다를 반복한다.

"병원에는 가봤어요?"

"가면 뭐해요? 이미 군 병원에서 진단받은 신경증 병력 때문에 취업도 안 되는 판국이에요. 그놈을 죽이고 싶을 때마다 책상을 볼펜으로 찍어대고 화살을 벽걸이 다트에 던지는 게임을 하죠."

남자는 25층 옥상 아래 밤거리를 내려다본다. 거리에는 자동차 불빛들이 강물처럼 흐르고 있다. 남자와 옥상에서 내려올 때엔 빗줄기가 가늘어진다.

집으로 들어서자마자 침대 위로 몸을 던진다. 아파트 뒤편 산책로에서 새소리가 들려온다. 앞집 거실에서 6시 아침 뉴스 소리가 들리는가 싶더니 모든 소리들이 점점 희미해진다. 나는 잠 속으로 빠져든다.

도서관에서 유일하게 내게 말을 거는 사람은 도서관장뿐이다. 관장은 걸걸한 목소리로 내게 농담을 걸어오곤 했다. 희명 씨, 세상에서 제일 쉬운 숫자가 뭔지 알아? 내가 고개를 가로저으면 에이, 그것도 몰라? 십구만이야. 쉽구만. 그렇게 심각한 얼굴로 앉아 있지 말라고. 뭐든 즐겁게, 편하게 생각하라고. 인터넷에 떠돌아다니는 한물간 유머를 쾌활하게 잔뜩 풀어놓고 가곤 했다. 직원들은 모두들 서로 짠 듯이 나를 외면했다. 내가 보고서 바인더를 들고 복도를 걸어갈 때나 구내식당에서 눈이 마주칠 때면 그들은 하나같이 나를 피했다. 누군가는 대놓고 말을 하곤 했다. 장애인 특혜로 들어온 주제에 주제 파악도 못해. 무서워서 피하나 뭐. 더러워서 피하지!

1005호 남자는 여전히 무언가를 벽이나 바닥으로 던진다. 컵라면과 햇반 빈 용기 등을 벽으로 던지는 소리가 자주 들린다. 끝이 뾰족한 걸 연속적으로 던지는 소리도 들린다. 남자의 긴 한숨이 벽을 타고 넘어온다. 남자는 온종일 방에 틀어박혀 무엇을 하는지 모르겠지만 책상을 볼펜으로, 샤프로 신경질적으로 찍어댄다.

저녁 산책 후, 일찍 잠자리에 든다. 몇 주가 지났는데도 여태 문자 한 통 없는 조 실장을 떠올린다. 내일은 내가 먼저 연락을 해봐야지, 하는 생각들로 머릿속은 어지럽다.

선뜩한 기운에 눈을 뜬다. 잠결에 아주 익숙한 소리가 들린다. 생살을 찢어 뜯는 듯한 소리다. 오래전 들어봤던 소리다. 방문 틈새를 테이프로 붙이는 소리, 창문 네 모서리를 테이프로 꼼꼼하게 붙이는 소리, 테이프를 벽으로 힘껏 던지는 소리, 침대에 털썩 눕는 소리, 흐느끼는 소리, 쿨럭, 쿨럭, 기침소리. 이불을 머리끝까지 뒤집어쓰는 소리.

엄마가 내 옆에 누웠다. 아빠의 기일에 제사를 지내고 엄마가 제기들을 씻어 큰 박스에 차곡차곡 쟁여두는 걸 보고 나는 잠이 들었다. 잠결에 엄마의 긴 한숨 소리가 들렸다. 이어 엄마가 테이프를 뜯어 어딘가에 붙이는 소리가 들렸다. 두꺼운 커튼을 닫는 소리도 들렸다. 엄마가 내 옆에 누워 나를 꼭 안았다.

—엄마, 무슨 소리야?

—아무 소리도 아니야. 얼른 자.

—가슴이 답답해.

더 이상 말을 하기가 어려웠다. 연신 기침이 터져 나왔다. 엄마도 기침을 했다.

—엄마, 답답해……

—곧 괜찮아져. 우리 모두 아빠가 계신 곳으로 가는 거야.

엄마는 내 가슴팍을 토닥였다.

—엄마, 언니는? 희선 언니는?

나는 언제나 몸이 퉁퉁 불어 힘없이 누워 있던 언니를 생각했다.

—희선이는 아빠가 계신 곳으로 먼저 갔어. 더 이상 콩팥 투석을 안 해도 되는 세상으로. 그곳에선 병원비 걱정도, 집세 걱정도 안 해도 돼.

엄마의 목소리가 파들파들 떨렸다. 내 몸이 끝없이 방바닥 아래로 잠기는 것 같았다. 엄마가 계속 귀엣말을 했다. 희명아, 사랑해. 희선아, 사랑해. 엄마의 손이 내 얼굴을 어루만졌다. 엄마가 내 손을 꼭 잡았다. 엄마가 흐득흐득 울었다. 엄마의 울음소리가 가까이 들렸다가 아득하게 멀어져갔다. 엄마가 내 손을 스르르 놓았다.

1005호 초인종을 연거푸 누른다. 아무 기척이 없다. 경비실로 뛴다.

"1005호에는 사람이 살고 있지 않아요. 석 달 전부터 수도와 전기, 보일러가 다 공급 중단됐어요. 사람이 살고 있을 리가 없어요."

육십대 중반의 경비원은 뜨악한 표정을 짓는다.

"아저씨, 급해요. 사람이 죽어가고 있다고요!"

경비원이 마지못해 랜턴을 들고 의자에서 일어나 1005호로 올라가는 동안 나는 열쇠 수리공을 부르고 119에 신고를 한다. 열쇠 수리공이 현관문을 열자 매캐한 냄새가 코를 찌른다. 실내는 캄캄하다. 경비 아저씨가 랜턴으로 실내를 비추며 작은방 문을 연다. 아무도 없다. 큰방은 잠겨 있다. 열쇠 수리공이 방문을 뜯는다. 물건들이 발 디딜 틈도 없이 바닥에 어지럽게 널려 있다. 잡다한 물건들을 헤집고 경비원이 방 안으로 들어가자 침대에 사람이 늘어져 있고, 머리맡에서 연기가 나고 있다. 사방 벽에는 벽걸이 다트판이 빼곡하게 붙어 있다. 119 구급차 소리가 들려온다.

온몸이 땀으로 젖는다. 남자를 구하느라 경비실로, 1005호로 헐떡이며 내달렸더니 기진맥진하다. 침대에 고꾸라지듯 눕는다. 어쨌든 남자는 죽지 않았다. 다행이다. 남자가 더 이상 밤의 소리에 시달리지 않았으면 좋겠다. 눈을 감은 채 손으로 벽을 더듬는다. 엠보싱 벽지의 자잘한 꽃잎들이 만져진다. 귀처럼 느껴지지 않는다. 벽을 몇 번이나 안타깝게 더듬는다. 여전히 꽃잎들만 만져진다. 천 개의 귀들이 사라지고 없다. 한 개의 귀도 만져지지 않는다. 나는 휴대전화가 머리맡에 있는지 확인하고선 이내 잠이 든다.

나는 1005호 남자와 나란히 옥상에 서 있다. 녹색 우레탄 방수포장이 되어 있는 옥상 바닥에 서서 둘 다 말없이 밤하늘을 보고 있다. 남자는 겸연쩍은 듯 작은 소리로 말한다.

"그, 그, 그쪽 때문에 살아났어요."

남자는 '그쪽 덕분에'가 아니라 '그쪽 때문에'라고 한다.

"이봐요, 나 덕분에 살아났으니 이제부터 내가 그쪽에게 무얼 좀 가르쳐야겠어요."

다소 단호한 어투로 내가 말한다. '나 덕분에'라는 말에 유독 힘을 준다. 남자가 겁먹은 듯한 얼굴로 나를 흘끔 바라본다.

"고등학교 때 내 별명이 빨간 셰퍼드였어요. 빨간색 래커로 학교 복도, 자동차, 공중전화 부스, 어디에든 욕을 써댔어요. 나를 힘들게 하거나 곤경에 빠뜨리는 사람들에게 내가 할 수 있는 최대의 공격이었어요. 만약 그렇게 하지 않았으면 나도 그쪽처럼 죽으려고 시도했을 수도 있어요. 자, 내가 말하는 대로 따라 해봐요. 지금부터 매일 욕을 몇 개씩 가르쳐줄게요. 쉬운 것부터 할게요. 자, 큰 소리로 따라 해보세요. 좆나."

베토벤이 킥킥거린다.

"그 욕은 나도 안다고요."

"아는 것과 소리 내어 말하는 것은 달라요. 자, 한번 해봐요."

그가 고개를 끄덕인다. 그의 웨이브 진 숱 많은 머리카락이 밤바람에 보기 좋게 휘날린다. 고개를 들어 하늘을 쳐다보자 별들이 반짝인다. 수도 없이 바라봤던 익숙한 풍경이지만 오늘은 어쩐지 별들이 귀처럼 보인다. 수없이 많은 귀들이 내게로 쏟아져 내린다. 수천 개의 귀들이 어깨, 머리카락, 팔, 다리에 내려앉는다. 한쪽 귀 없이 한생을 살아가야 할 내게 수천 개의 펄럭거리는 귀들이 다가와 내 귓불, 목, 어깨를 차례로 애무한다. 어쨌거나 우리는 좆나, 좆나, 씨발, 씨발, 하며 공격적 수비 연습을 하고 있다. 이런 상황에 조 실장에게서 문자가 와준다면 좆나 행복한 밤이 될 텐데 말이다.

눈물은 어떻게 존재하는가

우리 중에서 S가 언제, 어느 순간에 필히 울게 될 거라는 걸 모르는 사람은 없었다. S는 우리가 예상하는 상황에 늘 울었으니까. 우리 중에서 언제, 어느 순간에 반드시 그녀가 울 것이라는 걸 맞출 수 있는 사람도 없었다. 예상하지 못하는 상황에서도 그녀는 자주 울었으니까. 한마디로 그녀는 자주, 시시때때로 우는 사람이었다. 더 분명하게 말한다면 그녀는 자신의 생각과 느낌을 눈물을 통해 표현하는 사람이었다. 누가 그녀의 눈물에다 중세의 마법 같은 걸 걸어놓은 게 아닐까 싶을 정도로 우리들은 그녀의 눈물에 빠져들었다.

밤 10시가 채 되지 않았는데도 장례식장은 한산했다. 슬프고 고통스러운 분위기라기보다는 파시(波市)가 파한 것 같은 씁쓰레한 공기가 내려앉아 있었다. 드문드문 앉은 조문객들은 허탈한 표정이었다. 마흔두 살에 갑자기 세상을 뜬 J의 영정사진을 보면서 우리는 깊은 무력감에 사로잡혀 육개장 그릇으로 빈 숟가락질만 하거나 술잔만 비워댔다. 매끄러우면서도 탄력이 넘치는 피부를 가진, 전형적인 미인형인 아내와 유치원생인 남매를 두고 그가 심장마비로 돌연사할 줄은 우리 중 누구도 생각하지 못했다. 한 해의 끄트머리인 11월 마지막 주 금요일이었고 밖에는 비가 내리고 있었다. 누가 J의 평소 행적들을 이야기하기 시작했고 그것을 기점으로 우리는 서로 이야기를 나누었다. 대기업에 다니고 있는 K와 대학교 시간강사 생활을 접고 지금은 놀고 있는 Q가 두런두런 이야기를 나누었다. 츳츳, 나쁜 놈, 딱 절반만 살고 갔네. 절반만 살고 갔어. Q는 말끝마다 '절반만 살고 갔네'를 붙이며 씁쓸한 표정을 지었다. 나는 대화에 참여하는 틈틈이 청탁한 원고가 들어왔는지 휴대전화로 메일을 확인했다. 굵은 컬이 들어간 머리카락이 목덜미를 살짝 덮고 있는 헤어스타일을 한, 이름도 가물가물한 여자 멤버가 K와 Q의 이야기를 듣고 있었다. 그러던 중 K의 목소리가 갑자기 튀어 올랐다.

"S가…… 여길, 어떻게?"

K는 물이 든 컵을 들다 말고 장례식장 입구를 쳐다보았다. 이어 입구를 등에 지고 있던 Q와 내가 고개를 돌렸다. 분명 S

였다. 아니, 쟤가 어떻게, 여길 왔어…… Q가 말꼬리를 흐렸다. 그녀는 빈소로 가서 조의를 표하며 엎드려 우는 듯했다. 한참 동안 일어나지 않았다. 우리 사이에 서늘한 침묵이 흘렀다.

"우리 중에서 네가 S와 제일 친했지?"

Q가 나를 눈으로 가리키며 말했다. 여자들 마음은 알다가도 모르겠어. 여기 올 생각을 어떻게 했는지…… J의 와이프는 설마 그녀를 모르겠지? 나는 둘의 이야기를 거기까지밖에 듣지 못했다. 그녀를 보는 순간 심장이 쿵, 내려앉아 누가 무슨 말을 해도 귀에 제대로 들리지 않았다. 사람들 목소리, 곡소리, 식기와 식기가 챙챙 부딪히는 소리, 종종거리며 음식을 나르는 상조회사 도우미들의 발걸음 소리 등 모든 소리들이 맥없이 흩어졌다.

S는 빈소 근처 테이블에 앉았다. 손수건으로 흐르는 눈물을 연신 닦고 있었다. 슬픔이 북받쳐 가슴으로 울고 있는 듯한 표정이었다. 가히 눈물공주라고 불렸던 과거 이력에 어울리는 모습이었다. 그녀는 우리를 보지 못했다. 그녀에게 알은척이라도 해야 되는 거 아냐? K가 먼저 말을 꺼냈다. 순간 정적이 찾아왔다. 아마 모두의 머릿속에는 여러 가지 생각들이 스쳐가고 있을 것이다. 우리들 중 눈물공주를 좋아하지 않은 사람은 없었기 때문이다. 18년이라는 세월이 지나서 다시 그녀의 눈물을 볼 용기를 가진 사람은 우리 중에서는 없었다. 여

자 멤버들은 가능할지 모르겠지만.

"내가 갔다 올게."

소주를 급하게 마시던 K가 자리에서 일어섰다. 근처 찻집이나 술집에서 기다려. S를 데리고 갈 테니깐. 재킷을 걸치며 그가 말했다. 해외지사 파견근무 신청을 해놓고 기다리고 있는 중이어서인지 K는 국내에 있는 동안 S를 한 번만이라도 보고 싶다는 의지가 강해 보였다. 우리는 그를 의외라는 듯이, 흥미롭다는 듯이 쳐다보며 고개를 끄덕였다.

우리는 대학 시절 인문학읽기 동아리의 멤버들이었다. 문화인류학과에 다니던, 뽀얀 피부에 이목구비가 뚜렷하여 한눈에 사람들의 시선을 사로잡던 S가 인문학읽기 동아리에 든 것은 지금 생각해도 의외였다. 그녀는 큰 키에 풍만한 가슴이 돋보이는 몸매였지만 몸의 선이 몹시 가늘어서 청초한 인상을 주었다. 그녀는 매주 진행되는 동아리 모임의 텍스트를 읽어 오지 않아 회원들의 눈총을 자주 받았다. 더군다나 그녀의 인문학적 지식은 턱없이 부족해서 우리를 놀라게 했다. 그녀는 동학혁명이라든가 전봉준이라든가 윤봉길을 잘 몰랐다. 사르트르, 보봐르, 모택동, 귄터 그라스도 잘 몰랐다. 그럴 때마다 회원들의 피식 웃는 소리가 여기저기서 들려왔다. 그녀는 귀가 새빨개지면서 잘 모르니까 이 동아리에 가입했지, 하며 눈에 눈물을 그렁그렁 매단 채 낮은 소리로 말했다.

늦은 밤, 동아리 모임이 끝나고 그녀와 나란히 집으로 돌아가는 중이었다. 그녀와 내가 같은 동네에 살고 있기 때문에 가능한 일이었다. 그녀의 집 근처까지 데려다주고 막 돌아서는데 그녀가 나를 불러 세웠다. 눈물을 글썽거렸다. 왜 울어? 무슨 일이야? 그냥…… 근데…… 나, 정원 미달로 대학에 들어왔어. 무용학과에 입학하려고 고등학교 3학년 때까지 실기 준비만 했었어. 집안 형편이 어려워지는 바람에 포기했어. 어차피 발목 부상으로 춤을 계속 출 수도 없었거든. 그래서, 뭐? 그걸 왜 내게 이야기하지? 답답함과 짜증이 섞인 목소리로 내가 대답했다. 그녀는 모욕 당한 표정을 짓더니 어깨를 들썩거리며 울었다. 나는 그런 그녀가 불편했다. 값싼 눈물을 줄줄 흘려대는 그녀가 불쾌하기까지 했다. 눈물뿐 아니라 뭔들 못 흘리고 다닐까, 싶은 생각이 들었다. 언젠가 그녀의 동아리 텍스트를 보았는데 그녀의 책에는 여러 가지 색깔로 밑줄이 그어져 있었다. 항상 10페이지 이내까지만 밑줄이 그어져 있었고 그 뒤부터는 깨끗했다. 10페이지까지도 이해가 되지 않아 여러 번 읽은 흔적이 역력했다. 한 문장에 서로 다른 색깔의 형광펜으로 서너 개씩 밑줄이 그어져 있기도 했고, 단락 옆에다 연필로 물음표를 적어놓은 곳도 더러 있었다. 어떤 페이지에는 눈물방울이었음이 분명한 흔적도 있었다. 그런데 그 페이지를 여러 번 읽어보았지만 울 만한 대목은 없었다. '김산'이라는 한 조선인 혁명가의 생애에 관한 기록인 『아리

랑』이라는 책이었고 주인공인 김산의 상해에서의 하루 일정이 나오는 페이지였다. 지금 생각해보니 날씨에 대한 짧고 건조한 묘사와 자신의 하루 행적에 대한 소회를 기술한 페이지였던 것 같다. 비가 부슬부슬 내렸다. 처마 끝에 매달려 있던 빗방울이 투둑 떨어졌다. 뭐, 이런 식의 문장이었던 것 같은데 그 문장 밑에다 그녀는 슬퍼, 라고 적어놓았다. 나는 그 당시에 그런 생각을 했던 것 같다. 그녀가 앞으로 인생의 크나큰 슬픔과 직면하거나 큰 재해를 당했을 때는 얼마만큼 많은 눈물을 쏟을까?

비는 조금씩 잦아들었다. 우리는 장례식장 근처에 있는 카페에서 아파트 시세, 제주도 땅 투자에 대한 정보, 학원, 아이들 조기교육, 조기유학 등의 얘기를 나누었다. 우리들은 별 맥락 없는 얘기들을 주고받았고 의미 없는 눈길로 서로를 바라보며 K가 나타나기를 기다렸다. 정확하게 말한다면 S가 나타나기를 기다리고 있었다. 나는 이야기를 듣는 척하면서 카페 창문으로 보이는 골목길을 계속 바라보았다. 참, 너는 여성 잡지 『뷰인』으로 옮겼다며? 나도 그 잡지 종종 읽어. 누가 말을 걸었을 때에야 고개를 돌려 맥주잔을 다시 집어들었다. K는 혼자 나타났다. S와는 연락처만 주고받고 헤어졌다고 했다.

"옛 연인 장례식장에 오는 사람도 처음 봤고, 그렇게 온몸으로 슬프게 우는 사람도 처음 봤어. 이건 토픽감이야, 아니 가십거리인가? 그렇지?"

Q가 오지 않는 그녀를 비아냥거리며 나를 흘깃 쳐다보았다.

"연인은 무슨. J와는 친구 사이였지……"

내가 떨떠름하게 말했다. K는 낮은 조도와 혼탁한 공기 때문에 부유스름한 천장을 쳐다보며 팔짱을 낀 채 말없이 앉아 있었다. Q가 그녀에 대해 어떤 말이라도 하고 싶어 하는 눈치였다면 K는 그녀에 대한 말을 아끼는 듯했다. 입술을 한 일자로 다문 채 아예 떼지 않았다.

"부정할 걸 부정해. 걔들 연인 사이였다는 거 동아리 회원들은 다 아는 사실이야. 아니, J는 S의 숙주였다고 해야 맞나? 함께 사는 조건으로 J가 S의 4학년 마지막 학기 등록금을 내줬다는 말을 하더라고. S가 우는 걸 보니 마침 생각나네. 요즘 와이프가 피카소 전시회를 준비하고 있는데 말이야. 피카소가 연인이었던 도르 마르가 우는 모습을 보고 그렸다는 「우는 여인」도 전시한다고 들었어. 다음 주부터 전시회가 열려. 귀한 전시이니 다들 와. 초대권은 여기 있어."

Q가 미술관 큐레이터로 일하고 있는 아내가 준 초대권을 우리에게 건네며 말했다. 우리는 피카소 전시회 초대권을 각자 손에 쥔 채 작별 인사를 나누었다. 먼저 돌아서 가는데 누군가의 목소리가 들렸다. 여자 회원 목소리였다. J 말이야, 늘 우는 S가 지겹다면서 먼저 헤어지자고 그랬대. 언젠가는 징징

대는 S가 귀여워 죽겠다고 하더니 말이야. 그런데도 S는 여기까지 와서도 징글징글하게 울고 있어.

새벽 3시까지 기사를 쓰고 아침에 일어나 면도를 하고 있는데 초인종이 울렸다. 잠시 정신을 놓는 사이 면도날에 오른쪽 뺨을 베었다. 짜증이 치밀었다. 인터폰 모니터에 노인이 보였다. 통화 버튼을 눌렀다.

"여기 율리아 없어? 어젯밤에 율리아가 집에 오지 않았어."

율리아 아주머니의 남편이었다. 노인은 거의 울 듯한 목소리로 말했다.

"아저씨, 율리아 아주머니는 돌아가셨다고요! 저희 어머니도 돌아가셨고요. 그러니 다시는 찾아오지 마세요!"

"아니야, 어제 너희 집에 놀러간다고 말하고 나갔어."

"자꾸 아침에 찾아오셔서 초인종을 누르면 경찰을 부를 겁니다. 경찰요. 아시겠어요?"

노인이 치매기가 있어 그렇다는 것을 알고 있지만 지난주에 세 번 방문한 데 이어 오늘 아침에 또 초인종을 눌러댄 것이다.

독실한 천주교 신자인 율리아 아주머니는 어머니의 친구분이었다. 재작년에 어머니가 돌아가시고, 율리아 아주머니는 작년에 돌아가셨다. 어머니와 율리아 아주머니는 살아생전 서로의 집을 종종 오갈 만큼 친했다. 율리아 아주머니는 돌아가셨다고요. 매번 얌전하게 말해 노인을 돌려보냈지만 이번엔 나도 모르게 큰소리가 나왔다. 급하게 옷을 꿰어 입고 현관문을 열었다. 노인은 현관문 앞에 그대로 서 있었다. 노인에게 눈길도 주지 않고 엘리베이터 버튼을 눌렀다. 노인이 내 소맷자락을 붙잡았다. 율리아 찾아놓고 가. 율리아 찾아주고 가. 노인은 어린아이처럼 눈물을 흘렸다. 나는 모른 체하며 엘리베이터를 탔다. 복도에서 잠깐만요, 같이 가요, 하는 젊은 남자의 소리가 들렸지만 엘리베이터 닫힘 버튼을 눌렀다. 누군지 모르지만 바쁜 출근 시간에 엘리베이터가 27층으로 다시 올라올 때까지 기다려야 할 것이다.

편집국에 도착했을 때, 옆 책상 위가 깨끗했다. 지난 10년간 출판사로, 신문사로, 잡지사로 직장을 여섯 군데 옮겨 다니면서 자주 봤던 풍경이었다. 부지불식간에 동료의 책상이 비워지는 일, 이어 새 직원의 책상으로 바뀌는 일은 비일비재했으니까. 문화부 기자가 한 명 줄어드는 것이니 앞으로 발바닥에 불이 나도록 더 뛰어야 할 판이었다. 휴대전화가 울렸다. 새로 온 문화부장의 호출이었다. 이번 달부터 H기자가 「마음 읽어주는 남자」 칼럼 연재하도록 해요. 독자들 반응이 좋은 칼럼이었으니까 신경 써서 원고 넘기세요. 기분이 썩 달갑지는 않았다. 퇴사한, 어쩌면 퇴출당했을 수도 있는 동료 기자가 연재하던 칼럼을 이어 쓰는 것이라 유쾌하지 않았다. 지금부터 마감일까지 밤샘 작업할 일도 많을 텐데 고정칼럼을 하나 더 맡는다는 것은 버거운 일이었다.

피카소 전시회 관람을 이유로 만나자는 전화를 해온 사람은 Q였다. K와 동아리 회원 몇 명이 참석한다고 했다. 통화 말미에 S도 나온다는 얘기를 붙였다. 나는 산더미처럼 쌓인 일거리를 생각하면서도 참석하겠다고 말하고 말았다.

피카소 전시회 관람은 하지 못하고 모임 장소로 바로 갔을 때는 저녁 8시가 가까운 시간이었다. 테이블 끝에 앉아 있던 K가 제일 먼저 자리에서 일어나 다감한 목소리로 반겨주었다. Q와 K 외에도 낯익은 얼굴이 보였다. 아직 S는 오지 않았다. 안부와 서로의 근황에 대한 대화가 오갔고 술이 몇 순배 돌았다. 하나 마나 한 가벼운 얘기들이 오가는 동안 나는 자주 출입문 쪽을 흘끔거렸다. S는 오기로 한 거 맞아? Q가 물었고, 늦더라도 꼭 온다고 얘기했어, K가 답했다. K는 초조한 듯 손목시계를 자주 들여다봤다. 사실 K뿐만 아니라 Q도 S를 기다리고 있다는 걸 알 수 있었다. 그 시절 우리는 S를 함께 공유했으니까. 엄밀히 말한다면 그녀의 눈물을 공유했으니까.

"대학 시절 우리는 S의 눈물 덕을 많이 봤던 것 같아."

누군가의 말에 우리 모두 인정한다는 듯한 표정을 지었다.

"왜 있지, 동아리 모임에 S와 함께 지각하면 선배들한테 야단도 안 맞았잖아. S가 그 큰 눈에다 눈물을 그렁그렁 매달기라도 하면 선배들이 무안해서 나무라지도 못했잖아. 너는 기억 안 나?"

여자 멤버들 중 한 명이 테이블 끝에 앉은 친구에게 말했다.

"응, 기억해. 그때 남자들은 S를 다들 눈물 공주라고 불렀잖아. 여자들 사이에선 뭐라고 불렸는지 알아?"

테이블 끝에 앉아 있던 여자는 머뭇거리면서 질문을 던졌다. 모두들 조용했다.

"색종이라고 불렀잖아. 다들 기억나지?"

그녀는 여자 회원들을 쳐다보며 다시 물었다.

"응. 색종이를 뿌리는 여자, 색을 뿌리고 다니는 여자, 라고 불렸어. 생각나고말고."

어느 여자 회원이 대답했다.

"뭐? 뭐라고? 색종이를 뿌리는 여자라고?"

Q가 화들짝 놀라며 목소리를 한껏 높여 말하더니 이내 화제를 다른 데로 돌렸다.

"우리 오랜만에 만났으니 소주에다 막창 먹으러 가자. 그때 우리 자주 먹었잖아."

최근 2년간 직업이 없었던 Q가 말했다. 그는 대학 시간강사 일을 그만둔 직후에 영어학원을 열었다 적자에 시달려 문을 닫은 뒤로 별다른 일을 하지 않았다. 돈도 없었고 집도 차도 없었다. 그런데도 그는 올해 봄에 결혼을 했다. 오늘따라 술맛이 당기는지, 대화가 묘한 분위기로 흘러가는 게 못마땅

해서인지 설레발을 치며 막창집을 외쳐댔다. 글쎄, 근처 괜찮은 데가 있을까? 시간이 많이 늦었는데…… 여기저기서 움직이기 싫다는 말들이 들렸다. 여자 회원 몇이 먼저 돌아갔고 나머지 사람들은 막창집으로 이동하기 위해 우우 일어났다.

실내 벽을 빈티지풍 나무 패널로 덧댄 실내포장마차는 외양과는 달리 꽤 운치 있었다. 실내포장마차로 자리를 옮기는 동안 또 두 사람이 손을 흔들며 작별 인사를 했다. K, Q, 그리고 나, 세 명만 남았다. 장례식장에서 만났던 날과 비슷한 상황이었다. 지나간 연대에 대한 추억 때문인지, S에 대한 기다림 때문인지 이상야릇한 설렘이 우리를 에워싸고 있는 것 같았다.

"다들 그때와는 영 다른 사람이 된 것 같아. 이십 년도 안 지났는데 말이야. 그렇지만 말이야 우리들의 S는 그대로이겠지."

K의 눈가가 촉촉해졌다.

"나는 만으로는 마흔이야."

Q가 노가리를 잘근잘근 씹으며 말했다.

"여긴 대한민국이야. 대한민국에선 만으로 세는 나이는 필요하지 않아. 연예인도 아니면서 말이야. 그러니 마흔둘이라고 말해. 뻥치지 말고 말이야."

내가 얼른 Q의 말을 정정해주듯 말했다. 모두 하하, 웃었다.

"그때 S는 참 모호한 애였어. 나는 그 친구가 날 좋아한다고 생각했었어. 왜냐면 3학년 겨울방학 때, 불쑥 겨울 바다가 보고 싶다고 무박 2일로 여행을 같이 가자고 하더라고. 그런데 서울로 돌아와서 집으로 가는 길에 S의 입술을 덮쳤더니 기겁을 하더라고. 야, 너, 나 좋아하는 거 아니었냐? 나랑 어떻게 하고 싶은 거 아니었냐고? 겨울 바다에 같이 가자고 한 말이 나한텐 꼭 한 번 어떻게 해달라는 말로 들려, 하며 소리를 질렀더니 눈물을 펑펑 흘리더라고. 미안하다고, 자기는 그런 의미가 아니었다고, 정말로 겨울 바다가 보고 싶어서였다고 하면서 말이야. 하여튼 아직도 그 친구 마음을 모르겠어."

"취했네, 취했어. Q한테 더 이상 술 주지 마라."

나는 좀 심기가 불편해져서 목소리를 낮게 깔며 말했다.

"그래도 술집에서 술값 좀 모자라도 S가 다음에 꼭 갚겠다고 애원하면 주인들이 다들 실랑이도 하지 않고 보내줬잖아. 그거 아무한테나 주어지는 능력은 아니라고."

Q가 술에 취해 혀 꼬부라진 소리로 떠들썩하게 말했다. S는 모호하다거나 추상적인 것과는 거리가 멀어. 그냥 걔는 걔일 뿐이야. 너희가 걔의 미모에 홀라당 넘어가서 걔의 눈물에 뭐가 있는 것처럼 생각하는 것뿐이야. 내가 Q의 말에 기분이 상해 가볍게 비아냥거리듯 툭 던졌다. 그래도 S의 눈물 속에는 세상 전체의 눈물이 들어가 있는 것 같았어. 그 친구가 눈물을 흘릴 때마다 세상이 우는 것 같았거든. 그 친구의 눈물

은 다른 사람들의 눈물과 비슷한 것 같지만 사실은 완강하게 다른 무언가가 있었어. K가 낮은 목소리로 말했다.

모두들 S가 어떤 사람이었는지 다 아는 듯이 말하고 있었다. 하지만 그녀를 제대로 알고 있는 사람은 없었다. 우리들이 고작 아는 건 그녀가 시시때때로 잘 우는 여자라는 것뿐이었다. 나는 그녀에 대해 할 말이 많았다. 그러나 되도록 그녀에 대해 말하지 않았다. 그건 아마도 K도 마찬가지가 아닐까. 언젠가 K가 술자리에서 술에 잔뜩 취해 그녀와 뜨거운 사이였다고 큰 소리로 외쳤으니까. 그녀는 여태 나타나지 않았다.

"오늘 전시장에서 본 「우는 여인」은 여인이 슬픔을 이기지 못해 펑펑 울고 있다는 걸 한눈에도 알겠더라. 여자의 얼굴이 입체적으로 심하게 왜곡되긴 했지만."

"그림 속 우는 여자에게 연민과 동정심이 안 생길 사람 없겠던걸. 너무나도 격렬하게 울고 있잖아. 여자의 두 눈이 반대 방향으로 벌어져 있고, 코와 입 모양도 일그러져 있잖아."

Q와 K 둘이서 「우는 여인」의 감상을 주고받았다. 둘은 분명 그림을 보면서 그녀를 떠올렸을 것이다. 전시회에 가지 않았던 나도 인터넷으로 검색해보고선 회환에 젖어 입술을 감쳐물었으니까. 나는 맥주잔의 실굽을 만지작거리며 그들의 대화를 안 듣는 척하며 듣고 있었다.

"4학년 봄이었어. 수업을 마치고 나오는데 상경대 건물 본관 앞에 S가 서 있더라고. '반' 카페에 갔지. 부탁이 있다고 하더라고. 시험을 한 과목 대신 쳐달라고 했어. 재시를 치지 않으면 졸업을 못한다고 하더라고. 교양과목이었던 것 같은데 큰 강의실에서 많은 학생이 시험을 치니 감독관이 일일이 응시자와 학생증 사진을 대조하지는 않는다고 말하더라고. 시험을 쳐주면 원하는 걸 들어주겠다고 했어. 나중엔 펑펑 울기까지 하더라고."

K가 옛날 일을 떠올리느라 아득한 표정을 지으며 말했다.

"그래서 대신 시험 쳐줬어? 원하는 걸 받았어?"

내가 물었다. 노코멘트, 라고 K는 짧게 대답했다.

"하긴, 누구나 S를 보면 보호본능을 느끼지. 더군다나 누가 S의 눈물을 당해내겠어?"

Q가 피식, 입을 실룩거렸다.

눈을 감으면 지금도 카페 '반'의 실내 정경이 생각난다. 카페 반은 J가 4학년이 되어 창업한 카페였다. 학교 후문 근처, 후미진 골목에 있던 좁고 어두운 카페로 2인용 테이블 두 개, 1인용 테이블 하나가 전부였다. 여느 대학가 카페의 절반도 안 되는 공간이라 다섯 명만 모여도 실내가 꽉 차는 곳이었다. 대신에 커피값은 다른 카페의 절반이었다. J가 수업이 없는 요일과 주말에만 문을 열었기 때문에 카페 문을 여는 날도 다른 카페의 절반이었다. J는 '커피 맛에 반하다'라는 의미로 카페 이름을 '반'이라고 지었지만 우리는 절반의 공간, 절반의 가격, 절반의 오픈일이라는 의미로 '반'이라고 불렀다. 그 당시 대학가의 카페에선 대부분 간단한 점심 메뉴를 팔았는데 '반'에서는 계란 샌드위치 한 종류만 팔았다. J가 잘할 수 있는 메뉴가 그것밖에 없었기 때문이다. 우리는 그곳에서 계란 샌드위치로 점심과 저녁을 때우고 커피를 마시고 리포트를 썼다.

늦은 가을이었다. 3학년이 되어 동아리 모임 참석률은 낮았지만 우리끼리는 '반'에서 자주 만났다. J, K, Q와 내가 타 대학교와 연계해서 벌이는 대학 등록금 인상 반대 시위에 참여했다가 저녁 무렵 '반'에 모였다. 모두들 지쳐 있었다. 시위에 참석하지 않은 S도 뒤늦게 왔다. 내일도 모레도 시위가 있을 예정이었고 모두 참석하기로 되어 있었다. 갑자기 Q가 못하겠다며 소리를 질렀다. 단과대, 학부별 등록금 차등화와 신입생, 재학생 차등화는 근거 자체가 모순이 되기 때문에 받아들일 수 없다, 라고 시위하는 일은 총학생회와 시간이 남아도는 학생들만 하면 되잖아. 굳이 학점 따기에 바쁜 사람까지 끌어들이지 않아도 되잖아. 그저 행렬의 머릿수만 채우는 일인데 나까지 갈 필요 없잖아. Q가 계속 투덜거렸다. 너는 언제나 너만 잘되면 되지? 인마, 너 같은 사람들 때문에 사회가 발전하지 않는 거라고. K가 Q를 향해 목에 핏대를 세우며 격앙된 목소리로 말했다. 뭐야, 이 새끼가! Q가 갑자기 K의 가슴께를 발로 찼다. 놀란 K가 주먹으로 Q의 얼굴을 가격했다. 순식간에 벌어진 일이라 모두 넋 놓고 보고 있었다. Q가 테이블 의자를 번쩍 들어 K 쪽으로 던지려고 할 때였다. 갑자기 S가 Q의 팔을 잡고 울었다. 이러지 마! 이러지들 마! 순간 정적이 흘렀고 Q는 스르르 의자를 내려놓았다. S, 너는 대체 뭐하는 사람이야? 너는 왜 한 번도 집회든 시위든 봉사활동이든 참석하지 않는 거야? 우리들이 땀을 흘리는 동안 대체 넌 뭐하고 있는 거야? 그리고 동아리 회비는 왜 안 내는 거야? 일 년 이상 밀렸어. 동아리 총무를 맡고 있는 J가 그녀를 향해 소리쳤다. J가 이맛살을 잔뜩 찌푸리며 애꿎은 S에게 화풀이를 했다. 그녀는 계속 울다 멈칫하더니 손을 이마에 갖다 댔다. 이마에서 피가 나고 있었다. 의자 모서리에 긁힌 것 같았다. 나는 그녀의 눈물에 대해 연민과 혐오를 동시에 느꼈다. 그녀에 대한 내 감정이 혼란스러워 한동안 그 자리에 그대로 서 있었다.

그날 밤, 나는 후미진 골목을 여러 번 돌아 도착한, 둘이 나란히 서면 어깨가 부딪힐 정도로 좁은 그녀의 방에 들어섰다. 출입문을 빼곤 문이라곤 없는 방이었다. 부엌 쪽으로 작은 창문이 하나 있긴 했지만 창문의 기능을 하진 못했다. 창문을 열면 바로 옆 건물 벽이 코앞에 나타났다. 방은 정리 정돈이 잘되어 있었고 이불은 지나치게 하얬다. 그녀는 침대 모서리에 앉아 이불자락을 톡톡 손가락 끝으로 만졌다. 나는 침대 곁에 어정쩡하게 서 있었다. 할까? 내가 물었을 때 그녀는 잘 모르겠어, 라고 답했다. 정확하게 말하지 않으면 그냥 할 거야, 라고 다시 한 번 되물었을 때 거절하면 네가 너무 민망하지 않겠어? 하고 그녀가 눈을 아래로 내리깔고 말했다. 그때 그녀의 눈가가 촉촉이 젖어 있었다. 아니, 젖어 있었다고 생각한 것은 착각이었는지도 모르겠다. 안절부절 어쩔 줄 모르는 그녀를 덥석 안고서 오래도록 키스를 했다. 나의 입술이 그녀의 여성을 지나갈 때, 그녀가 말했다. 이건 분명하게 해줘야 해. 네가 나를 먼저 유혹한 거야. 이건 네가 먼저 날 꼬드긴 거라고. 서로가 서로를 충분히 탐닉하고 났을 때, 그녀가 어둠 속에서 묘한 소리를 냈다. 훌쩍이는 소리였다. 훌쩍였다고 느낀 것도 착각이었는지도 모르겠다. 희미하게 웃는 소리였던 것 같기도 했다.

3개월 후, 나와 S는 카페 '반'을 나와, 곱창집을 거쳐 공원 벤치에 앉았다. 그녀는 내가 이제 그녀와 헤어지려 한다는 걸 모르고 있었다. 나는 분명 그녀가 곧 울 거라는 걸 알고 있었지만 말이다. 그녀에게 우리 사이 한번 생각해보자, 라는 말은 말 그대로 그냥 한번 생각해보는 거지 둘의 관계를 점검한 후 계속 만날지 헤어질지 결정하자는 의미는 아니었다. 나는 그녀의 눈물이 뒷감당이 안 될 것 같아 잔뜩 긴장하고 있었다. 담배 연기와 취기가 하늘로 향해 솟고 있었다.

"우리…… 이제, 그만 만나."

"……이유는?"

"이유 같은 거 없어. 그냥 우는 네가 지겨워졌어. 영혼 없이 흘리는 네 눈물 말이야. 그게 정말 싫어졌어. 그거 전부 이기적인 눈물이잖아."

대답하는 목소리가 조금 떨렸다. 생각지도 못한 그녀의 담담한 반응 때문이었다. 솔직히 말한다면 헤어질 이유야 쌔고 쌨지만 이유를 일일이 나열하진 않았다. 그냥 그녀가 시들해 졌고 싸구려처럼 느껴지는 그녀의 방에서 하는 섹스도 지겨워졌지만 차마 그렇게는 말을 할 수 없었다. 그냥 우는 네가 싫어졌다고 비겁하게 주절거렸다.

"좋아, 그럼 헤어져! 우는 내가 지겹다고? 차가운 새끼! 너는 너 자신을 위해서도 울어본 적 없을걸. 너처럼 감정에 인색한 사람이 눈물의 의미를 어떻게 알겠어?"

그녀가 입꼬리를 올리며 피식, 웃었다. 그녀는 이상할 만큼 선선하게 헤어지자는 말을 받아들였다. 어떤 종류의 감정도 드러내지 않았다. 이어 벤치에서 벌떡 일어나더니 코가 뾰족한 구두로 내 다리와 다리 사이를 힘껏 찼다.

"대신 밀린 동아리 회비, 밀린 내 방 월세는 네가 갚아. 모텔비 대신이라고 생각해! 넌 부모님께 받아낼 수 있잖아. 그 정도는 받아도 되겠지!"

10시가 가까워왔을 때 S가 나타났다. 단순한 디자인의 검정색 원피스 차림이었다. Q가 덥석 그녀의 손을 먼저 잡았고 우리는 선 채로 그녀를 맞이했다.

"다들 잘 지냈지? 오랜만이야."

그녀가 인사를 하고 자리에 앉자 다 한마디씩 근황을 물었다. 이게 얼마만이야, 어디에 살아, 결혼은? 등등의 인사말이 오고 갔고 술잔이 부딪히고 또 술잔이 오고 갔다. 그녀 특유의 청초한 매력은 여전했다. 조금 전까지 같이 있었던 여자 멤버들의 성숙하고 안정된 세련미와는 다른 종류의 매력이었다. 마른 어깨 위로 풍성한 머리카락이 흘러내려 그녀의 가슴을 가리고 있었고 마네킹이 아닌가 싶을 정도로 그녀의 몸에는 군살이 없었다. 다만 눈매가 그때보다 훨씬 깊어진 듯 보였고 미소 지을 때마다 눈가에 잔주름이 잡혔다. 어딘가 모르게 지쳐 보이기도 했다. 그녀는 술을 거의 마시지 않고 음료수만 들이켰다. 그녀가 나타나자 파장 분위기이던 술자리에 묘한 활력과 긴장감이 조성됐다. 잔이 급하게 돌았고 시간도 흥분한 듯 빠르게 흘러갔다. 모두 자신이 하고 싶은 얘기만 했고 하고 싶은 행동만 했다. K는 그녀 쪽을 자주 쳐다보았다. 내가 왜 해외지사에 파견근무를 신청했는지 알아? 실은 나 이혼한 지 일 년 됐어. K가 킬킬거리며 말했다. K가 해외지사 파견근무 신청을 해놓고 오매불망 기다리고 있는 중인 줄은 알고 있었다. 그 뒤에 이런 이유가 복병처럼 숨어 있을 줄이야…… 내 그럴 줄 알았지. 불안불안하더니만. Q가 낮은 소리로 빈정댔다. K가 갑자기 Q의 머리 위로 물을 부었다. 이게 뭐야? Q는 K의 머리 위로 술을 부었다. 나는 취기처럼 난무하는 말과 행동들 사이에서 멍하니 앉아 있었다. 비감한 기분이 들었다. 이 소란스러운 분위기가 견딜 수 없었다. Q와 K가 예전처럼 뒤엉켜 싸울 줄 알았는데 의외로 둘은 서로에게 관대했다. 서로의 모습을 보며 푸하하, 웃었다.

"참, K와는 어떤 사이였어? 뜨거운 사이였어? 아니지?"

풀어진 눈빛으로 Q가 S에게 물었다. 모두의 시선이 그녀에게 쏠렸다.

"아니야!"

그녀가 차분한 표정으로 단호하게 말했다.

"K가 술만 마시면 너와 뜨거운 사이였다고 해서. 그럼 그렇지, 아니지."

"뜨거운 사이는 아니었지만 아무런 사이가 아니었던 건 아니잖아."

K가 민망해하며 말했다. 그의 말끝이 과자 가루처럼 파슬파슬 부서졌다. 그녀는 얼른 음료수 잔을 집어들었다. 잠시 어색한 침묵이 흘렀다. Q가 훌쩍거리기 시작했다. 야, 니들이 내 마음을 알아? 늙은 부모님과 잘나가는 와이프에게 얹혀사는 기분을 아느냐고! 나는 내가 진저리 나게 싫다고. 직장을 잃은 Q는 세상의 모든 것을 잃은 것처럼 절망적으로 말했다. 생각지도 못했던 상황이었다. 그녀는 이상한 분위기에 잠시 어리둥절한 표정을 지었지만, 이내 Q의 어깨를 가볍게 두드

렸다. K가 못난 새끼, 울기는, 하더니 손등으로 눈가를 훔쳤다. Q가 홀쩍거리다 민망했는지 갑자기 그녀의 가슴에 와락 안겼다. 그녀는 흠칫 놀라더니 그의 등을 가만가만 토닥였다.

　율리아 아주머니의 남편인 노인의 부고를 들은 건 편집국에서 마감 원고를 쓰느라 마지막 힘까지 쥐어짜고 있을 때였다. 대부분의 기자들이 컴퓨터 모니터 앞에서 타다, 타닥, 소리를 내며 자판을 치고 있었다. 시계는 이미 저녁 8시를 지나고 있었지만 편집국 전체는 물론 국장실에도 불이 환하게 켜져 있었다. 한강이 범람하든 누가 죽었든 잡지사가 문을 닫든 기자는 충실히 데드라인 지켜 원고를 마감해야 합니다! 조만간 폐간되거나 합병될지도 모르는 『뷰인』의 신임 문화부장이 데스크에 앉아 기자들을 바라보며 큰 소리로 말했다. 명량해전에서 이순신 장군에게는 배가 열두 척이라도 남아 있었지만 지금 잡지사에는 취재, 편집, 사진 기자 통틀어 열두 명의 기자도 남아 있지 않았다. 그때 노인의 부고 메시지가 휴대전화 액정 화면에 떴다. 내일이 발인이었다. 노인이 아파트에 마지막으로 찾아온 지 딱 한 달 만이었다. 나는 마감 원고 때문에 문상을 가야 하나 말아야 하나 망설였다. 결정은 시계추처럼 왔다 갔다 했다. 이왕 갈 거 지하철 끊기기 전에 가야 될 것 같아 자리에서 일어났다. 재킷을 들고 자리에서 일어서는데 문화부장이 나를 불러 세웠다.

"원고 마감은?"

"문상 다녀와서 하겠습니다."

"마감하고 가요. 잡지에 기사를 못 채워 여백으로 나가는 페이지가 있으면 좋겠나? 발간일이 늦춰져도 좋겠어?"

부장이 단호하게 말했다.

"금방 다녀오겠습니다."

몇 시간 동안 말을 하지 않아 가래가 낀 듯한 탁음이 거칠게 튀어나왔다.

손에 든 재킷을 팔에 꿰는데 부장의 얼굴이 시뻘겋게 달아올랐다.

"들은 대로 성정이 메마르군. 마감 못 지키면 규칙대로 하겠네."

부장은 더 이상 내게 눈길을 주지 않고 모니터로 이내 고개를 돌렸다.

노인의 빈소에 조의를 표하고 나오는데 노인의 아들이 내 팔을 강하게 낚아챘다. 나를 한참 동안 노려보더니 격앙된 목소리로 말했다.

"넌, 어쩜 그렇게도 인색하냐? 치매가 있는 어른인 줄 알면서……"

"형, 무슨 말이에요?"

"이 자식이! 네가 아버지를 문전 박대하던 날 아침에 아버지가 교통사고를 당했다고! 잘난 네 덕분에 한 달간 병원에 계셨어. 그날 아침에 집으로 모셔다주든가 내게 연락이라도 해줬더라면……"

순간, 머리가 아찔했다. 우리 둘 주위로 몇 사람이 모여들었고 누군가 흥분되어 있는 그를 데리고 나갔다. 당황한 탓에 그 자리에 가만히 서 있는데 누가 내 팔을 부드럽게 끌어 자리에 앉혔다. 테이블에 놓인 생수병을 들어 물을 마시고 마음을 가라앉혔다. 팔을 잡아 끈 사람이 누군가 둘러보았다. 건너편 테이블에서 낯익은 얼굴을 발견했다. 검정 재킷, 회색 블라우스, 검정 치마를 입은 S였다. 그녀는 조용히 고개를 숙인 채 손수건으로 눈가를 닦고 있었다. 그녀와 함께 장례식장을 나왔다. 무작정 걸었다. 그녀도 나도 말이 없었다. 자동차 불빛 사이로 어슴푸레하게 드러나는 도로를 따라 걷다 지하에 있는 술집으로 들어갔다.

"우리 요즘 자주 만난다? 그것도 장례식장에서."

겸연쩍은 듯 내가 말했다.

"그러게. 난 대학병원 의무기록실에서 일해. 내가 근무하는 의무기록실 바로 아래층, 지하 3층이 아까 그 장례식장이야."

"그럼, Y대학병원 의무기록실에서 일한단 말이지? 아까 그 장례식장이 있던. 박물관 학예연구사나 큐레이터가 되고 싶다고 하지 않았어?"

"내가 그랬었나?"

그녀가 희미하게 웃었다.

"졸업 후 돈을 벌면 프랑스로 가서 예술사 공부를 하고 싶다고 자주 말했었잖아?"

그녀는 그때 내가 그런 말을 정말 했어? 하는 듯한 표정을 큰 눈으로 지어 보였다. 밤은 깊어가고 있었고 기사 마감은 오늘 새벽까지도 못할지도 몰랐다. 그렇지만 나로서는 지금 그녀와 있는 것이 최선의 선택이었다. 맥주를 몇 잔 마시지 않았는데도 그녀의 얼굴이 발개졌다.

"지독히도 비현실적인 밤이야. 여기서 널 만날 줄은 꿈에도 생각하지 못했어."

그녀가 뇌까리듯 말했다.

"아까, 누구 문상 온 거야?"

"그게 궁금해? 내가 누구와 결혼을 했고 어떻게 살고 있는지는 궁금하지도 않아? 하루 종일 지하 의무기록실에서 내가 하는 일이 뭔지 알아? 환자들 병명이 기록된 차트를 찾고 정리하고 보관하는 일이야. 환자들 차트를 보면 그 사람의 살아온 내력을 다 알 수 있어. 난 말이야, 네 차트가 궁금해. 그걸 보면 네가 그동안 어떻게 살았는지 한눈에 알 수 있어. 다른 건 아무것도 궁금하지 않아. 난 빽빽한 차트들 속에서 서서히 늙어가겠지만 뭐, 그것도 나쁘진 않아."

"누구 문상 왔느냐고?"

"그게 그렇게 궁금해?"

그녀가 취기가 밴 어조로 흐흥, 흐흥 웃었다. 너무 가벼운 웃음소리여서 주의 깊게 듣지 않았다면 들리지도 않았을 소리였다.

"모르는 사람."

"모르는 사람 문상 왔다고?"

"응. 내 일이야. 마이 잡. 조문객으로 문상 오는 거. 슬프게 눈물 흘려주고 오면 일당을 받아. 눈물로 버는 돈 같지만 엄격하게 말한다면 땀으로 버는 돈이야."

그녀는 엄격하게, 라는 말에 힘을 주어 말했다.

"……"

"딸애가…… 아파. 많이. 아홉 살 된 딸애의 차트가 내 차트의 열 배 정도로 두꺼워."

그녀가 잠시 주저하더니 천천히 말했다.

"울고 싶은데 말이야 마음 놓고 울 데가 있어야지. 집에서 아픈 딸애 앞에서 울까? 병원 사무실에서 울까? 돈도 벌면서 마음껏 실컷 울고……"

그녀는 말을 끝내고는 흐흥, 흐흥 웃음을 흘렸다. 그런 그녀의 눈가에 잔주름이 여러 줄 잡혔다. 눈과 귀가 어두워지고 숱 많은 머리카락이 백발이 될 때까지 그녀는 잘 울 거라고 생각했다. 더 이상 울지 않는 그녀가 낯설었다. 장례식장에서만 우는 그녀는 더 낯설었다. 이제야 나는 그녀가 어떤 사람인지 알 것 같았다. 물론 전부를 다 안다는 건 아니었다. 그녀가 예전에 수시로 흘렸던 모호한 눈물의 의미를 조금은 알 것도 같았다는 말이다. 더 이상 울지 않는 그녀, 숨어서만 우는 그녀도 조금은 알 것 같았다. 취한 흉내라도 내고 싶은데 정신은 오히려 점점 또렷해졌다. 그녀와 얘기를 나누는 동안 어떤 서글픔이 우리와 함께 조용히 머물고 있는 것 같았다.

편집국에 도착하자마자 컴퓨터를 켰다. 새벽 2시가 가까워져 있었다. 아직도 두 명의 기자가 얼굴색이 흙빛이 되어 모니터 앞에서 작업을 하고 있었다. 모니터 주위로 전자파 같은 것과 부연 먼지들이 아지랑이처럼 떠다니고 있었다. 「마음 읽어 주는 남자」 칼럼을 쓰기 시작했다. 원고지 스물다섯 장, 삽화와 함께 잡지 세 쪽에 들어갈 칼럼이다. 눈물의 의미에 대한 소고 같은 느낌으로 써나갔다. 지인 중에 시시때때로 우는 사람이 있다. 그녀는 자신의 생각과 느낌을 눈물을 통해 표현하는 사람이다, 로 서두를 시작했다. 눈물의 의미, 효과, 영화나 명화 속 인물의 눈물에 대해서 간략하게 짚고 어쨌거나 울고 싶을 때는 각자의 방식대로 펑펑 울어버려라, 지인처럼, 이라는 내용으로 본문을 채워나갔다. 소제목을 눈물은 어떻게 존재하는가, 로 붙였다. 잡지 『뷰인』에서 내 이름으로 나가는 마지막 기사가 될지도 몰랐다. 컴퓨터를 끄고 고개를 들어 창밖을 보니 날이 훤했다. 커피머신에서 커피를 내려 창가로 가 섰다. 흐응, 흐응 웃던 S의 모습이 눈에 밟혔다. 물 위에 떠 있는 코르크 마개보다 더 가볍던 그녀의 웃음소리가 편집국 허공에 떠다녔다.

개를 완벽하게 버리는 법

개를 버리기로 했다. 즉흥적으로 결정한 일은 아니었다. 어쩌면 내가 어쩔 수 없이 개를 집으로 들이던 날부터 마음속으로 작정한 일인지도 모르겠다. 개는 6개월 전에, 옛 연인이었던 지호가 찾아와 조카인 신혜를 내게 억지로 맡길 때 잡지 속 부록처럼 딸려 온 거였다. 나는 커피를 내려 텀블러에 가득 담아 거실 창가로 갔다. 날씨는 흐렸다. 이른 아침, 좁은 거실 유리창 너머로 안개가 가득했다. 무언가의 흔적을 덮기에 안개만 한 것이 있을까. 개를 버리기 딱, 좋은 날씨였다.

느긋하게 커피를 마시며 개를 버리는 전략을 세웠다. 몇 가지 방법을 짜는 동안 입가에서 미소가 흘러나왔다. 막혀 있던 가슴이 조금은 뚫리는 기분이 들었다. 서둘러 짐 가방을 꾸렸다. 신혜가 일어나면 늦은 아침 겸 점심을 먹고 개와 함께 셋이서 여행지로 출발할 것이다. 여행지는 D시, D대학교 내에 있는 점자음성안내식물원과 점자출판박물관으로 정했다. 그곳은 시력을 잃어가고 있는 신혜를 위해서는 맞춤한 장소였고, 교정에 나무들이 빼곡히 들어찬 숲이 있어서 개를 버리기에도 나쁘지 않은 장소였다. 그 뒤 K시로 가서 옛 왕조의 유적지를 둘러보며 하룻밤을 묵고 다음날 오후 서울로 돌아올 계획이었다.

애초에 오늘 여행은 '나의 과거 청산 프로젝트' 중 하나였다. 그중 제일 중요하고 시급한 사항이 박지호를 완전하게 버리는 일이었다. 지호와 사귀는 동안 종종 아무런 희망도 없는 그의 삶이 소름끼치도록 무섭게 느껴질 때가 많았다. 팍팍하고 지루하기만 한 그의 삶에 칼을 깊숙이 찔러 넣고 허겁지겁 돌아서 나오는 상상을 자주 했었다. 그가 내 옆에 계속 얼쩡거리고 있는 한, 행운이 내게로 오다가도 도로 갈 판이었다.

1박 2일의 일정 동안 나는 호시탐탐 개를 버리기 좋은 곳을 물색할 것이다. 물론 그것은 우연히 일어난 사고로 보여야 했다. 다음주 월요일에는 신혜를 청소년쉼터로 데리고 가기로 되어 있다. 부모나 친척들이 포기한 아이들을 국가가 관리하는 곳으로 보내기로 한 것은 고심 끝에 내린 결정이었다. 신혜는 삼촌이 쉼터로 자신을 데리러 올 때까지 개를 맡아달라고 울면서 애원했다. 나는 대답을 하지 않았다. 이제는 한순 간도 무언가를 부채처럼 맡고 싶지 않다. 그것이 지호가 키우던 개라면 말할 필요도 없는 일이었다. 개를 버리는 일이 신혜에겐 잔인한 일이 되겠지만 어쩔 수 없는 일이기도 했다. 그러니 개를 버리는 게 아니라 잃어버린 걸로 설정한다면 신혜에게 상처가 덜할 것이다. 결과야 마찬가지이겠지만 '버림' 과 '잃음'은 '고의'와 '미필적 고의'의 의미만큼 차이가 나니까. 그것은 내가 신혜에게 주는 마지막 배려였다.

개를 데리고 아파트 1층까지 조심조심 내려온 신혜는 차 옆에 엉거주춤 서 있었다.

"어서 타. 처음으로 같이 가는 여행이잖아."

나는 차마 이별 여행이기도 하잖아, 라는 말은 하지 못했다. 룸미러로 내 입술이 바르르 떨리는 게 보였다. 나는 윗입술로 아랫입술을 지그시 눌렀다. 열어놓은 차 뒷문을 잡고서 신혜는 한참을 머뭇거렸다. 노인처럼 몸을 움츠리고 주머니에 한쪽 손을 넣은 채 눈만 깜박거렸다. 개는 신혜 옆에 그림자처럼 앉아 있었다.

"은성 언니, 그거 알아? 그림자에도 눈이 있다는 거."

"……무슨 뜻이야?"

"이 차의 오늘 운세는 흐림이야. 오늘 날씨처럼 흐리다고. 이젠 무엇이든 희미하게 형태밖에 보이지 않아…… 그렇지만 사물이나 사람의 실루엣만 봐도 어떤 감정 같은 게 느껴져. 그 사람이 살아온 시간, 앞으로 살아낼 시간들이 보여."

"그럼, 내 운명도 보여? 그건 그렇고 빨리 타기나 해."

나는 짐짓 쾌활한 목소리로 물었다.

"언니 운명은…… 원래 가까운 사람들 운명은 말해주지 않아."

신혜는 점쟁이처럼 정색을 하고 말했다.

"언니, 오늘 날씨는…… 어쨌든 어두운 곳에 혼자 남게 될 것 같은 쓸쓸한 날씨야."

올해 열일곱 살인 신혜의 눈 상태는 처음 지호가 신혜는 시력이 좀 안 좋아, 하고 얘기한 것보다 훨씬 심각했다. 점점 시력을 잃어가고 있는 중이어서 고등학교도 휴학한 상태였다. 내가 바로 옆에 있는데도 알지 못할 때가 많았다. 날아가는 공이나 빠르게 지나가는 것들을 인지하지 못했고 작은 물체들은 아예 보지 못했다. 그런데도 어떤 분위기나 기운 같은 것은 기가 막히게 맞혔다.

나는 열두 세대가 사는 4층 다세대 건물의 3층에 세 들어 있다. 신혜는 1층 맨 끝 집에 사는 할아버지가 지나가면 저 할아버진 병이 깊을 거야, 하고 말했다. 옆집 아가씨가 지나가면 저 언니에게 곧 좋은 일이 생길 것 같아. 아주 밝은 기운이 느껴지거든, 했다. 할아버지는 암 환자였고 옆집 아가씨는 결혼식을 코앞에 두고 있었다. 흐릿하게나마 보이는 만큼만

보는 방식에 적응하려고 해. 언젠가 신혜가 거실 창가에 서서 덤덤한 표정으로 먼 곳을 응시하며 무슨 생각엔가 잠겨 했던 말이었다. 나는 늘 그 애가 무슨 생각을 하고 있는지 짐작조차 할 수 없었다.

나는 어렸을 때부터 갖고 싶은 것보다는 갖고 싶지 않은 것이 더 많았다. 예쁜 인형을 사줄까, 초콜릿을 사줄까? 하고 어른들이 물으면 나는 아빠는 갖기 싫어요. 아빠는 매일매일 화만 내요, 하고 답을 했다. 그러면 예쁜 머리핀을 사줄까? 하고 다시 물으면 예쁜 원피스 입은 애들, 반짝이 머리핀을 꽂고 다니는 친구들이 많은 학교는 가기 싫어요, 하고 말했다.

요즘도 갖고 싶은 것보다는 갖고 싶지 않은 것이 더 많다. 대형마트에서 묶음으로 사들인 속옷들, 합성피혁 냄새가 나는 가방들, 지방에 있는 그저 그런 2년제 전문대학교 졸업장, 혼자 사는데도 언제나 빠듯한 월급, 잔고장이 끊이지 않는 중고 소형차, 집 안 곳곳에 배어 있는 배리착지근한 개 냄새, 한동안 매일 먹던 무말랭이장아찌, 이런 것들은 갖고 싶지 않다.

엄마가 입원하고 있는 요양원에 매달 입원비를 또박또박 내고 나면 나는 내 몸 하나 건사하기도 버거웠다. 게다가 내일이라도 당장 무직이 될 수도 있는 상황이었다. 이런 판에 옛 연인이었던 지호의 조카와 개까지 부양해야 한다니. 더군다나 나는 동물을 키워본 적도 없었다. 개는 물론이고 지호와의 12년 동안의 지리멸렬했던 연애 기간이야말로 정말 버리고 싶었다.

차가 톨게이트를 지나자 개가 낑낑대기 시작했다. 비릿한 개 냄새가 좁은 차 안을 채우기 시작했다. 개 냄새만으로도 팔에 소름이 오소소 돋았다. 냄새를 맡지 않으려고 잠깐 동안 숨을 쉬지 않았다. 이제 이틀 뒤면 개 냄새 따위는 맡지 않아도 될 것이다. 개가 없어지면 떠올리고 싶지 않은 것들은 떠오르지 않을 것이다. 낡고 좁은 골목을 따라 집들이 빼곡하게 이어져 있던 동네. 전신주 아래에 내던져진 쓰레기들도 깊이 잠든 밤에 개들이 컹컹 짖던 동네. 그 동네 제일 꼭대기 집 안방에 불도 켜지 않고 누워만 있던 아버지. 젊은 시절, 월남전에 파병됐던 아버지는 귀국 직후부터 시름시름 앓았다. 마흔이 넘어 결혼해 겨우 나를 얻었지만 몇 해 뒤부터는 아예 병석에 누웠다. 반듯하게 눕지도 못해 늘 모로 누워 있던 아버지의 밭은 기침 소리가 개들 소리 위로 얹히던 집. 엄마의 한숨과 한탄이 차곡차곡 쌓이던 집. 그리고 되는 일이 하나도 없었던 지호와의 남루했던 시간들……

고속도로로 진입하자 안개가 짙었다. 운전을 못할 정도는 아니었다. 흐린 날씨지만 휴일이라 그런지 도로는 차들로 붐볐다. 시야가 흐리니 바짝 긴장이 됐다. 신혜는 모든 사물이 이렇게 흐릿하게 보이겠지, 생각하며 룸미러로 뒷좌석을 흘 끗 보았다. 신혜는 개를 꼭 껴안은 채 눈을 감고 있었다. 도착 지인 D시나 K시는 신혜에겐 낯선 도시일 것이다. 한 번도 가 본 적 없다고 했다.

전자음성안내식물원 주차장에 도착했다. 엄마가 입원해 있 는 사설 요양원에서 두 통의 문자가 와 있었다.

[Web발신] [에버그린 요양원 공지] ***님의 요양비가 세 달 미납되었 음을 알립니다. 오늘 자정까지 미납 시 시립노인요양병원으로 강제 이송 됨을 알립니다.

[Web발신] [에버그린 요양원 공지] ***님의 체납된 요양비를 한 달이 라도 입금하면 시립노인요양병원 강제 이송은 한 달간 연기됩니다.

시립노인요양병원은 시에서 운영하는 것으로 무의탁, 무연 고자들만 입원할 수 있는 무료 요양원이었다. 내 통장엔 석 달 치 요양비를 입금할 돈이 남아 있지 않았다. 한 달 치만이 라도 폰뱅킹으로 입금하려다가 그만두었다.

재훈에게 메시지를 보냈다.

D시를 거쳐 K시로 1박 2일 일정으로 여행을 가는 중이에요. 잘 다녀 올게요~^^

덴탈클리닉 치기공사인 재훈과 지난 연말부터 연인 사이 가 됐다. 사내 커플인 셈이다. 같은 업종에 종사하고 있어 서 로에 대한 이해의 폭이 넓었다. 무엇보다 서로 직업이 있으니 데이트 비용을 걱정하지 않아도 된다는 게 좋았다. 지호와의 데이트는 늘 아슬아슬했다. 둘 다 지갑이 얇았다. 영화를 보고 난 뒤 떡볶이 2인분과 김밥 2인분을 사 먹고 나면 아무것도 할 수 없었다. 가끔은 떡볶이 국물에 튀김고추나 튀김만두를 찍어 먹는 호사를 부리기도 했다. 아무것도 할 게 없어서 지호와 나는 좁은 내 방이나 '폐업정리'라고 써 붙인, 내가 말아먹은 옷 가게 탈의실에서 섹스를 했다.

"신혜야, 음성식물원에 도착했어."

나는 주차장 제일 가장자리 쪽으로 차를 바짝 붙여 주차했다. 물론 차 문을 완전히 닫지 않았다. 조금 열어두었다. 개가 제 발로 차를 뛰쳐나와 어디로든 흔적도 없이 사라져주길 바랐다. 단지 차 문을 조금 열어둔 것뿐이었는데도 가슴은 쿵쾅거렸다. 사람의 새끼도 버려지고, 늙고 힘없는 노인들도 버려지는 세상에 기껏 개 한 마리 버리는 게 뭐가 대수라고! 그건 아주 사소한 일이라고! 나는 속으로 개를 버리는 변명을 늘어놓았다. 신혜는 조심조심 내가 이끄는 대로 식물원으로 들어왔다. 신혜는 내 팔을 잡은 채 한 손으로 나무 잎사귀들을 만졌다.

음성 안내가 흘러나오기 전에 내가 신혜에게 설명했다.

"이건 소나무, 그건 상수리나무야. 아, 그건 플라타너스 잎사귀."

"언니가 먼저 말하지 마. 내가 맞혀볼게. 아, 이건 목련 같아. 맞지, 언니?"

"맞아! 목련. 신혜는 손바닥에 눈이 달렸나 보네. 아니면, 마음으로 보는 건가?"

신혜가 손으로 잎들을 더듬자 음성 안내가 흘러나왔다. 신혜는 내 손을 꼭 잡았다. 어깨를 으쓱, 해보이며 환하게 웃었다. 저렇게 환하게 웃는 건 처음 보았다. 신혜와 개가 부담스럽고 애물단지처럼 여겨지다가도 이 세상에 나를 절실하게 원하는 존재가 있다는 게 은근히 좋기도 했다.

"그런데 언니는 왜 별을 항상 개라고 불러? 이름이 있는데도."

나는 개를 그냥 개, 화가 날 때는 캐라고 불렀다. 그러니까 별은 내게 그냥 개이거나 캐이거나 캐새끼거나 캐자식일 뿐이었다. 곧 헤어지게 될, 아니 버려지게 될 것들의 이름을 다정하게 부르고 싶지 않았다.

엄마는 종종 놀이공원과 버스 정류장, 벅적벅적한 시장통에서 잡았던 내 손을 스르르 놓고서는 어디론가 사라져버렸다. 놀이공원에서는 언제나 다정하게 내 이름을 부르며 아이스크림과 솜사탕을 양손에 쥐여주었다. 시장에선 호떡과 핫도그를 양손에 꼭 쥐여주며 총총 땋은 머리를 매만져주기도 했다. 먹으며 길을 걷다 문득 옆을 보면 엄마는 없었다. 나는 다행히 엄마 이름과 나이, 살고 있는 동네 이름을 외우고 있었기에 경찰서에서 미아임시보호소로 넘어가기 직전에 언제나 엄마 품으로 돌아왔다. 다시 집으로 돌아온 여섯 살 딸을 엄마는 부엌 바닥에 쪼그리고 앉아 소주를 마시다 말고 물끄러미 쳐다보며 아무 일도 아니란 듯이 심드렁하게 말했다. 어릴 때 길을 잃는 건 아무것도 아닌 일이야. 누구나 다 한 번쯤은 경험하는 일이거든. 그런 뒤 대문과 창문을 활짝 열어놓고는 나를 부둥켜안은 채 숨이 넘어갈 정도로 꺽꺽거리다 옥타브를 점점 높여가며 울었다. 창이 흔들리고 방이 울렁거렸다. 동네 사람들이 우리 집으로 하나둘 모여들어 엄마와 나를 위로했다.

토요일인 오늘에 이어 다음주 월요일까지 이틀간 결근하겠다고 병원에 전화를 했다. 전화를 받은 사람은 마침 나와 같은 업무를 담당하는 김이었다. 김이 다소 의외라는 듯 시큰둥한 어조로 한 번도 결근을 안 하더니 하필 제일 바쁠 때, 하고 뒷말을 얼버무렸다.

겨울방학 내내 대기실은 환자들로 빼곡했다. 특히 치아교정 환자들과 인공치아 이식수술 환자들이 많았고 양악수술을 받으러 중국에서 온 환자들도 더러 있었다. 김이 뽀로통할 만도 했다. 김은 밝은 성격에 정도 많지만 단점도 많은 사람이었다. 직원들 사이를 오가며 할 말 못할 말을 전부 옮기고 다니는 걸로 유명했다. 그런 김이 아니나 다를까 결근 사유가 궁금해 죽겠다는 듯이 작은 소리로 물었다.

"좋은 일 있어요? 혹시, 여행? 누구와?"

김과 말을 섞어서 좋을 게 없다는 걸 알기에 발목을 접질렸다고 서둘러 얘기하고는 전화를 끊었다. 소심하고 겁 많은 내가 겨우 생각해낸 거짓말이었다.

도심의 한복판에 있는 메디컬센터의 덴탈클리닉에서 몸매가 그대로 드러나는 유니폼을 갖춰 입고 VIP와 VVIP 고객들을 관리하는 게 내가 하는 일이었다. 메디컬센터 멤버스클럽 회원인 그들에게 치료 일정을 설명해주고, 그들의 전화나 내방 상담을 받고, 대기실에서 그들과 차를 마시며 환담을 나누고, 그들의 생일날 축하 문자를 보내거나 간소한 선물을 준비하는 것까지 내가 해야 되는 일이었다. 얌전하게 접수 데스크에 앉아만 있는 자리는 아니었다. 당연히 지각이나 조퇴, 결근 한 번 없었다. 지독한 감기에 걸려 고열에 시달릴 때도 손을 다쳐 깁스를 하고 있을 때에도 웃음기를 잃지 않고 환자나 고객들을 맞이한 나였기에 김은 아마도 의아했을 것이다.

전문대학 졸업 직후 즉석식품을 제조하는 중소기업에서 사무직으로 일했다. 1년 뒤, 감원 바람이 불 때 해고됐다. 퇴사하면서 박스째 받은 무말랭이장아찌를 나는 새 직장을 구할 때까지 끼니 때마다 먹었다. 그 후 어린이집 보조 보육교사, 보험설계사, 커피숍 아르바이트를 거쳐 지호와 함께 테이블이 네 개뿐인 작은 커피숍을 열었지만 1년 만에 문을 닫았다.

이내 업종을 바꾸어 혼자 구제 옷가게를 열었다가 또다시 1년 만에 폐업 처리를 했다. 그 후 한동안 무직이었다가 병원 코디네이터 학원을 1년간 다녔다. 자격증 취득을 한 뒤 간신히 치과 코디네이터로 입사했다. 그것도 내가 10킬로그램이나 감량하고 전 재산을 털어 입꼬리를 위로 당기는 수술과 코에 필러를 주입하고 눈매교정 수술을 한 다음에야 가능한 일이었다. 그러니까 나는 생존해야 한다는 본능으로 끊임없이 분주하게 살았지만 언제나 허우적거리며 간신히 버티고 있는 상태였다.

신혜와 개를 내게 맡기고 중국으로 간 지호는 6개월 동안 딱 한 번 전화를 해왔고 한 달 치 생활비를 보내왔다. 그 뒤로는 소식이 없었다. 중국에서 무슨 일이 생겨 죽었든가 부모도 없는 조카를 아예 몰라라 하는 모진 인간이든가 둘 중 하나일 것이다. 그러나 내가 아는 지호는 최소한 후자 쪽은 아니었다.

대학 신입생 때 복학생인 지호를 만나 우정인 듯 애정인 듯 미움인 듯 함께 보낸 세월이 자그마치 12년이었다. 그가 작년에 오퍼상 문을 닫네 마네 하면서 삼천만 원을 빌려달라는 말만 하지 않았다면 우린 어쩌면 아직도 그럭저럭 만나고 있을지도 몰랐다. 월세 보증금을 빼고 직장인 무담보 대출을 내서라도 삼천만 원을 빌려주었더라면 그의 오퍼상이 문을 닫지는 않았을 것이다.

　이른 새벽, 눈이 어두운 조카와 미니 푸들 한 마리를 데리고 나타났을 때의 지호의 몰골은 노숙자와 다름없었다. 퀭한 눈, 오랫동안 깎지 않은 덥수룩한 머리와 수염에 봄이었는데도 두터운 패딩 점퍼를 입고 있었다. 중국으로 가. 선배가 같이 일하재. 세 달만, 두 달만, 아니 한 달만이라도 신혜를 데리고 있어줘. 곧 데리러 올게. 너한테 앞으로 정말 잘할게. 부탁치고는 너무 당당한 목소리로 그가 말했다. 그때 입속에서 거칠고 날것인 말들이 꿈틀거렸으나 차마 입 밖으로 낼 수는 없었다. 그래, 길어야 세 달이야, 세 달…… 세 달쯤이야. 아랫입술을 지그시 깨물며 깊은 숨을 내쉬었다. 지호의 모습에서 나는 덥수룩한 장발 머리로 온종일 이불을 덮고 누워 있던 아버지를 떠올렸던 것이다. 돌이켜보면 내가 신혜와 개를 받아들이기로 결정한 순간은 바로 그때였던 것 같다. 남루한 지호의 모습에서 아버지를 떠올렸을 때.

　내 삶으로부터 지호가 사라져버린 것은 환영할 만한 일이었지만 그의 조카와 그 조카가 데리고 온 개 때문에 내 삶은 피로해지고 있었다. 그와는 분명 헤어졌는데도 그는 앞으로 정말 잘할게라는 말을 내게 마지막으로 남겼다. 그러니까 그는 나와 헤어졌다고 생각하고 있지 않은 듯했다. 12년 동안 여러 번 헤어졌지만 얼마 지나지 않아 다시 만나곤 했었던 이력 때문인지도 몰랐다. 새 연인이 생겼고 어쩌면 곧 그와 결혼을 하게 될지도 모르는데도 말이다.

여름을 지나 가을도 다 지나서 두꺼운 카디건을 걸쳐야 할 동안 개 중성화 수술을 시켰고, 개 예방 접종을 맞혔고, 애견 센터에 가서 털 손질을 했고, 사료들을 사다 날랐고, 오만상을 찌푸려가며 개똥을 치웠다. 터무니없는 물건을 두 개씩이나 강매로 사고서도 반품도 할 수 없는 꼴이 돼버렸다. 나는 개와 신혜를 거두어 먹이느라 생활비를 탈탈 털어야 했다. 그 때문에 엄마의 요양원 비용을 세 달째 내지 못하고 있었다.

내가 출근하고 없는 동안 신혜는 더듬거리며 방을 정돈하고 설거지를 하는 모양이었다. 신혜는 온종일 손에서 휴대전화를 놓지 않았다. 이어폰을 꽂고 내내 음악을 듣거나 소설 낭독 방송을 들었다. 그리고 신혜 곁에는 눈뜨는 순간부터 잠드는 순간까지 갈색 털이 곱슬곱슬한 별이 있었다. 신혜는 명랑하지도 우울하지도 않았다. 시력을 점점 잃어가는데도 우울해하지 않는 신혜. 망막색소변성증을 앓고 있는데도 시종 덤덤한 그 애. 하지만 그게 문제였다는 것을 그때는 알지 못했다. 누구라도 심각한 병을 앓고 있으면서 그렇게 시종일관 담담할 수는 없었다. 하물며 열일곱 소녀라면 말해 무엇할까.

전자음성안내식물원을 나와 주차장에 도착했다. 개는 차 안에 그대로 있었다. 신혜를 보더니 좋아서 꼬리를 흔들며 짖어댔다. 신혜가 두 팔을 활짝 벌려 개를 와락 안았다. 개는 신혜의 얼굴을 혀로 핥아댔다. 첫번째 실패였다. 첫 시도부터 성공할 거란 생각은 하지 않았기에 실망하지 않았다. 바로 점 자출판박물관으로 이동했다. 박물관 뒤편 주차장에 차를 세 웠다. 이번에는 한쪽 창문을 열어놓았다. 내가 준 두 번의 기 회를 다 놓칠 리는 없을 것이다. 동물들은 무조건 밖으로 뛰 쳐나가는 게 본능이니까.

신혜는 점자 지구본을 한참 동안 손으로 만졌다. 다 가보고 싶어. 세계 곳곳을 내 발로 다녀보고 싶어. 신혜는 말끝을 흐 렸다. 세계 최대 점자 지구본이라는 음성 설명이 보이스 아이 (voice eye)에서 나왔다. 점자 도서와 점자 출판기기들 앞에서 최대한 시간을 끌어볼 요량이었다. 그사이 개는 자동차를 벗 어나 어디로든 뛰쳐나갈 것이다.

신혜는 맹인용 초급 한글책 견본을 손으로 더듬었다. 음성 설명 시스템이 시키는 대로 소리를 내며 따라 읽었다. 박물관 을 나와 차가 주차된 곳으로 걸어갔다. 자동차 문을 열었다. 개가 없었다. 빨간색 체크무늬 반코트를 입은 신혜의 뺨이 코 트 색처럼 발갛게 달아올랐다. 별, 별, 별아! 신혜가 울음 섞 인 목소리로 개를 불렀다. 이내 내 쪽으로 흘긋 쳐다보았다. 자동차 창문을 손으로 더듬었다. 사색이 되어 소리쳤다. 창문 이 열려 있었어! 어쩌지? 눈물범벅인 얼굴로 나를 바라보았 다. 진정하고 어서 찾아보자. 개를 찾는 게 급한 일 아니니? 나는 건성으로 답을 하며 주변을 휘이 둘러보았다. 주차장 뒤편 소나무 숲 쪽에서 컹, 컹 하는 소리가 들렸다. 개가 이쪽으로 달려오는 것이 보였다. 개는 나를 지나쳐 덥석 신혜의 품에 안겼다. 신혜가 눈물을 흩뿌리며 개의 온몸을 쓰다듬었다. 신혜와 개의 재회는 이산가족 상봉 장면만큼이나 극적이었다. 두번째 실패였다. 머리가 지끈거렸다.

치과 VVIP 고객인 윤이 VVIP실 유닛체어에 누워 있었다. 잇몸에 마취주사를 맞고 잠자듯 평온해 보이는 얼굴로 누워 있었다. 희고 반듯한 이마와 깊은 눈매가 지적으로 보였다. 그의 얼굴은 내가 여태 알던 누구와도 달랐다. 세상 누구라도 그를 버릴 수는 없을 것 같았다. 그는 내가 여태 살아보지 못한 삶을 사는 사람이었다. 나는 이마 위로 흘러내린 그의 머리카락을 조심스럽게 귀 뒤로 넘겨주었다.

치료를 마친 윤은 고급 카페를 연상시키는 멤버스룸에서 눈을 지그시 감은 채 소파에 몸을 묻고 있었다. 윤이 좋아하는 에티오피아를 이탈리아 일리 커피머신에서 뽑아 웨지우드 커피 잔에 담아 그의 앞에 놓았다. 그가 커피 향에 눈을 떴다. 나를 가만히 쳐다보았다. 나도 그를 가만히 바라보았다. 언젠가부터 치과에서 만나면 둘 다 말을 아끼고 서로 바라만 보았다. 그가 나를 바라보는 의미는 알 수 없었지만 나에게 윤은 경외의 대상이었다. 꿈에서도 이루어질 수 없는 일이겠지만, 그가 누리는 삶의 턱밑에라도 가보고 싶었다. 그가 멤버스클럽 카드를 엘리베이터 센서에 대자 엘리베이터 문이 열렸다. 엘리베이터 내부 스크린에 고객님, 안녕히 돌아가십시오, 라는 메시지가 뜰 것이다. 그가 VVIP 전용 엘리베이터를 타고 지상으로 내려갔다. 나는 접수 데스크에 앉아 그가 내려가는 뒷모습을 지켜봤다. 단 한 번만이라도 그와 함께 그들만이 탈 수 있는 엘리베이터를 타고 지상으로 내려가보고 싶다는 생각을 했다.

네가 술을 한 모금도 마실 줄 모르는 사람이라 좋아. 담배를 피우지 않아서 좋아. 우리 가족들과 분위기가 비슷해서 더 좋아. 눈빛이 맑고 선해서 더더욱 좋고. 입이 무겁고 잘 웃지 않는 재훈이 내게 하는 유일한 칭찬이었다. 그러나 나는 그런 말들이 만약 네가 그렇지 않다면 너를 좋아할 이유가 없어, 또는 그렇지 않다면 너를 쉽게 버릴 수 있을 것 같아, 라고 들렸다. 나는 그저 덤덤하게 들어 넘겼다. 환한 낮이든 밤이든 그가 연락을 해오면 만나 밥을 먹고 영화를 보고 자주 웃고 떠들었다. 무엇보다 재훈은 내게 떡볶이만 사줄 사람은 아니라는 게 좋았다. 최소한 자기 여자 하나쯤은 건사할 줄 아는 사람이었다. 그러나 그와 섹스를 한 뒤 집으로 돌아와 잠자리에 들 때 내 몸속에 들어온 그의 몸을 되새겨볼 만큼 그를 좋아하지는 않았다.

통증에도 등급이 있다는 걸 치과 코디네이터로 일하면서

알았다. 학생들의 학교 성적표에만 등급제가 있는 것이 아니라 통증을 치료받는 사람에게도 등급이 있다는 것을. VIP들은 VIP 진료실에서, 최상위 1퍼센트 고객인 VVIP들은 VVIP 진료실에서 치료를 받았다. 대개가 재벌가 집안이나 정치, 스포츠, 연예계의 유명인들이었다. 연 매출 1000억대 중소기업 회장의 아들이자 그 회사 임원인 윤은 매달 정기적으로 치과에 와서 잇몸 치료를 받았고 치아 미백을 했다. 술을 즐겨 마시는데다 끽연가인 그는 치아가 변색되는 것을 견디지 못했다.

오늘은 윤이 치료를 받으러 오는 날이다. 그가 치료가 끝나면 쉴 수 있게 멤버스룸 중에서도 조선 시대 양반가의 별채를 연상시키는 룸에 전통차를 준비해두었다. 윤이 차를 마시며 나를 그윽한 눈빛으로 쳐다봤다. 매화 꽃살문으로 오후의 햇살이 쏟아졌다. 그는 나를 바라보며 차를 천천히 마셨다. 그의 시선이 뜨거웠지만 그대로 앉아 있었다. 그가 내 어깨를 한쪽 팔로 두르고는 가볍게 등을 토닥거렸다. VVIP 남자와 눈빛을 은밀하게 주고받거나 스킨십을 한 적은 처음이었다. 노크 소리가 나더니 김이 문을 열고 들어왔다. 김이 의혹에 찬 눈빛으로 나를 바라봤다. 여기 있었어? 박 원장님이 찾아. 나는 그림자처럼 그대로 앉아 있었다. 윤이 멤버스클럽 별실 문을 아무 일도 없었다는 듯이 조용히 열고 나가는 소리, 엘리베이터 문이 열리는 소리가 들렸다. 윤이 나를 바라보는 눈빛은 성급하게 달아오르던 지호의 눈빛도, 그저 덤덤하고 일상적으로 바라보던 재훈의 눈빛도 아니었다. 고요하고 그윽한, 품격 있는 눈빛이었다. 내가 한 번도 받아보지 못했던 것이었다.

접수 데스크 맞은편 벽에는 모딜리아니의 그림이 걸려 있었다. 그림 하단에 '큰 모자를 쓴 잔느'라는 표제가 적혀 있었다. 긴 얼굴, 긴 목, 긴 코의 잔느도 치통을 앓고 있는지 고개를 옆으로 기울인 채 찌푸리고 있었다. 나도 잔느처럼 고개를 오른쪽으로 살짝 기울여 미간과 입 모양을 품위 있게 일그러뜨렸다. 점심 식사 후에 접수 데스크에 앉아 차를 마시며 종종 혼자 하는 놀이였다. 데스크 아래 놓아둔 휴대전화 메시지음이 울렸다. 재훈의 메시지였다. 오늘 저녁 약속을 다음으로 미루자는 간단한 문장이었다. 메시지를 한 번 더 확인했다. 요즘 들어 재훈이 데이트 약속을 미루는 횟수가 잦았다. 재훈은 한 번도 내게 허물없이 굴지 않았다. 가벼운 포옹을 하던 날도, 사랑을 나누던 날도 언제나 덤덤하게라도 내게 예의를 다했다.

고속도로 휴게소 식당에서 주문한 돈가스를 막 테이블에 놓는 참이었다. 개가 신혜 무릎에 안겨서는 끄응, 킁킁 앓는 소리를 냈다. 한순간도 신혜 품을 벗어나려고 하지 않았다.

차를 오랫동안 타고 온데다 아까 잠시 떨어져 있으면서 불안
했나 봐요. 동물들도 낯선 환경에 대한 두려움, 분리 불안 같
은 게 있거든요. 신혜가 돈가스를 사등분으로 나누어서는 한
조각을 개에게 주며 말했다. 개는 킁음, 하고 냄새만 맡다가
도로 신혜의 가슴팍에 얼굴을 비볐다. 신혜는 포크로 고기를
한 입 베어 먹다 말고 창 너머 먼 산을 바라보았다. 산 너머로
부터 짙은 안개가 성큼성큼 내려오고 있었다. 나는 돈가스를
잘근잘근 씹는 내내 개를 휴게소에 버려두고 가는 방법을 생
각하고 있었다. 신혜가 개를 계속 안고 있어서 쉽지 않았다.

고속도로 휴게소에서 개를 버리려고 했던 세번째 계획도
실패했다. 마시고 있던 캔커피가 썼다. 반 이상 남은 캔커피
를 휴지통에 힘껏 던졌다.

재훈에게 다시 메시지를 보냈다. 연인에게 보내는 의례적
인 메시지였다.

곧 K시에 도착할 거예요. 도착하면 전화할게요.

고속도로 휴게소를 나와 차머리를 국도로 돌렸다. 창밖으
로 메마르고 황량한 겨울 들판이 나타났다. 빈 논밭, 비닐하
우스들, 작은 규모의 공장과 짓다 만 요양병원 건물이 휙휙
지나갔다. K시로 가는 국도로 한참을 달려도 가장 높은 건물
이라고는 2층짜리 주유소밖에는 보이지 않았다. 군데군데 공
터에는 폐타이어들이 패잔병처럼 누워 있었다. 온몸이 닳도
록 달려온 타이어들의 완결은 겨울 들녘만큼 쓸쓸했다. 도로

위로 어둠이 내려앉았다. 안개가 먼지처럼 차창에 내려앉았다. 앞뒤 와이퍼를 수시로 작동시켰다.

"은성 언니, 이 아이 이름이 왜 별인 줄 알아?"

"몰라."

나는 듣고 싶지 않다는 듯 짧게 대답했다. 신혜는 개를 늘 아이라고 지칭했다. 나는 아이라는 호칭이 불편했다. 그런 내 마음을 아는지 개는 집에서도 내 눈치를 살피며 조심조심 돌아다니거나 내 곁으로는 아예 오지 않았다. 신혜는 푸후후 웃으며 말하기 시작했다.

"삼촌은 태어난 지 두 달도 안 되는 이 아이를 데리고 와서는 별, 이라고 불렀어. 언니 이름 끝 자인 '별 성'자에서 따온 거라고 했어. 어느 날, 되는 일이 하나도 없어 너무 막막하여 밤하늘을 쳐다봤대. 눈물이 하염없이 흐르는데도 별들은 울지 않고 빛나더라나. 언제 어디서든 빛나는 존재가 됐으면 하는 마음에서 별이라 부른다고도 했어. 삼촌이 웃으면서 그렇게 말했어. 술이 많이 취했을 땐 별을 안으며 은성아, 은성아, 하며 울기도 했어."

나는 신혜의 말엔 대꾸도 않고 건성으로 대답했다.

"한 시간쯤 가면 도착할 테니 좀 자."

어떤 말이든 지호와 관계된 말은 듣고 싶지 않았다. 뿌연 안개는 갈수록 점점 더 짙어졌다. 신혜가 잠이 들면 딱 좋은 타이밍이었다. 잠이 들면 개를 슬그머니 차 밖으로 데리고 가 어디든 내려놓으면 될 일이었다. 잠에서 깨어난 신혜가 울고 불고 난리법석을 떨겠지만 그건 그때 가서 생각할 일이었다. 쉼터에서 나와 나중에 개를 찾으러 왔는데 개가 사라진 걸 안다면 신혜가 느낄 좌절감이나 나에 대한 원망의 강도는 불 보듯 뻔한 일이었다. 여섯 달이나 보호자 노릇을 해준 것은 아랑곳없게 될 것이고. 차라리 쉼터로 들어가기 전에 개를 잃어버린 걸로 하는 게 서로에게 복된 일이 될 것이다. 그래, 서로에게 복된 일. 나도 모르게 입속말이 튀어나왔다. 룸미러로 뒷좌석을 보니 신혜는 듣지 못한 듯했다. 쌔근쌔근 숨소리가 들렸다.

도로는 어느새 캄캄했다. 겨울이라 어둠이 내려오는 속도가 빨랐다. FM 영화음악 채널 버튼을 눌렀다. 「Pale blue eyes」가 흘러나왔다. 지호의 휴대전화 벨소리 음악이었다. 지호와 함께 봤던 영화의 주제곡이기도 했다. 잔잔한 기타 연주로 시작되는 감미로운 음악을 들으며 지호의 창백한 눈동자를 아주 잠깐 떠올렸다. 그는 지금 중국 어느 도시, 어느 길 위에 있을까? 오래 입어 늘어진 트레이닝 바지를 입고 좁은 커피숍 주방에 구부정하게 서서 설거지를 하던 그의 모습이 어른거렸다. 생각해보니 지호와 지냈던 시간들이 아련한 추억처럼 느껴졌다. 그를 제외하고 나면 12년간의 내 삶이란 없는 거와 마찬가지였다. 그와 관계된 모든 것을 버리려고 왔는데 이런 감상적인 기분에 휩싸이다니.

갑자기 음악이 끊어졌다. 수도권을 벗어나 한적한 국도를 달리다 보니 끊김 현상이 잦았다. 문자 알림음이 연이어 들렸다. 한적한 갓길에 차를 세웠다. 뒷좌석으로 고개를 돌렸다. 신혜는 잠이 깊이 들었는지 기척이 없었다. 귀에 거슬릴 정도로 낑낑대던 개도 아무 소리를 내지 않았다. 휴대전화 메시지함을 터치했다. 재훈에게서 온 문자는 없었다. 이상했다. 고개를 갸웃했다. 김에게서 두 통의 문자가 연달아 와 있었다.

월요일 오후에 전체 직원 미팅 있는 거 알죠? 전체 직원 미팅에는 빠지지 마세요.

근데 원장님께는 연봉을 얼마나 인상했으면 좋겠다고 말씀드렸어요?

문자를 확인하는 사이에 김에게서 새로운 문자가 왔다.

원무과장이 그러는데 두 명은 곧 해고된대요. 연봉을 매년 무리하게 올려달라는 직원과 멤버스클럽 회원과 부적절한 관계인 직원. 그 두 명은 누굴까요? ㅋㅋㅋ

매년 연말에 있는 직원 미팅 때 연봉 협상도 하고 직원들 직급과 부서도 재조정했다. 나는 지난주에 연봉을 동결해도 상관없다, 지금 하고 있는 일에 만족한다, 는 재계약 문건을 박 원장에게 서면으로 제출했다. 김의 수다스럽고 명랑한 문자에 가슴이 덜컹했다. 답답했다. 1킬로미터쯤 더 가니 주유소가 나타났다. 셀프 주유소였다. 차 문을 열고 밖으로 나갔다. 재훈에게 전화를 했다. 긴 신호음만 갈 뿐 받지 않았다. 한 번 더 전화를 했다. 받지 않았다. 지금 어디예요? 연락 줘요.

문자를 전송했다. 바람이 코를 벨 듯 달려들었다. 차문을 열어 시동을 걸었다. 일단 K시 터미널 부근에 있는 펜션에 도착해서 재훈에게 다시 연락해보면 될 일이었다. 대체 누가 고객과 부적절한 관계인지 모르겠다. VVIP 고객과 치과 직원이 만나면 적절치 못한 관계가 되는 건가? 여섯 명의 의사와 원무과장, 치기공사인 재훈을 제외하고는 다 여직원들이었다. 여직원들을 하나하나 떠올려보았다. 부적절한 관계라는 사실은 본인들 스스로 친절하게 털어놓기 전에는 누구도 눈치채지 못할 일인데 원장들은 어떻게 알았을까? 고개가 절로 갸우뚱해졌다. 문자 알림음 소리가 났다. 갓길에 차를 세웠다. 김에게서 한 통의 메시지가 더 와 있었다.

누가 원장에게 제보를 했대요. 고객과 부적절한 관계 직원요. 상황을 알아보고 조치를 취할 거래요.

대책 없이 오지랖 넓은 김의 문자다. 재훈에게서도 문자 한 통이 와 있었다.

미련스럽네. 꼭 이렇게 통보를 해야 알아들을 만큼. 그만 만나자. 양다리 걸치는 여자는 사절이야. 내 앞에서 사라져줘!

휴대전화를 조수석으로 힘껏 던졌다. 재훈이 저렇게 유치한 구석이 있는 줄은 몰랐다. 차 밖으로 나왔다. 고개를 들어 하늘을 바라보았다. 멀리까지 시선을 두고 오래도록 쳐다보았다. 별들이 반짝였다. 격정이 조금 가라앉는 듯했다. 대체 어디서부터 잘못되었는지 알 수 없었다.

운전석으로 돌아와 다시 출발했다. 내비게이션 화면에 아무것도 보이지 않았다. 아까까진 잘 작동됐는데 이상했다. 몸이 떨렸다. 잠시 차를 갓길에 정차시키려고 핸들을 돌리는데 잘 돌아가지 않았다. 그러고 보니 아까부터 핸들이 묵직하게 잘 돌아가지 않았던 것 같았다. 가까스로 차를 세우고 손전등을 켜고 타이어를 살폈다. 눈으로 봐서는 알 수 없어서 발로 타이어를 툭툭 찼다. 왼쪽 바퀴가 펑크가 난 듯했다. 한밤중 국도에서 타이어가 펑크 나면 어쩌란 말인가?

손가락으로 내비게이션 버튼을 여기저기 터치해보았다. 화면에는 아무것도 나타나지 않았다. 내비게이션을 손바닥으로 탁, 탁 쳤다. 아예 전원조차 들어오지 않았다. 지금쯤이면 거의 K시에 도착해야 할 시간이었다. 표지판도 보이지 않았다. 여기가 대체 어디쯤인지 알 수 없었다. 히터 버튼을 강으로 돌려놓고 뒷좌석을 흘끔 보았다. 아무도 없다! 뒷좌석이 텅 비었다. 신혜도 개도 없었다. 언제부터 없었는지 짐작조차 되지 않았다. 조수석으로 던졌던 휴대전화를 주워 들고선 신혜에게 전화를 했다. 여러 번 신호음이 갈 때까지 받지 않았다. 다시 발신 버튼을 터치했다. 신혜가 받았다.

"신혜야, 신혜야! 너 어디니?"

"그건 알 필요 없잖아!"

날이 선 목소리가 튀어나왔다. 이어 놀라울 정도로 차분한 목소리로 신혜가 말을 했다.

"언니가 언제든 우리를 버릴 줄 알았어. 난 버려지기 전에 언제든 떠날 준비를 하고 있었어. 그래서 언니 집에 있을 때도 전혀 불안하지 않았어. 그런데…… 언니, 언니를 보면 늘 안쓰러웠어. 언니는 슬픈 일이 많을 거야. 언제나 버려지는 운명이거든."

신혜는 지금 이런 순간에도 또 얼치기 점쟁이 같은 묘한 말을 하고 있었다.

"나는 버려질 사람과 버려지지 않을 사람을 구분할 수 있어. 버려질 사람은 뭐랄까, 버려질 사람의 기운 같은 게 느껴지거든. 나는 시력을 점점 잃어가고는 있지만 초기라서 진행 속도가 아주 느려. 언니가 생각하는 것만큼 나쁘지 않아. 망막색소변성증이지만 다 시력을 잃는 것도 아니니까. 그래서 언니 집에서 담담할 수 있었어. 눈이 많이 나쁜 척해야 언니 집에 오래 머무를 수 있을 것 같았거든."

"그럼, 여태 내게 연기를 한 거였어? 조그마한 게 거짓말을 했단 말이지? 좋아, 버려질 사람한텐 버려질 사람의 기운이 느껴진다고? 잘됐네. 나는 너한테서 버려질 사람의 기운이 느껴져!"

나는 화가 머리 꼭대기까지 차올랐다. 버려질 사람한테는 버려질 사람의 기운이 느껴진다고? 그 말을 되새기다보니 살의가 치솟았다. 신혜가 지금 차에 타고 있었다면 나는 어쩌면 콘솔박스에 든 칼을 움켜잡았을지도 모를 일이었다. 신혜의 목을 조르고 있을 수도 있었다.

"거기 어디야? 어디쯤이야? 데리러 갈게."

"별은 버리고? 나는 그렇게는 못해. 별을 버리는 건 나를 버리는 일과 같으니까!"

"그 자리에 꼼짝 말고 서 있어! 위치 추적하면 다 알 수 있으니 어서 말해!"

"언니, 언니가 여분으로 가지고 왔던 핸드폰 배터리는 내가 아까 창밖으로 던져버렸어."

"야! 박신혜! 너, 정말……"

두 다리가 후들후들 떨렸다.

"어디 별을 뺏을 수 있으면 뺏어봐!"

신혜가 앙칼진 목소리로 말했다. 휴대전화 너머로 개가 캉, 캉, 캉 날카롭게 짖었다. 날이 서긴 했지만 조곤조곤 말하던 신혜가 갑자기 목소리를 높여 말했다.

"별을 버리는 건 삼촌을 버리는 일이야! 세상에는 버릴 수 없는 것들이 있다고 했어. 삼촌이 그렇게 말했어!"

"박지호 얘기는 꺼내지도 마! 더 이상 듣고 싶지 않아!"

신혜가 일방적으로 전화를 끊어버리기 전에 내 휴대전화가 먼저 꺼졌다. 눈앞이 캄캄했다. 방전된 휴대전화를 다시 조수석으로 세게 던졌다. 휴대전화는 조금 전에 봤던 폐타이어처럼 널브러져 있었다. 고개를 들어 주위를 둘러보았다. 칠흑 같은 어둠뿐이었다. 여기가 어디인지조차도 가늠이 되지 않았다. 그나마 다행인 것은 반달이 말간 얼굴로 내려다보고 있었고 들판 너머로 차도의 불빛이 드문드문 나타났다 사라졌다 한다는 사실이었다. 차 트렁크에서 옷가게를 정리할 때 다 처분하지 못했던 옷가지를 가져와 뒷좌석에 이불처럼 폈다. 히터를 틀었다. 날이 샐 때까지 차 안에서 밤을 견딜 수밖에 없었다.

티브이 브라운관과 유리컵이 깨져 유리 조각이 널려 있는 안방에 어린 내가 얇은 잠옷 차림으로 서 있다. 아빠는 앙상한 다리를 이불 밖으로 내민 채 죽은듯이 누워 있다. 엄마는 큰 가방에 짐을 싸고 있다. 마당에선 개들이 컹, 커엉, 컹 짖었다.

나는 그때의 아빠처럼 죽은듯이 엎드렸다. 밤은 점점 깊어만 가는데, 추위는 온몸을 엄습해오는데, 나는 구겨진 구제옷들처럼 허리와 다리를 겹쳐 접은 채 주검처럼 누웠다. 어디선가 개들의 울음소리가 들렸다. 어느 동네에든 버려져 배회하는 개들이 있기 마련이었다. 개들이 컹! 컹! 커엉! 날카롭게 울부짖었다.

추위와 잠 때문에 눈꺼풀이 자꾸 감겼다. 정신을 차리려고 볼을 꼬집었다. 오늘 자정까지 할 일이 하나…… 남아 있었다. 요양원에 미납된 금액을 한 달 치라도 입금하는 일이었다. 휴대전화가 먹통이니 폰뱅킹을 할 수 없었다. 어쩌면……

그건…… 잘된 일인지도 몰랐다.

　개들이 점점 다급하게 짖어댔다. 으르렁대는 소리가 가까워지고 있었다. 온몸이 얼어붙은 듯 움직여지지 않았다. 천천히 몸을 일으켜 차창으로 밖을 내다봤다. 달빛 아래 개의 무리가 희끄무레하게 보였다. 내가 버렸던 개처럼 누군가에게 버려진 개들을 하나, 둘, 셋, 넷, 다섯, 여섯, 일곱 하고 천천히 세어보았다. 나는 콘솔박스에 있는 작은 공구함을 열었다. 차창 밖을 쏘아보며 뾰족한 기구 하나를 꺼내 단단히 쥐었다.

밀
봉
의

시
간

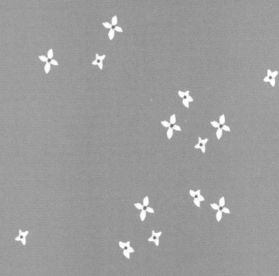

3월 초입의 토요일, 자정에서 새벽으로 넘어가는 선산휴게소에서 유령처럼 떠도는 자는 나뿐이었다. 지금 나는 경부선 상행선에 있는 선산휴게소 주차장 한가운데에 서 있다. 내가 가진 것은 작은 파우치백 하나뿐이었다. 휴게소 화장실로 들어가 트렌치코트 주머니, 스키니진 주머니에 손을 넣어보았다. 없다! 파우치 속을 헤집어보았다. 없다! 자동차 열쇠가 감쪽같이 사라지고 없었다. 파우치 속에는 콤팩트와 립틴트, 얇은 담배 케이스와 라이터, 만년필 한 자루, 포스트잇, 피아니스트 J의 독주회 티켓 두 장, 카드 나이프 하나가 들어 있었다. 단지 휴게소 화장실에 다녀온 것뿐인데 자동차 열쇠가 감쪽같이 사라지고 없었다. 어느 날 자정, 화장실에 다녀오고 나니 기억의 일부분이 싹 지워져버렸다는 사실을 어떻게 이해해야 할까? 휴게소에 내가 아는 사람은 아무도 없었다. 사람들이 바쁜 걸음으로 생수와 커피를 사고, 스낵 코너에서 어묵을 먹고, 화장실을 다녀오는 동안 나는 파우치 하나만을 들고 정지해 있었다.

콤팩트 뚜껑에는 작은 포스트잇이 붙어 있었다. 숫자 ****#, ********#이 적혀 있었다. 아파트 출입문과 현관문 비밀번호를 차례대로 적어놓은 거였다. 건망증이 심한데다 유난스럽다 싶을 정도로 숫자들을 잘 기억하지 못하고 방향감각도 둔한 터라 어디든 메모해두는 것이 평소 습관이었다. 자동차 안에 가방을 둔 채 화장품 파우치만 들고서 화장실에 다녀온 터였다. 자동차를 주차해둔 곳으로 뛰어갔다. 자동차도 없다! 방금 전 주차해둔 자동차가 어디로 갔을까? 주차해둔 곳이 여기가 아닌 걸까? 입안이 바싹 마르고 머릿속이 휑했다.

내가 타고 온 차가 BMW E66이었는지 파란색 BMW Z4이었는지도 헷갈렸다. 평소에 BMW 7시리즈와 파란색 쿠페를 번갈아가며 타고 다녔다. 다른 곳에 세워두었나 싶어 주차장 입구와 휴게소 옆 주유소, LPG 충전소까지 헤집고 돌아다녀봤지만 없었다. 종합안내소에 들러 차량도난 신고를 할까 하다가 그만두었다. 차량 번호와 차종도 모르는 신고자를 직원들이 이상하게 생각할 게 분명했다.

휴대전화가 없는 이상 나는 자동차 번호도, 도로명 집 주소도 기억하지 못했다. 내가 종종 아파트 지하 주차장에서조차 길을 잃고 헤맨다는 것을, 현관문 비밀번호가 생각이 나지 않아 아들이 학교에서 돌아올 때까지 커피숍에 오랫동안 죽치고 앉아 있기도 한다는 것을 남편은 알지 못했다. 아무도 내가 아주 가끔씩 담배를 피운다는 사실을 모르듯이 누구도 내가 무언가를 종종 기억하지 못한다는 것을 눈치채지 못했다. 아파트 엘리베이터 게시판에 씌어 있는 아파트 도로명 주소를 엘리베이터를 탈 때마다 입속말로 외우곤 했지만 돌아서면 기억을 하지 못했다. 별스러울 정도로 숫자를 기억하지 못하고, 방향감각이 둔하고, 물건을 자주 잃어버리는 일이 일상생활에서 조금 불편하긴 했지만 지금까지 큰 문제를 일으키진 않았다. 아주 가끔은 무언가를 기억하지 말자고 스스로에게 세뇌시키면 정말로 기억하지 못하기도 했다. 마음의 뚜껑을 꼭 닫고 무언가로 완벽하게 밀봉해버리면 그 후로는 서서히 기억을 잃어갔다. 대학교 3학년 여름 즈음부터 생긴 증상이었고 독일을 다녀온 뒤부터, 정확히 말한다면 왼 손목에 희미한 실금이 생긴 뒤부터 빈번해졌다.

밤바람이 목덜미와 귓가에서 뒤엉켰다. 휴게소 가장자리에 있는 가로수 밑에 서서 메마른 입술에 침을 묻히며 근육을 이완시키기 위해서 머리끝에서부터 발끝까지 서서히 힘을 뺐다. 맹렬하게 기억을 추스를 시간이 필요했다. 집 안에서 현관문 카드키를 매달아둔 지갑이나 자동차 열쇠를 어디다 두었는지 기억이 나지 않을 때 사용하는 방법이었다. 그러면 잃어버린 기억들이 실뱀처럼 스멀스멀 기어 올라오는 게 느껴졌다. 이번엔 실뱀은커녕 개미 한 마리도 기어 올라오는 느낌이 없었다. 담배에 불을 붙였다. 담배 연기는 가로수 꼭대기로 올라갔다. 키 큰 가로수 잎 사이로 보이는 하늘은 캄캄했다. 공중전화로 남편에게 전화를 해볼까? 남편이 받을까? 비아냥거리는 목소리로 신경질을 낼지도 몰랐다. 당신은 대체 잘하는 게 뭐야! 당신한테 뭘 맡길 수 있겠어. 당신한테 어떻게 아이 교육을 맡길 수 있겠어? 남편의 목소리가 담배 연기 사이로 피어올랐다 사라졌다. 차를 잃어버렸다는 불안감이나 지금 아무것도 가진 게 없다는 막막함보다 그의 반응이 더 두려웠다. 잰걸음으로 공중전화 부스로 들어갔다. 남편의 휴대전화는 꺼져 있었다. 그제야 그가 학회 세미나차 해외 출장중이라는 사실을 깨달았다. 아들 우빈의 휴대전화도 꺼져 있었다. 우빈이 학교 기숙사 규칙에 따라 늦은 밤에는 휴대전화 전원을 꺼둔다는 사실을 깜빡했다. 조금 전까지 함께 있었던 대학 후배인 J의 전화번호는 당연히 기억나지 않았다.

J의 지방투어 콘서트 첫번째 도시는 내가 결혼 후 줄곧 살고 있는 부산이었다. 콘서트의 제일 마지막 연주곡인 「오월의 노래」는 「누가 할머니를 죽였나요?」라는 샹송을 편곡한 곡이

었다. 그의 기획력은 탁월했다. 그는 대학 시절 한 번도 부른 적 없었던 「오월의 노래」를 콘서트 피날레 곡으로 연주해서 관객들로부터 기립 박수를 받았다. 대부분의 관객들은 선율에 기대어 과거의 암울했던 시대를 회상하는 듯한 표정이었다. 우빈의 피아노 선생이기도 한 그에게 저녁 식사를 제의했을 때, 그는 서울로 올라가야 하는 급한 일정 때문에 시간을 내지 못한다고 했다. 대신 자동차로 선산휴게소까지 데려다 줄 수 있겠느냐고 물었다. 해야 할 이야기도 있고, 전해줄 물건도 있는데 차를 타고 가며 하자고 했다. 선산휴게소에서 내려서 서울행 환승 차를 타겠다고 했다. 나는 기꺼이 그러자고 했다. 그의 매니저가 노골적으로 눈살을 찌푸렸지만 콘서트가 끝나자마자 J와 나는 나란히 콘서트장을 빠져나왔다. 선산휴게소에서 그가 환승 버스를 타는 것까지 지켜보고 난 뒤 화장실에 다녀온 터였다.

휴게소 내에 있는 매장들은 거의 문을 닫았다. 카페베네와 우동, 어묵 등을 파는 스낵바, 편의점만 환하게 불을 밝혀놓고 있었다. 코트 주머니에 손을 넣자 지폐 두 장이 만져졌다. 짙은 어둠처럼 장엄한 자태로 주차되어 있는 큰 차들 사이로 누군가 내게 다가왔다. 손수건 한 장 크기도 되지 않는 짧은 검정색 스커트를 입은 여자였다. 키가 왜소증 환자처럼 작았다.

"흡연 부스에는 남자들만 있어서요."

여자는 내가 그랬던 것처럼 담배에 불을 붙여 연기를 가로수 위로 내뿜었다. 여자의 굵은 허벅지와 휘어진 종아리 위로 올라온 검정색 부츠가 눈에 들어왔다.

"아까부터 지켜보고 있었어요. 차를 놓쳤어요?"

"……"

"……아님, 돈이 필요해요?"

나는 딴 곳을 보는 척하며 대답을 하지 않았다. 여자가 나를 빤히 올려다보며 말했다.

"음…… 돈이 필요하면 따라와요."

트럭 운전석에 앉아 앞에 가는 승용차의 지붕을 내려다보듯 나는 여자의 끝이 갈라진 푸석한 긴 머리만 말없이 내려다보았다. 맥주 색깔과 비슷했다. 오십은 넘어 보였다. 여자가 턱과 눈짓으로 주차장 입구 너머를 가리켰다.

"아래로 조금 더 가면 화물차들만 주차하는 곳이 있어요."

나는 고개를 세차게 가로저었다. 마치 나는 그런 여자가 아니에요, 라고 거칠게 항변하듯. 발걸음을 휴게소 매장이 들어서 있는 쪽으로 옮기려는데 여자가 한마디 더 건넸다.

"나, 나쁜 사람 아니에요. 손으로만 하면 사만 원, 입으론 오만 원 받아요. 풀은 칠만 원이고요."

그런 여자인 여자가 그런 여자가 아니라고 생각하는 나에게 전화번호가 적힌 종이 한 장을 손에 쥐여주었다. 그런 여자인 여자가 트럭들 사이로 사라졌다.

코트 주머니 속 지폐를 꺼냈다. 오천 원짜리가 두 장이었다. 커피를 마시고 우동을 한 그릇 먹을 수 있는 돈이었다. 휴게소 야외 데크 제일 끝에 위치한 카페베네로 들어갔다. 제일 구석진 테이블로 가 의자에 몸을 구겨 넣듯 앉았다. 피곤이 온몸을 엄습했다. 무섭고 막막했다. 이제 어떻게 해야 할까? 기억이 돌아올 때까지 기다릴 수밖에 없었다. 날이 밝을 때까지 기다려도 기억이 나지 않는다면 경찰서로 가야 할 상황이었다. 그때까지 자동차는 계속 찾아봐야 할 것이다. 파우치 속 물건 중에 도저히 이해가 가지 않는 게 있었다. 지갑에 쏙 들어가는 카드 나이프가 바로 그것이었다. 나는 등산이라곤 한 번도 해보지 않았고 집에서는 못 하나, 압정 하나도 박지 않는 사람이었다. 그런데 이런 등산용 칼이 왜 필요할까? 더군다나 파우치 속에 들어가 있는 이유는 무엇일까? 카드 나이프는 원래대로라면 자동차 트렁크 속 공구함에 있어야 할 물건이었다. 왜 이게 파우치 안에 들어 있는 것일까? 머릿속에서 부연 안개가 나타났다가 사라지곤 다시 나타났다.

옆 테이블엔 삼십대로 보이는 청년이 차를 마시고 있었다. 큰 키, 마른 몸에 약간 동그스름한 얼굴이었다. 모자를 깊숙이 쓰고 있어 눈은 보이지 않았다. 청년의 앞 테이블엔 오십대 후반으로 보이는 남자가 음료수를 마시다, 밖으로 나갔다가, 화장실을 왔다 갔다 했다. 소란스런 걸음걸이와 찻잔을 테이블 위에 조심성 없이 놓는 소리 등으로 봐선 자기 관리를 꼼꼼히 하지 못하는 사람이거나 교양이 없는 사람일 것이다. 새벽 2시, 손님이라곤 셋뿐이었다. 왼쪽 손목에 차고 있는 시계를 봤다. 까르띠에 글자가 새겨져 있는 시계는 시간을 놓친 채 12시 30분에 멈춰져 있었다. 시간을 견디기가 무료했는지 삼십대와 오십대 남자가 합석을 했다.

"이력서를 넣고 면접을 보느라 눈치와 좌절감만 늘었어요. 일자리를 구하는 데 시간과 에너지를 너무 많이 써버렸어요. 서른여섯 살이 되도록요."

청년의 낮은 목소리가 들렸다.

"씨발, 마누라가 내가 휴게소에서 담배 피우는 사이에 내 가방만 내려놓고 차를 몰고 도망쳐버렸어. 지갑 속에 든 카드도 다 빼갖고 가버렸어. 말다툼 좀 했다고 나를 휴게소에 버리고 가다니. 미친년, 잡히기만 해봐라. 모가지를 비틀어버릴 테니까."

"환승정류소에서 서울행 차표를 사야 하는데 서울 가면 뭐하나 싶어 이리로 들어왔어요. 새 일자리 구하기도 이젠 지쳤어요."

야구 모자를 푹 눌러쓴 삼십대의 목소리가 다시 들렸다. 그는 어느새 소주 팩을 들고 마시고 있었다. 오십대 남자는 청년이 말하는 도중에 어딘가로 전화를 걸었다. 이런 특수한 상황과 장소가 사람의 경계심을 무너뜨린 것일까. 두 사람은 타인에 대한 경계심은 고사하고 거리감조차 없어 보였다. 두 사람은 자신의 이야기를 거침없이 했다. 잘 아는 사람보다는 오히려 전혀 모르는 타인에게 자신의 속내를 내비치기가 쉬웠을 것이다.

"미친년, 아예 휴대전화를 꺼놨어! 어떤 놈팡이가 생긴 게 틀림없어!"

오십대는 씩씩대며 바깥으로 나갔다. 이내 부산한 걸음걸이로 돌아와 엉덩이를 의자에 털썩 내려놓았다. 상체를 청년 앞으로 바싹 당겼다.

"나도 그거 한잔 좀 줄 수 있어요?"

"네. 답답할 땐 이게 최고죠. 가방 안에 생필품처럼 소주 팩을 가지고 다녀요."

셋밖에 없는 커피숍에서 그들의 목소리는 내 자리까지 선명하게 들렸다. 그들은 자신들이 살아온 내력을 모두 다 기억하고 있었다. 기억의 한 부분이 상실되어버리고 없는 나는 그들의 푸념이 부러웠다. 두 남자의 대화가 끊어지자 커피숍엔 절대적인 고요가 밀려들었다.

아메리카노를 리필로 한 잔 더 주문했다. 찻잔을 무연히 바라봤다. 아메리카노는 캄캄한 내 기억만큼 어두웠다. 아메리카노에 설탕 스틱을 쏟아붓는 순간, 식탁에 앉아 황색 설탕, 흰색 설탕, 갈색 설탕에 라벨을 붙이는 가늘고 흰 손가락이 떠올랐다. 나는 손을 펴서 찬찬히 살폈다. 가늘고 흰 손가락이다. 라벨을 붙이는 손가락은 내 손이 맞는데 부엌은 우리 집 부엌이 아니었다. 좁은 부엌 통로를 사이에 두고 한쪽은 흰색 싱크대가 놓여 있고 맞은편 벽은 전체가 흰색 붙박이장으로 되어 있었다. 창도 문도 모두 흰색이었다. 누구 집일까?

창밖은 컴컴한 터널의 내벽처럼 어두웠다. 휴게소에서 잠시 숨을 고른 차들은 다시 밤의 고속도로 속으로 사라져갔다. 나는 집으로 무사히 돌아갈 수 있을까? 어쩌다 내 기억이 이 지경까지 됐는지 알 수 없었다. 파우치에서 독주회 티켓을 꺼냈다. J가 우빈에게 전해달라며 준 티켓이었다.

피아니스트 J는 대학 시절, 학보사 후배였다. 요즘 피아니스트로 뒤늦게 주목을 받고 있었다. 5월 넷째 주 토요일, 서울 서초동 예술의전당에서 열리는 J의 연주회 티켓을 들여다봤다. '마이 라이프, 마이 뮤직, 피아니스트 J 리사이틀—K형에게'라는 부제가 달려 있었다. 지난 가을과 겨울, 우빈을 데리고 매주 토요일 그의 연습실을 찾았다. 우빈이 예술고등학교 피아노학과에 들어가기 위해 그에게 실기 레슨을 받기로 했기 때문이었다. 매주 부산에서 서울까지 우빈과 KTX를 타고 다녔다. 그런 수고가 헛되지 않아 우빈은 원하는 고등학교에 입학했다.

매주 토요일, J와 마주칠 때면 왠지 불편했다. 캠퍼스에서의 J에 대한 기억은 많지 않았다. 그와 내가 함께했던 시간 속에서는 그도 나도 화염병을 던지지 않았다. 돌도 던지지 않았다. 「오월의 노래」를 부르지도 않았다. 세상에 대해 목청껏 욕을 한 적도, 술을 마시고 어두운 골목을 헤매다 토악질을 한 적도 없었다. 그저 그와 나는 원고 마감일에 맞춰 기사를 썼고, 편집을 했고, 밤새 교정을 봤다. 그와 나 사이에 불편할 일은 하등 없었다. 그런데도 나는 그와 마주칠 때면 표현하기 막막한 어떤 불안감, 무언가를 들켜버린 듯한 당혹감 때문에 손바닥에서 땀이 났다. 땀이 난 손바닥을 손수건으로 닦을 때마다 종종 끝이 없는 통로를 J와 나란히 걷던 장면이 생각났다.

끝이 보이지 않는 통로를 J와 내가 나란히 걷고 있었다. 통로 양쪽 옆으로 가구를 포함한 주생활에 필요한 모든 용품들이 진열돼 있었다. '이케아' 매장에서 J는 테이블과 의자를 고르고 있었고 나는 주방 코너와 침실 코너 쪽에서 정신없이 물건들을 고르고 있었다. 우리 외에도 키가 큰 금발 청년, 흑인들도 있었다. 그리고…… J 옆에 동양인 남자 한 사람이 있었다. 그는 물건을 고르는 데 영 흥미가 없는 듯했다.

J와 내가 뮌헨 시내를 돌아다니며 한국에서 온 여행객들에게 뮌헨의 역사적 유적지와 유물에 대해서 일일이 설명하고 있었다. 내 입에선 역사적 인물의 이름이 뜨덤뜨덤 나왔고 J의 입에선 역사적 사건, 지명이 줄줄이 나왔다. 설명을 하다 둘이 시선이 부딪치면 마주보고 웃었다.

우리는 매년 여름방학이면 2주간, 뮌헨에서 기차를 타고 두 시간 정도 가야 하는 작은 호반이 있는 마을에서 지냈다. 작은 마을의 호숫가 잔디밭에서 J와 나, 그리고 또 한 사람의 남자가 나란히 누워 일광욕을 했다. 누워서 바라보는 하늘엔 양떼구름이 무기력하게 지나가고 있었다. 일광욕이 지루해지면 호수에서 요트를 탔다. 그것마저 지루해지면 석양이 질 때까지 나무 아래 누워 책을 읽었다.

작은 호반 마을에서, 매일 아침 내가 자전거를 타고 상점으로 가 갓 구운 빵과 노란 치즈를 사 오던 길은 온통 흰빛이었다. 햇빛이 쏟아져서 눈이 부셨다. 투명한 초여름 햇빛이 목덜미와 팔과 자전거 바퀴에 감겼다. 아직 더위가 묻어 있지 않은 부드러운 바람은 머리카락을 보기 좋게 헝클었고 새들은 경쾌한 리듬으로 노래했다. 나는 이름을 모르는 작은 풀꽃들에게 휘익, 휘익 휘파람을 불며 인사를 건넸다. J가 농가에서 직접 사 온 산딸기와 야채를 아침 식탁에 내어놓으며 환하게 웃었다. 우리는 그 과일을 천국에서 배달되는 과일이라 불렀다. 또 한 사람은 달걀프라이를 만들고 커피를 주전자 가득 끓였다.

우빈이 J의 연습실에서 레슨을 받는 동안 근처 커피숍에서 기다릴 때마다 작은 호반이 있던 그 마을이 자주 생각났다. 내가 동문들에게 J의 연락처를 물어 전화했을 때 J는 무척이나 당황스러워했다. 그는 우빈의 레슨을 여러 차례 거절하다 마지못해 수락했다. 내가 우빈이 예술고등학교에 꼭 입학해야 한다며 울음 머금은 목소리로 하소연했기 때문이다.

 따뜻한 물로 세수라도 하고 나면 멈추었던 기억이 되살아날까? 커피숍을 나가 화장실로 갔다. 3월 초입이지만 볼이 얼얼할 만큼 바람이 찼다. 코트 깃을 세웠다. 따뜻한 물로 손과 발을 씻었다. 일회용 구강청결제로 입안을 헹구었다. 굳었던 몸이 조금 풀렸다. 휴게소에서 마냥 기억이 돌아오도록 기다려야 하는 걸까? 기억이 나지 않는다면 택시를 타고 경찰서가 아니라 집으로 돌아가야겠다. 어서 빨리 집으로 돌아가고 싶었다. 따끈한 물이 가득찬 욕조에 몸을 담그고 나면 모든 근육들이 이완되듯 기억도 스멀스멀 피어오를 것이다. 자동차 열쇠도, 자동차도 찾을 수 있을 것이다. 남편이 돌아올 때까지는 아무 일도 없었던 듯 똑같은 일상이 되풀이돼야 했다. 코트 앞섶을 여미고 다시 휴게소 주차장으로 갔다. 혹시나 자동차를 발견할지도 모를 일이니까. 휴게소 입구에서 주차장 쪽으로 누군가 걸어오고 있었다. 조금 전 내게 돈이 필요하면 자신을 따라오라던 오십대 여자였다. 여자는 자신의 일을 충실히 끝내고 온 것일까. 그 작은 여자가 작은 손으로, 거대한 티라노사우루스 같은 화물차에 앉아 고속도로의 제왕인 화물차 운전자들의 바지 지퍼를 내리고, 그러고는 무엇을 할까…… 피식, 웃음이 났다. 빗줄기가 흩날렸다. 새벽 3시경에 내리는 비는 조용하고 무심하게 지상에 내려앉았다. 빗줄기 사이로 기억의 조각들이 모였다가 흩어졌다.

어둡고 한적한 해변도로를 달리고 있었다. 빗줄기가 사선으로 줄맞춰 내려와 차창으로 흘러내렸다. 누군가 난폭하게 차를 운전했다. 남자였다. 조수석에는 내가 앉아 있었다. 운전자는 한마디 말도 않고 달렸다. 나는 몸이 몹시 떨렸고 갈증이 났지만 아무런 말을 하지 못했다. 누군가 떨리는 내 몸을 와락 안아주길 원했지만 그런 상황은 일어나지 않았다. 그가 굳게 다물었던 입술을 천천히 떼며 말했다.

—어떻게 그런 아르바이트를 할 생각을 다 했어?

—그런 아르바이트라니? 넌 뭔가 오해를 하고 있어!

—이제 거짓말까지 하는 걸 보니 단단히 미쳐가고 있구나.

—한국에서 온 여행객들 가이드 해주고, 현지 기업인들 파티에 파트너로 참석해주고, 대화 상대 돼주고 일당을 받은 것뿐이야.

—그것뿐이라고? J도 알고 유학생들 다 아는 사실을 나만 여태 몰랐다는 거지? 가이드도 해주고, 파티도 참석해주고, 이야기 상대도 돼주고, 데이트도 하고? 그다음은 잠도 같이 자는 거겠지? 좀 힘든 상황을…… 그렇게도 못 견뎌?

—어떻게 그런 이상한 생각을 해? 너는 밍밍한 스프에다 밥 말아 먹는 거 참을 만해? 집세는, 학비는 어쩔 건데?

—그럼, J하고도 돈 받고 잤니?

　몸에서 식은땀이 났다. 쫓기듯 다급한 어투로 내가 대꾸했다.

　—정말 오해라고! J는 후배일 뿐이야!

　—내가 너한테 이곳으로 같이 오자고 한 적 없어! 네가 따라온 거야. 난 내가 옳다고 생각하는 일만 찾아 살아갈 거야. 한국으로 돌아가서도 내가 어떻게 살 거라는 거 모르진 않겠지? 내가 앞으로 취직을 하고, 아이를 키우고, 고급차를 사고, 집 평수를 늘리면서 살 거라고는 생각하지 않았겠지? 이젠 넌, 네가 원하는 대로 살아!

　—네가 옳다고 생각하는 일은 뭔데?

　나는 큰 소리로 표독스럽게 쏘아붙였다.

　—세상을, 세상을…… 지금보다 더 정의롭고 살 만한 세상으로……

　—그만! 그딴 소리 더 이상은 듣기 싫어! 그러면 빵이 나오니? 장학금이 나오니? 정말 지긋지긋하다.

　그가 거칠게 차를 세웠고 바위와 돌들이 쌓여 있는 길가에 서서 한참 동안 토를 했다. 나의 더러운 꼴에 구역질이 난다는 시위였다. 나는 차 안에서 사이드미러 속의 그를 쓸쓸하게 바라봤다. 도로 건너 파도 소리가 거칠게 귓가에 감겼다. 빗소리는 파도 소리에 묻혀 들리지 않았다. 그가 차라리 질투에 몸을 바들바들 떨었다면 그날 밤 미친듯이 짐 가방을 싸진 않앉을 것이다. 나보다는 세상에 관심이 훨씬 많은 남자와 함께 미래를 설계할 수는 없었다. 그의 집을 내 발로 걸어 나왔지만 실상은 그로부터 짐짝처럼 내버려진 거였다.

누구일까? 어둡고 한적한 독일의 해변도로를 거칠게 운전했던 사람은? 나는 곰곰 생각에 잠겼다. 상황과 장면, 대화 내용까지 또렷이 기억이 나는데 운전을 했던 남자는 생각이 나지 않았다. 실루엣조차도 기억이 나지 않았다. 뒷목이 뻣뻣해졌다. 누군가의 손이 내 머리카락을 목 뒤로 쓸어 넘겨주던 장면이 떠올랐고, 내 허리를 감아오던 팔의 감촉도 느껴졌다. 종종 내가 양상추, 당근, 파슬리를 비닐 팩에 넣어 냉장고에 넣는 장면, 좁은 조리대와 좁은 부엌 통로로 부산스럽게 왔다 갔다 하는 장면도 떠올랐다. 부엌과 좁은 거실의 통로에 무너지듯 앉아 울고 있는 내 모습도 스치듯 생각났다. 언제나 기억은 거기까지였다. 야채들이 비닐 팩에 밀봉되듯 내 기억도 꽁꽁 묶여 어딘가로 내던져진 것 같았다. 다른 것은 명백히 떠오르는데 운전을 하던 남자만이 내 기억 속에서 지워지고 없었다. 그때마다 늘 안도했다. 더 이상의 기억은 필요하지 않았다. 도대체 이런 기억 따위가 내게 어떤 의미가 있을까?
세월이 흐르는 동안 어쩌면 나는 기억하고 싶지 않은 것을 잊어버리는 법을 터득했는지도 모르겠다. 가지런하게 개킨 옷들을 서랍장에 차곡차곡 넣을 때면 뒤엉켜 있던 과거의 시간이 단정하게 배열되어 떠오르려고 할 때가 있었다. 때론 단출하고 평범한 일상에서 불쑥불쑥 누군가의 얼굴이 뇌리를 가로지르려고 할 때도 있었다. 그럴 때면 나는 종일 피트니스 센터에서 운동을 하거나 백화점 명품관을 순례하곤 했다. 누락된 기억들은 서랍장 속 깊은 곳에 봉인되어 녹슨 잠이나 자면 될 일이었다.

대학교를 졸업하던 해에 독일로 유학을 갔다가 2년 반 만에 돌아왔다. 원했던 독문학 공부도 제대로 마치지 못했다. 한국에 있을 때 독일문화원에서 여는 독일어 강습도 제대로 끝내지 못한 채 갑자기 유학길에 오른 터라 모든 게 어설펐다. 집세와 생활비를 충당하기 위해 뮌헨의 한 면세점과 여성의류점에서 근무했고, 여행 가이드와 파티파트너 아르바이트도 했다. 교육비는 저렴했지만 모든 생활비는 자급자족해야 했다. 남자와 함께 작은 아파트에서 살았다. 지금 나는 그 사람만 기억하지 못하고 있었다.

J와 나는 학보사에서 문화 쪽을 담당하고 있었다. 3학년인 나는 문화부장, 기악과 학생인 J는 문화부 수습기자였다. 5월 대동제 때 나갈 신문에 편집국장이던 K가 '대학생들 대낮 미문화원 점거농성 사건, 그 뒤 2년'이란 특집을 다루었다. 당시 농성에 참가했던 사람들과의 인터뷰를 실은 특집 기사였다. 그 기사가 화근이 되어 학보사 주간이던 독문학과 교수 P가 경찰 조사를 받았고, 교수 징계위원회에 회부되었다. K는 P

교수의 권유로 다급하게 유학길에 올랐다. 그래, K가 있었지. 학보사 편집실에서 밤샘 작업을 많이 하던 그의 영민한 눈빛이 떠올랐다. 그의 낮은 목소리도 기억이 날 듯했다. 교내 시위를 할 때면 큰 소리로 구호를 외치며 동행 취재를 하던 사람. 구호를 외치는 일이 그의 절대적 사명인 듯 사력을 다해 소리치던 모습도 생생했다. 머리띠를 두르고 피켓을 든 그의 모습을 시위 대열에서 한참 떨어진 곳에서 바라보던 J의 모습도 떠올랐다. J가 콘서트 팸플릿에 언급한 K형이 내가 기억하는 K일까.

시댁에서 가족 모임이 있던 날, 2층 방에서 집으로 돌아갈 가방을 챙기고 있었다. 계단을 올라오는 어머님의 발소리가 들렸다.

—애썼다. 굼벵이도 기는 재주가 있다더니, 우빈이를 그 어렵다는 학교에 입학도 시키고……

어머님이 내 어깨를 두드렸다.

집으로 돌아오는 차에서 눈물이 눈에 맺힐 사이도 없이 턱으로, 목으로 흘러내렸다. 운전을 하는 남편의 표정이 굳어갔다. 남편이 붉은 신호등 앞에서 급브레이크를 밟으며 말했다.

—제발, 바보같이 굴지 말라고! 당신이란 사람, 그 정도로 미숙한 사람이야? 어머니 말씀 한마디도 세련되게 갈무리 못할 정도야?

집으로 돌아와 아무 일도 없었던 듯 과일을 접시에 담아 거실로 가 앉았다. 남편은 티브이를 켜놓은 채 책을 읽고 있었다. 티브이 화면에서 누군가 어느 정치인에게 물러나라, 물러나라고 외치며 계란을 던지는 장면이 나왔다. 정치인은 잽싸게 뒤로 몸을 빼서 계란 세례는 받지 않았다. 화면을 뚫어져라 쳐다봤다. 계란을 투척한 사람의 모습이 아주 잠깐 나왔다. 나는 하마터면 소리를 지를 뻔했다. K와 비슷하게 생긴 사람이었다. K보다는 나이가 더 많고 더 후줄근해 보였다. K가 나이가 들어 중년이 되었다면 꼭 저런 모습일 것 같았다. 아니, K였다. 이십대 때와 별반 달라진 게 없어 보였다. 알 수 없는 불안감이 스멀스멀 올라와 가슴을 옥죄었다. 근원을 알 수 없는 불안감이었다. 나는 종종 편안한 일상이 마치 내 것이 아닌 듯 두려울 때가 많았다. 그것 또한 까닭을 알 수 없는 두려움이었다. 지금 내가 발 딛고 있는 이곳이 허방인 듯 느껴지기도 했다. 내가 기억하지 못하는 저편에 진정한 내가 있을지도 몰랐다. 이상한 불안감과 허무감이 지나가고 나면 한참 동안 우울했다. 소파에 깊숙이 몸을 묻고 너는 도대체 누구니? 하고 자신에게 묻곤 했다. 아주 가끔, 뭉텅뭉텅 잘려져 나간 기억의 조각들이 아쉬웠다. 그럴 때면 왼 손목의 희미한 실선이 꿈틀거리는 듯한 환영에 빠졌다. 그럴 때마다 나는 늘 칼로 손목을 긋고 싶은 충동을 느꼈다.

짧은 스커트를 입은 오십대 여자는 비를 피하기 위해 주차장에서 휴게소 데크 쪽으로 뛰었다. 데크에서 커피숍으로 들어가려는 나를 흠칫 쳐다보더니 내게로 왔다.

"남편이 곧 데리러 오기로 했어요. 가족들을 위해 무언가를 하고 있다고 생각하면 신체적 결함이 있지만 나도 쓸 만한 사람처럼 느껴져요. 나는 내가 하는 일이 부끄럽지는 않아요. 나 같은 여자의 위로도 필요한 남자들이 세상엔 많거든요."

"……"

불빛 아래 여자의 눈빛은 편안하고 따뜻해 보였다.

"가족들은 내가 무슨 일을 하는지 묻지 않아요. 몸이 불편한 남편 대신 내가 낮에도 밤에도 일을 하거든요."

"……"

여자는 말을 마치자마자 휴대전화를 내려다보더니 기다리던 차를 발견한 듯 잽싸게 주차장 쪽으로 걸어갔다. 무거운 발걸음은 아니었다. 거저 가져가라고 해도 가져가지 않을 것 같은 낡은 소형차가 그녀를 태우고는 휴게소를 빠져나갔다.

비는 봄비답지 않게 점점 세차게 쏟아졌다. 휴게소 입구와 가장자리에 서 있던 키 큰 나무들이 휘청 흔들렸다. 이어 우박이 창에 부딪혔다. 새끼손가락 삼분의 일 정도 되는 크기였다. 비라도 빨리 그쳤으면 좋겠다.

"환승 버스를 타고 서울로 올라간들 무슨 뾰족한 수가 있겠어요? 취업은 일찌감치 물 건너갔는걸요."

말을 마치자마자 청년은 키득키득 웃었다.

"미친년, 내가 돈을 좀 갖다 썼다고, 하는 일마다 실패했다고 남편을 버리고 가다니. 야, 마누라야, 너까지 나를 무시하냐?"

두 사람은 이젠 각자 제 얘기만 하고 있었다. 오십대 남자는 낄낄거리더니 이내 맥이 다 빠진 듯 고개를 푹 숙였다.

환승……

왼쪽 손목, 까르띠에 시곗줄 밑에 희미하게 남아 있는 실선을 보았다. 독일에서 짐 가방 하나만 달랑 들고 귀국한 며칠 뒤, 나는 면도날로 손목을 그었다. 그건 그냥 작은 소동쯤으로 끝이 났다. 무엇 때문에 그런 소동을 벌였는지 정확하게 기억이 나지 않았다. 2년 반 동안의 유학 생활도 많은 부분 생각이 나지 않았다. 담당 의사는 환자가 어떤 상황이나 사건에 대해 기억하기 싫은 중압감을 느낄 때 뇌가 스스로를 보호하기 위해 기억 상자를 닫아둬서 생기는 현상이라고 했다. 나는 다른 노선의 차를 갈아타듯 급하게 결혼을 했다. 부유하고 문화적으로 안온한 일상은 왼 손목의 희미한 선 하나쯤은 충분히 가려주었다. 결혼을 한 뒤로는 모든 지인들과 연락을 끊었다. J와도 작년에 처음으로 연락이 닿았다.

파우치 속주머니에 있던 카드 나이프를 꺼내 테이블 위에 놓았다. 무슨 용도로 이걸 가지고 다녔을까? 파우치 속주머니에 들어 있는 이유는 무엇일까? 카드 나이프의 용도는 좀체 알 수 없었다.

"무시하지 말라고, 왜 당신까지 나를 멸시하냐고?"

큰소리치다가 이내 킬킬거리다 테이블에 고개를 박고 있는 오십대 남자를 쳐다봤다. 테이블과 테이블 사이가 좁은 커피숍에서 본의 아니게 들어버린 두 남자의 절박한 사연이 소름처럼 온몸을 에워쌌다.

무시…… 멸시…… 아, 그래. 얼마 전 사촌 언니의 레스토랑 개업식 날, 술을 마시다가 벌였던 작은 소동이 기억이 났다. 그곳은 좁고 가파른 계단을 스무 개쯤 내려가야 있는 작은 양식당이었다. 사촌 언니는 수수하게 늙어가고 있었다. 눈밑이 그늘져 있었고 거무스레한 작은 점들이 무수한 별처럼 손등에 내려앉아 있었다. 나도 언니처럼, 주변에 아무도 없이 수수하고 고단하게 늙어갈까 봐 두려웠다. 혼자서 술을 마셨다.

—누구든 나를 무시하기만 해봐. 이걸로 손목을 그어버릴 테니…… 누구든 내게 모멸감을 주기만 해봐. 누구든 나를 버리기만 해봐. 다 확, 그어버릴 테니까……

종업원들이 달려오고, 언니가 이내 달려와 카드 나이프를 낚아채 가던 모습이 생각이 났다. 주사가 이렇게 심한 줄은 몰랐는데, 조금 전 나가더니 차에서 이걸 꺼내왔나 보네, 하며 언니가 내 가방을 열고 무언가를 넣던 모습이 어렴풋이 떠올랐다. 홧홧하게 얼굴이 달아올랐다.

커피숍에서 파우치를 들고 나오며 카운터에 있는 전화기로 콜택시를 불렀다. 커피숍을 나와 편의점으로 갔다. 피로회복 드링크제를 한 개 샀다. 어떻게든 몸의 근육과 신경들을 이완시켜서 기억들을 재생시켜야 했다. 잃어버린 기억이 알 필요가 있는 기억들까지 압도해 영원히 사라지게 해서는 안 되니까. 나는 입술을 깨물었다. 전생처럼 멀게만 느껴지는 20여 년 전의 시간들과 조금 전, 선산휴게소에서 차를 주차하던 무렵의 시간들이 희끗, 희끗 나를 쳐다보다 이내 사라졌다. 오금이 저려왔다. 어느새 비가 그쳤다. 희뜩, 희뜩 어둠 속에서 샛별들이 보였다. 새벽 5시. 절망적이었다. 온몸에 힘이 빠졌다. 택시를 기다리는 동안 담배를 피우기 위해 커피숍 건물 뒤쪽으로 갔다. 휴게소 직원 전용인 듯 협소한 주차장이 나타났다. 건물 벽에 기대어 담배를 피웠다. 새 담배를 입에 물고 그 끝에 방금 피우던 꽁초를 대고 불을 붙여 피웠다. 담배를 빨아들이는 소리만이 들렸다. J와 선산휴게소까지 차를 타고 오면서 나누었던 말들 중에서 이해가 되지 않은 것들이 많았다. 선배…… 오랫동안 한 번은 물어보고 싶었어요. 대체 선배는 어떤 사람이에요? K 선배를 사랑하긴 했어요? 경찰서에서 K 선배에 대한 진술은 또 뭐예요? 그랬으면서 독일까지 K 선배를 쫓아온 건 뭐예요? 원래 그렇게 뻔뻔한 사람이었어요? 쉴 새 없이 쏟아내던 J의 질문에 나는 답을 할 수 없었다. 나는 모르는 일이었기 때문이다. 생각이 나지 않는 일들이었다. 세차게 머리를 흔들었다. 주변 풍경을 천천히 바라보았다. 그제야 커피숍 뒤쪽 정경이 선명하게 눈에 들어왔다. 있다! 주차되어 있는 여러 대의 자동차 사이에 파란색 쿠페가 얌전히 앉아 있었다. 선산휴게소 주유소에서 기름을 넣고 후미지고 한적한 휴게소 뒤쪽에 주차를 했다는 사실이 그제야 기억이 났다. 자동차 뒤 타이어 위에 가만히 손을 넣어 더듬었다. 있다! 자동차 열쇠가 그대로 얹혀 있었다. 그건 잠깐 동안 차를 주차할 때 내가 종종 쓰는 방법이었다. 차 문을 살며시 열었다. 뒷좌석엔 검정색 샤넬 가방이 놓여 있었고 휴대전화는 충전기에 꽂혀 있었다. 운전자석과 조수석 앞 컵 홀더엔 각각 종이컵이 있었다. 대시보드 위엔 여러 장의 포스트잇이 붙어 있었다. 마트에서 구입할 생활용품 목록들과 남편의 해외 출장 일정이 촘촘히 적혀 있었다. 모든 게 다 그대로였다.

트렁크 덮개를 들어올렸다. 공구함을 꺼내 카드 나이프를 깊숙이 넣었다. 현재의 안온한 일상과 부유함과 남편과 시댁 식구들의 사회적 지위를 공유하기 위해서는 모멸감 따위는 트렁크 공구함 깊숙한 곳에 넣어두어야 했다. 씁쓸한 웃음이 입꼬리 위로 올라왔다. 공구함 옆에 무언가가 있었다. J가 선산휴게소에 내리면서 건네준 책이었다. 봉투째 가만히 놓여 있었다. 책을 들고 운전석에 가 앉았다. 표지를 봤다. '우리들의 K형'이라는 제목이었다. 책장을 넘겼다. '가난과 질병 속으로 스러져간 시민운동가 K를 회고하며'라는 부제가 나왔다. 다음 장을 넘기자 '자신에게 전부인 하나를 위해, 모든 것을 포기한 K'라는 제목을 단 추모 글이 나타났다. 다음 장을 넘겼다. K가 환하게 웃고 있는 흑백사진과 스냅사진들이 실려 있었다. 한 장의 스냅사진 속엔 K가 하얀 창, 하얀 문, 하얀 싱크대가 보이는 좁은 거실에서 차를 마시고 있었다. 늘 기억 속에 떠오르던 익숙한 배경 사진이었다. 좁은 부엌, 흰 싱크대, 흰 선반. 그리고…… K…… 책장을 쥐고 있는 손끝이 떨렸다. 턱이 덜덜 떨려왔다. 창문을 끝까지 내렸다. 숨을 크게 들이마셨다 내쉬며 가슴을 쓸어내렸다. 이제야 모든 것이 온전하게 기억이 났다. 끝내 내 것이 될 수 없었던 과거의 시간, 과거의 사람을 기억해냈다. 나는 차 문을 열고 나가 오랫동안 통곡했다. 주차장 뒤편에서 짐승 울음소리 같은 바람 소리가 들려왔다.

K는 그가 꿈꿨던 세상을 조금이라도 이루었을까? 그동안 그의 세상에 대한 고뇌는 구름처럼 가벼워졌을까? 오랜 울음이 잦아들자 그 일이, 대학교 3학년이던 그해 유월의 일이 생각났다. 그 사건이 거짓말처럼 선명하게 떠올랐다.

J와 함께 참고인 신분으로 경찰서에 도착했을 때 나는 온몸을 경미하게 떨고 있다. 유월의 햇살은 피부에 주삿바늘처

럼 꽂혔다. 담당 경찰이 질문지를 보며 K의 평소 행적에 대해 물었다. 윗입술이 입술 안으로 자꾸 말려 들어갔다. 긴 머리카락 밑으로 땀이 배었고 손이 바들바들 떨렸다. 내가 대답을 하면 경찰은 고개도 들지 않은 채 타이핑을 했다. 질문을 마치자 마지막으로 하고 싶은 말을 덧붙이게 했다. J는 경찰서 한쪽에 비치된 의자에 우두망찰 앉아 있었다. 나는 'K는 평소 여느 대학생들과는 다른 정치적 신념과 가치관을 갖고 있었다. 그는 평소 자신의 생각과 다른 학생들을 자주 비난했다. 그의 남다른 신념이 어느 정도인지는 모르겠다. K가 이번에 쓴 특집 기사는 평소 그의 가치관을 잘 드러내준 글이다'라고 진술했다. 진술이 끝나자 경찰은 진술지를 확인하게 하고는 지문 날인을 하게 했다. K에 대해서 왜 그렇게 솔직하게 진술했는지 모르겠다. K에게 조금이라도 유리하게 쓸 수 있었을 텐데 말이다. 당시 나는 경찰서에서 진술을 해야 하는 상황 자체가 무서웠다. 솔직하게 진술하지 않으면 뭔가 불안한 일이 생길지도 모른다는 생각을 했던 것도 같았다. 아버지가 공립 고등학교 교장이라는 사실도 한몫을 했다.

대학교 3학년이었던 유월의 어느 날 오후, 경찰서에서 J와 함께 참고인 진술서를 썼다는 얘기를 나는 여태 어느 누구에게도 한 적이 없었다. 독일에서 귀국 후, 자살 소동을 벌인 이후로 나는 그 일을 아예 기억하지 못했기 때문이었다.

차창으로 설핏 아침햇살이 얼비쳤다. 책을 트렁크 속에 도로 넣고 트렁크 덮개를 있는 힘껏 탁, 소리 나게 닫았다. 운전석으로 가 앉았다. 휴대전화를 들여다봤다. 남편으로부터 부재중 전화가 와 있었다. J와 쥬얼리숍 매니저로부터 각각 메시지가 와 있었다.

선배, 어쨌든 행복하길 바랍니다.
주문하신 진주 세트가 도착했습니다. 편한 시간에 방문해주세요.

J의 메시지에는 비아냥거림이 묻어 있었다. 메시지를 읽다가 휴대전화를 바닥에 떨어뜨렸다. 휴대전화를 차 바닥에서 주워 올리며 음악 앱을 건드렸는지 J의 피아노 연주곡 「오월의 노래」가 흘러나왔다. 소리를 최대치로 높였다. 슬픈 선율이 차 안을 가득 메웠다. 마지막 남은 담배 한 개비에 불을 붙였다. 담배 연기를 깊이 들이마셨다 내뱉었다. 허공으로 올라간 연기는 금세 바람을 따라 사라졌다. 거짓말처럼 모든 기억의 조각들이 제자리에 놓여 있었다.

룸미러를 보며 머리카락을 정돈하고 까칠한 입술에 립틴트를 발랐다. 시동을 걸어 가속페달을 밟았다. 휴게소 출입구에 지난밤에는 보지 못했던 개나리가 피어 있었다. K가 정치인에게 던져 깨져버린 달걀노른자를 보는 듯하여 똑바로 바라볼 수가 없었다. 나는 「오월의 노래」가 흐르는 앱을 끄지 않왔다. 몸 깊숙한 곳에서부터 한기가 올라와 트렌치코트 앞섶을 몇 번이나 여몄다. 가속페달을 밟은 오른발에 힘을 주었다. 차창으로 아침 햇빛이 하얗게 쏟아졌다. 20여 년 전, 매일 아침 내가 자전거를 타고 갓 구운 빵과 노란 치즈를 사 오던, 독일 어느 작은 마을의 길에 쏟아져 내리던 흰빛처럼. 룸미러로 멀어져가는 선산휴게소의 풍경을 바라봤다.

지
나
가
지

않
는

밤

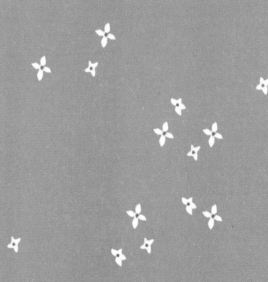

텔레비전 화면이 캄캄해졌다. 발자국 소리만 들렸다. 화면이 서서히 밝아지더니 어둑한 공간이 나왔다. 잡동사니 물건들이 들어차 있는 창고에 한 남자가 서 있었다. 남자는 담배를 입에 물고 시가 잭으로 불을 붙였다. 남자가 담배를 빨 때, 아주 잠깐 남자의 얼굴 윤곽이 붉은빛으로 드러났다가 사라졌다. 삼십대 중반쯤으로 보이는 얼굴이었다. 남자는 두번째 담배에 불을 붙였다. 볼이 움푹 파일 정도로 깊게 담배를 빨았다. 어느새 긴 손가락에는 꽁초만 남았다. 세번째 담배를 꺼내 입에 물더니 멈칫했다. 담배에 불을 붙이지 않고 도로 코트 속에 넣었다. 긴 숨을 편안하게 내쉬었다. 이어 코트 주머니에서 권총을 꺼냈다. 자신의 입속으로 총구를 넣었다.

클로즈업된 남자의 얼굴은 편안해 보였다. 반쯤 감은 남자의 눈에서 반짝, 눈물이 흘렀다. 그리고 탕! 총소리가 어둠을 뚫었다.

예련은 텔레비전을 보다가 일시정지 버튼을 눌렀다. 입안이 바싹 말랐다. 싱크대로 가서 전기포트에 물을 부었다. 물이 끓을 동안 거실 창문을 열었다. 새벽이 밝아오고 있었다. 골목길, 셔터를 내린 마트 간판, 버스 정류장의 푯대가 푸른 대기 속에서 어른어른 돋아나고 있었다. 그녀는 전기포트 전원을 끄고 뜨거운 물로 허브차를 내렸다. 접이식 소파에 다시 앉아 재생 버튼을 누르자 화면 속 남자는 금세 사라지고 영화 프로그램의 진행자가 나왔다. 진행자가 불면증에 걸려 자살한 남자의 이야기를 다룬 영화를 소개하고 있었다. 미국의 어느 주에 살고 있는 삼십대 남자가 불면증으로 고통을 받다가 자신의 입에 총을 쏘고 영원한 잠 속으로 빠져들었다는 내용이었다.

예련은 텔레비전 전원을 껐다. 차를 마셨는데도 여전히 입이 말랐다. 영화 속 남자를 생각하는 것만으로 눈가가 바르르 떨렸다. 잠을 제대로 자지 못한 지가 며칠째인지 헤아려봤다. 하루, 이틀, 사흘, 나흘…… 그러나 그것은 날짜를 헤아리는 것이 아니라 무의식적으로 날짜를 세는 거였다. 무엇이든 세어보는 일은 얼마 전부터 생긴 버릇이었다. 잠을 자기 위해 양을 세던 것이 습관이 되었다. 양 백 마리, 양 아흔아홉 마리, 양 아흔여덟 마리…… 원룸 계단을 세고, 약통 안에 든 알약 개수를 세고, 서랍장 속에 든 팬티며, 브래지어 개수를 세는 일이 이제는 일상이 되어 있었다.

예련은 고분공원에 출근해 유니폼으로 갈아입고 사무실을 나왔다. 고분공원 마당에 깔려 있는 전돌 개수를 세며 근무지로 향했다. 하나, 둘, 셋, 넷…… 정확히 오백열 개를 셌을 때 커다란 무덤이 나타났다. 그녀는 무덤 속으로 걸어 들어갔다. 천여 년 전에 죽은 왕의 무덤 내부를 공개해놓은 전시관에서 제복을 입고 마론 인형처럼 서 있다가 관광객들이 들어오면 전시실을 안내하거나 전시품을 설명하는 게 그녀가 하는 일이었다. 전시실 중앙에 위치한 유리관 속에는 왕이 검은 재로 변한 형태 그대로 반듯하게 누워 있다. 몸은 검은 가루로 변했지만 왕은 금관을 쓰고, 금귀고리, 금목걸이를 하고, 금으로 만든 허리띠와 드리개를 드리우고 있다. 그녀는 유리관으로 다가가 왕에게 미소를 지었다. 방문객들이 고분 전시실을 찾기에는 이른 시간이었다. 그녀는 왕의 유리관 옆에 가만히 누웠다. 눈을 감았다. 밤새 잠을 설쳤으니 10분 정도라도 옅은 잠을 자고 싶었다. 왕과 그녀, 둘만이 존재하는 무덤 안이 세상 어느 곳보다 편안했다.

퇴근 뒤에 예련은 자신의 원룸 앞에 한동안 서 있었다. 현관문 비밀번호가 생각이 나지 않았다. 오랜 불면으로 기억이 흐려졌기 때문이다. 자주 있는 일인 듯 대수롭지 않게 휴대전화 메모 앱에 저장해둔 비밀번호를 보고 버튼을 눌렀다. 잠으로 가는 길은 힘들었다. 샤워 뒤 수면유도제를 먹고 침대 위에 드러누웠다. 침대 맞은편 냉장고에 붙어 있는 사진을 바라보았다. 혜영이 준 사진이었다. 인터넷 서점에 책을 여러 권 주문하자 대형 화보 사진이 선물로 주어졌다며 혜영이 그녀에게 선심 쓰듯 건네주었다. 사진 아래쪽에 귀스타브 쿠르베의 '잠'이라는 제목이 붙어 있었다. 웨이브 진 블론드 머리의 여자와 길고 검은 머리의 여자가 침대에서 나신으로 서로의 몸을 감싸 안은 채 잠자고 있는 그림이었다. 혜영은 특히 이 그림을 좋아했다. 혜영은 예련의 몸을 더듬으며 잠에 빠져들면서 저 그림은 사람을 참 편안하게 해, 수면제가 따로 없다니깐, 하고 말했다. 옆방에 살고 있던 혜영은 종종 한밤중에 베개를 들고 그녀의 방을 노크했다. 혜영의 몸냄새를 맡으며 자는 날엔 그럭저럭 잠을 잤다.

침대에 누워 한동안 그림을 쳐다보았지만 의식은 여전히 깨어 있었다. 한밤중에 라면을 끓여 먹거나 수면유도제를 먹는 따위로는 잠들 수가 없다는 걸 안 지도 오래됐다. 내일은 저 그림도 떼어내 버려야겠어. 도둑고양이 같은 년! 도둑년! 일부러 소리를 내어 말했다. 아침이 올 때까지 도시의 밤거리를 헤매고 다닌다 하더라도 잠이 올 것 같지는 않았다.

예련은 몇 시간째 침대에서 뒤척거리다 일어나 영화를 보았다. 영화 리뷰에서 수채화처럼 잔잔하고, 주인공을 맡은 노장 배우들의 연기력이 탁월하다는 평을 받은 영화를 선택했다. 그래야 지루해서라도 잠이 올 것 같았다. 그러나 그것 또한 잘못된 선택이었다는 것을 이내 깨달았다. 엔딩 타이틀이 나올 때까지 의식은 또렷이 깨어 있었다. 아홉 평 원룸 구석구석을 쓸고 닦고, 냉장고 청소를 하고, 선풍기를 분해해 날개를 하나씩 닦았다. 새벽 4시였다. 희부연 새벽빛이 창문으로 새어 들었다. 열대야가 지나간 8월 하순의 새벽 공기는 제법 시원했다. 3층 원룸 창가에 서서 담배를 피웠다. 맞은편 원룸의 4층 남자도 창문가에서 담배를 피우고 있었다. 눈빛이 마주쳤을 때 서로 겸연쩍게 웃었다. 남자는 무척 뚱뚱했다. 스모 선수 같았다. 족히 백삼십 킬로그램은 나갈 듯했다. 저렇게 뚱뚱한 남자가 좁은 원룸에서 어떻게 생활할까. 피식, 웃음이 났다. 변기에 앉거나 일어설 때마다 좁은 화장실 벽에 그의 살진 엉덩이가 부딪힐 거라는 건 안 봐도 알 수 있는 일이었다.

9월에는 고분공원 단체 관람객 숫자가 서너 배로 많아졌다. 관람객이 많아질수록 예련은 점심시간을 자주 놓쳤다. 관람객들이 없는 시간을 틈타 왕의 유리관 뒤에서 커피와 비스킷으로 점심을 때우는 날이 잦았다. 오늘은 예약된 단체 관람객이 없어서 고분공원 안내소 여직원 S와 점심을 먹기로 했다. 직원 휴게실에서 근처 식당에서 주문한 도시락을 펼치고 있었다. 관광종합개발공사 김 계장이 휴게실 문을 열고 나타났다. 준비실로 들어가 커피 한 잔을 들고 나온 김 계장은 예련에게 농담처럼 말을 던졌다. 예련 씨, 요즘 잠 못 자지? 낯빛을 보면 다 알 수 있어. 왜 불면증에 시달리는지 알아? 연애를 안 해서 그래. 그러니 연애를 하라고, 연애를. 이런 세련된 미인이 싱글이라면 누가 믿겠어? 미친놈. 식사를 하고 있던 예련은 듣고만 있다가 입에 밥알을 문 채 입속말을 했다. 빈속에 커피만 마셔대다 겨우 몇 숟가락 뜨는 중이었다. 밥알이 흙모래처럼 서걱거렸다. S가 옆구리를 툭, 쳤다. 언니, 계장님 들으시겠어요. S가 계장과 예련의 눈치를 살폈다. 김 계장이 말을 이었다. 도슨트가 그렇게 낯빛이 메주 뜬 것처럼 누리끼리해서 되겠어? 어디 재계약이 되겠냐고. 예련 씨가 동안이니 망정이지. 대학을 갓 졸업한 이십대도 줄을 섰는데…… 예련은 김 계장의 눈을 빤히 쳐다보았다. 그녀는 그의 충혈된 눈에 아주 잠깐 떠올랐다가 사라지는 당혹감을 보았다. 무언가를 들켜버린 듯 그는 허둥대며 사무실을 빠져나갔다. 이곳을 방문할 때마다 김 계장은 그녀에게 낯빛이 어둡네, 목소리가 음울하네, 너무 말라 관람객들에게 불편함을 주네, 하며 트집을 잡았다. 김 계장이야말로 제대로 연애를 해봤는지 의심스러웠다. 아내와 중학생인 아들 둘을 재작년에 밴쿠버로 보내고 밤마다 여자를 찾아 하이에나처럼 헤매고 다니느라 자주 눈이 저렇게 충혈되어 있는 거라고 생각했다. 매번 자신을 쳐다보는 그의 야릇한 눈빛이 부담스러웠다. 예련은 고분공원에 올 때마다 연애 운운하며 그녀에게 실없는 소리를 해대는 김 계장의 입에 비아그라를 한 움큼 집어다 재갈처럼 물려놓고 싶었다. 비아그라를 먹은 김 계장이 여자와 실컷 뒹굴고 나면 자신에게 연애 운운하는 얘기는 하지 않을 것 같았다.

예련의 불면은 배신감과 모멸감으로 가득했던 5년간의 결혼 생활을 끝낸 뒤부터 시작됐다. 더 정확하게 말한다면 5년 전 그 일 이후부터였다. 그 일은 분명 사고였다. 눈만 감으면 그날 사고 현장에서 보았던 강렬한 불빛이 떠올랐다. 낮보다도 더 환한 불빛이었다. 예련이 잠을 자는 동안 그 일이 일어났다. 깊은 잠에 빠지지만 않았다면 최악의 결과는 막을 수 있었을 것이다.

예련이 여름휴가 기간에 대전에 있는 친정에 혼자 갔다가 서울로 돌아가는 길이었다. 임신 중이라 친정에서 일주일 정도 지낼 예정이었는데 급한 업무가 생겨 저녁에 서울행 고속버스를 탔다. 고속버스는 비를 뚫고 검은 도로를 달렸다. 남편인 제이에게서 문자가 왔다. 퇴근 뒤 집에서 축구 중계 보고 있음. 토토는 뱃속에서 잘 놀아? 주말에나 올 거지? 예련은 응, 하고 문자메시지를 보냈다. 토토는 3개월 뒤면 세상에 나올 아이의 태명이었다. 밤늦게 집에 도착했을 때 제이가 깜짝 놀랄 모습을 상상하니 저절로 입꼬리가 올라갔다. 휴대전화 전원을 끄고 머리를 의자 등받이에 기댔다. 이내 달콤한 잠속으로 빠졌다. 토토를 안은 제이가 동요 「섬집 아기」를 조용히 허밍했다. 예련은 토토의 가는 팔에 시계풀꽃으로 팔찌를 만들어 채워주고 있었다. 구름은 수레에 실려 가듯 천천히 흐르고 있었다. 제이도 그녀도 토토도 봄 햇살처럼 웃고 있었다. 그때였다. 바로 귀 옆에서 요란하고 날카로운 금속음이 들려왔다. 그러곤 사방에서 빛이 터졌다. 눈이 너무 부셔 눈을 제대로 뜰 수가 없었다. 빗물과 유리 조각처럼 날카로운 파편들이 몸 위로 떨어졌다. 검은 도로 위에 사람들의 다리가 이리저리 부산스럽게 움직이는 게 반쯤 감긴 눈으로 흐릿하게 보였다. 구급차 사이렌 소리도 들렸다. 꿈인지 현실인지 분간이 되지 않았다.

예련이 깨어났을 때에 토토는 뱃속에 있었다. 눈을 감고 있어도 눈을 뜰 수 없을 만큼 밝은 빛들이 드문드문 멀어졌다 가까워졌다 끊어졌다 했다. 그녀는 응급실에서 눈을 감은 채 두 팔로 배를 감싸 안고서 제이를 불렀다. 제이, 제이, 제이, 어디 있어?

예련이 수술을 받는 동안 토토는 사라졌다. 그녀가 의식을 회복했을 때, 제이는 없었다. 제이와는 연락이 되지 않는다고 동생이 말했다. 제이의 휴대전화로, 집으로, 사무실로, 시댁으로 전화를 했지만 제이와 연결이 되지 않았다고. 제이의 사무실로 찾아가봤지만 제이는 없었다고. 나흘간 휴가를 냈다는 소식만 들었다고. 제이는 예련이 사고가 나고 나흘 뒤에야 병원에 도착했다. 그땐 토토는 사라지고 없었다. 제이는 예련이 모르게 회사에 나흘간 휴가를 냈고, 휴가 동안 어디에 있었는지는 끝내 말하지 않았다. 교통사고가 났고, 토토와 그녀가 죽어가고 있을 때, 제이는 어디에서 무엇을 하고 있었을까? 제이가 옆에 있었더라면, 그녀의 손이라도 잡고 있어줬더라면 그녀는 한결 안정을 취했을 테고 토토는 살 수 있었을지도 모를 일이었다.

토토는 사라졌고, 제이와의 신뢰는 깨졌다. 그러나 예련은 결혼 생활을 깨고 싶지 않았다. 당신 스쿠버다이빙하러 사이판에 다녀온 거지? 늘 사이판에 가고 싶어 했잖아. 당신, 전에 수심 5미터 다이빙풀에서 폐에 통증이 와서 응급실에 실려간 뒤로는 나한테 스쿠버다이빙하는 거 말하지 않잖아. 내가 걱정할까 봐 말 안 한 거 맞지, 그렇지? 예련의 절박한 다그침에도 제이는 나흘 동안의 행적에 대해서는 침묵으로 일관했다. 제이, 제발 말을 해봐. 이렇게 알리바이가 확실한데도 왜 말을 안 하는 거야. 거짓말이라도 하란 말이야! 예련은 제이가 거짓말을 하지 않았으므로 하릴없이 이혼 절차를 밟아야 했다. 그녀가 믿었던 한 세계는 참담하게 무너져 내렸다.

예련은 패션 디자인 실장으로 근무했던 회사에 사직서를

냈다. 동료와 함께 작업실을 얻고 의류 매장을 열었다. 표면적으로는 모든 게 순조로운 듯했지만 계속 적자였다. 이어 부도가 났다. 각종 독촉장과 청구서가 책상 위에 수북이 쌓였다. 마흔을 코앞에 두고 예련은 이혼녀에, 신용불량자에, 한정치산자가 되었다. 예련은 법원에 파산신청을 내고 법원으로부터 면책허가를 기다렸다. 개인회생절차를 밟는 동안 천년 왕조의 수도였던 K시로 이사를 왔다. K시에서 천연염색 옷을 만들고 있던 대학 선배의 권유가 제일 컸다. 그러나 선배의 천연염색 공장 경영 상태도 위태로웠다. 선배의 공장에 디자이너로 입사한 지 1년쯤 되었을 때 공장 직원들 모두 뿔뿔이 흩어졌다. 예련이 월급 대신 받은 건 천연염료를 사용해서 자신이 만든 고가의 원피스와 재킷들, 색색의 그러데이션 기법의 대형 스카프, 롱 스카프, 미니 스카프, 파시미나 머플러들이었다. 그 뒤, 국립박물관에서 운영하는 큐레이터 교육과정과 도슨트 교육과정을 작년 겨울에 마쳤다. 올해 봄에 이곳 고분공원에 계약직으로 취업했다. 계약을 연장하려면 사실 김 계장에게라도 애면글면 매달려야 할 상황이었다.

탕, 탕!

누군가 멀리서 장총으로 예련의 심장을 쐈다. 왼쪽 옆구리에서 피가 흘러내렸다. 피가 철철 흘러넘치는데도 예련은 눈이 감겼다. 잠이 와서 통증을 느낄 새도 없었다. 이런 상황에서도 잠이 쏟아지는 게 무서워서 으악, 소리를 질렀다. 자신이 내지른 소리에 놀라 눈을 떴다. 304호 자신의 방이었다. 어젯밤부터 일요일인 오늘 오후까지 내내 잠들지 못하다가 초저녁에야 까무룩 잠이 들었는데 자는 동안 악몽을 꾸었다. 그런데 탕, 탕, 탕, 소리가 또다시 들렸다. 누군가 문을 두드리는 소리였다. 초인종을 누르지 않는 걸 보니 집주인일 것 같았다.

현관문 앞에 4층에 살고 있는 주인이 서 있었다. 예순이 넘은 여자였다. 휴대폰도 받지 않고, 문자 보내도 답도 없고, 304호는 웬 잠을 그리 자요? 감정이 묻어 있는 까칠한 목소리였다. 예련이 부동산 중개업자와 함께 원룸을 보러 왔을 때, 강남에서 설계사로 일하고 있는 아들이 이 빌딩을 설계해서 다른 원룸 건물과는 구조가 달라요, 창이나 방문도 모두 유명 제품으로 달았어요, 하며 집과 아들에 대한 자부심을 내보이던 여자였다. 서울에서 세무서 직원으로 명예퇴직한 남편을 따라 3년 전에 남편의 고향으로 내려와 옛집을 밀어버리고 그 위에 4층 원룸 빌딩을 지어서 살고 있다고 했다. 주인은 견과류 껍질처럼 딱딱한 표정으로 빠르게 말했다.

"두 달 치 집세가 밀렸으니 이번 달에 입금해줘요. 여태 다섯 달 동안은 보증금으로 방세를 제했어요. 그러고도 집세가 두 달 밀린 건 알고 있지요?"

예련은 네, 하고 나직이 대답했다.

"보증금 금액을 낮추고 대신 월세를 올려 받아달라고 했을 때부터 이런 일이 있을 줄 짐작했지만 어쨌든 이번에 두 달 방세를 입금하세요. 안 그러면 조치를 할 테니깐. 밀린 집세도 안 내고 도망간 303호는 소송을 걸어놨어요."

주인은 단호하게 말하고는 4층으로 올라갔다. 주인집 현관문이 거칠게 닫히는 소리를 들으며 그녀도 현관문을 빠르고 거칠게 닫았다. 303호는 혜영을 두고 하는 말이었다. 주인에겐 입주민들이 그냥 303호이고 304호일 뿐이었다. 콘크리트로 만들어진 아홉 평 직사각형 공간인 사물에 불과했다. 매달 정기적으로 친절하게 돈을 뿜어내는 장방형 물체와 같은.

새벽녘, 비가 내렸다. 예련은 집주인이 다녀간 뒤부터 잠을 더 이루지 못했다. 넉 달 전, 혜영이 예련의 알량한 월급과 밀린 집세가 든 돈 봉투와 옷가지를 훔쳐 달아났을 때에도 그저 헛웃음만 났다. 혜영은 용케도 그녀가 유학 시절 구입했던 명품 스키니진과 마놀로 블라딕 구두, 샤넬 스카프, 구찌 백팩을 골라 가지고 사라졌다. 돈으로 바꿀 수 있는 것들만 모두 가지고 간 셈이었다. 유학 시절, 색감을 익히려고, 바느질법과 옷감을 연구하려고 끼니도 거른 채 아르바이트를 해서 사 모은 것들이었다. 그 물건들 자체가 예련에겐 선생이었다. 밥을 굶는 한이 있더라도 디자이너로서 소장하고 싶은 것들이었다. 잃은 건 돈과 옷과 구두만이 아니었다. 혜영을 잃었고 잠을 잃었다. 혜영의 가슴 위로 팔을 두르고 누우면 그나

마 잠을 잘 수 있었다. 혜영은 벼룩의 간만 빼서 달아난 게 아니라 벼룩의 잠마저도 빼앗아 달아난 셈이었다.

예련은 옷장 위에 얹어놓은 종이 박스 두 개를 꺼냈다. 박스 하나를 열자 배냇저고리와 앙증맞은 신생아 신발, 초음파 사진, 임산부 수첩이 들어 있었다. 그녀는 배내옷과 신발을 물끄러미 바라보다가 눈을 감아버렸다. 눈가로 뜨거운 것이 흘러내렸다. 가는 바람에 나무 잎사귀가 흔들리듯 어깨를 바르르 떨었다. 다른 박스를 열었다. 천연염료로 만든 화려한 색상의 스카프가 가득 들어 있었다. 그녀의 마지막 작품들인 셈이었다. 스카프들을 한 장씩 꺼내 하나, 둘, 셋 하고 셌다. 더는 잠을 자기 위해 애면글면 노력하지 않으리라 생각하며 창문을 열고 담배 연기를 내뿜었다. 원룸 건물들은 좁은 골목을 사이에 두고 부딪힐 듯 마주보고 서 있거나 서로 비빌듯 바짝 붙어 있었다. 아침부터 이른 저녁 동안에는 기침 소리, 창문 여닫는 소리, 압력밥솥의 추 돌아가는 소리도 고스란히 들렸다.

맞은편 원룸의 4층 남자가 창문을 열고 담배를 피우고 있었다. 눈이 마주쳤을 때 소리를 내어 웃고 말았다. 뚱뚱한 남자의 어깨 위에 고양이 한 마리가 앉아 있었다. 무슨 생태동물보호 퍼포먼스도 아니고 어깨 위에 고양이를 털목도리처럼 두르고 있다니. 크크크크 웃음이 멈추지 않았다.

"미안, 미안해요. 웃음이 멈추질 않네요."

남자가 높은 톤으로 말했다.

"아, 이 고양이요? 길고양이인데 석 달 전부터 기르고 있어요. 밤마다 불면을 떼어내려고 안간힘을 쓰다가 이 녀석을 만났어요. 이놈이라도 껴안고 불면과 싸우는 게 낫겠더라고요."

남자의 목소리는 의외로 젊고 가늘었다. 이십대 후반이나 삼십대 초반쯤 되었을까. 빗방울이 창문틀에 떨어졌다. 제법 줄기가 굵었지만 창문을 활짝 열어젖혔다. 바람이 불어왔다. 머리카락이 휘날리는 것도 그대로 둔 채 담배를 깊숙이 빨아 들였다.

"그쪽은 긴 머리가 아주 잘 어울려요. 스카프도 아주 잘 어울리고요. 많이 말랐지만요."

남자의 뜬금없는 말에 갑자기 기침이 터져 나왔다. 웃다가 기침을 하다 눈에 눈물이 맺혔다.

"그쪽이 얇은 발목으로 3층 계단을 오르는 모습을 자주 상상해요. 사람들은 나처럼 미련하게 뚱뚱한 사람들보다는 그쪽처럼 마르고 예쁜 사람들을 더 좋아하죠."

"사람들이 뚱뚱한 사람들을 좋아하지 않을 거라는 건 그쪽의 편견일지도 몰라요."

"과연 그럴까요? 취업 면접관들도 그렇게 생각할까요?"

남자의 목소리는 덩치에 비한다면 몹시 불안정하고 가늘었다. 그의 목소리가 빗소리에 묻혀 커졌다 작아졌다 했다. 이른 새벽 좁은 골목을 사이에 두고 잘 모르는 남자와 나눈 대화치곤 상당히 친밀하고 우호적인 말들이 오갔다. 어쩌면 남자도 나흘 동안의 행적에 대해 묵묵부답으로 위선을 떨던 제이나 혜영이나 동업자와 같은 족속인지도 모를 일이었다. 제이는 예련과 토토가 죽어가고 있을 때 남국의 호텔에서 다른 여자를 껴안고 잠을 잔 위인이면서도(많은 사람들이 그렇게 추측했다) 평상시에 그녀를 사랑한다고 주기도문 외듯 말하던 사람이었고, 동업자는 부도 직전까지도 우리가 재기할 수 있다고 하던 사람이었다. 혼자만 재기하려고 동업 내내 돈을 빼돌렸을 줄은 짐작조차 하지 못했다. 너 없인 잠들 수가 없어, 너를 맹목적으로 신뢰해, 넌 참 예뻐, 하고 침대 위에서 수시로 속살거리던 혜영의 커다란 입도 떠올랐다. 조금 돌출된 구강 구조에 유난히 입이 컸던 혜영을 생각하자 피식, 웃음이 나왔다. 누군가에게 배신당하는 일은 요리에 서툰 그녀가 칼에 손가락을 베이는 일만큼이나 대수롭지 않은 일이었다. 사방에서 빗줄기가 들이닥치자 창문을 닫았다. 잠을 이루지 못하는 이유는 제각기 다를 것이라는 생각이 들었다. 저 남자는 무엇 때문일까? 돈? 아니면 사랑? 그것도 아니면 패배감? 예련은 자신처럼 남자도 불면에 선택된 가여운 사람이라는 생각이 들었다. 그녀는 고도비만인 남자의 입에서 나오던 가늘고 불안정한 목소리가 측은했다.

가을철이라 고분공원에 관람객들이 줄을 이었다. 늦은 오후, 한 무리의 수학여행단이 썰물 빠지듯 나가자 전시실이 한산해졌다. 예련은 왕의 유리관 곁으로 가 슬며시 앉았다. 종일 미소 띤 얼굴로 전시물을 설명하다 보니 입 근육이 얼얼했다. 가운뎃손가락으로 입꼬리를 슬쩍 당겼다 놓았다. 구두를 벗어 종아리를 두드렸다. 유리관에 비스듬히 기대어 왕이 쓰고 있는 금관에 붙은 수많은 귀고리 모양의 금장식과 곡옥과 순금으로 만든 나뭇잎 장식들을 세기 시작했다. 하나, 둘, 셋…… 일흔다섯, 일흔여섯, 일흔일곱……

따그닥, 따그닥, 따그닥. 어디선가 말발굽 소리가 들렸다. 텅 빈 들판을 달리다 잠시 쉬어갈 데를 찾아 두리번거리는 말들의 발굽 소리였다. 말발굽 소리는 그녀 앞에서 멈췄다. 왕이 말 위에 앉아 있었다. 왕이 그녀에게 손을 내밀었다. 왕은 그녀를 태우고 비스듬히 누운 억새밭을 지나, 가지런히 쌓인 석탑들을 지나, 별처럼 흩어져 있는 절과 하늘을 나는 기러기들보다 많은 불상들을 지나 하늘을 날아올랐다. 끝없이 날아오르는데 어디선가 사람들 소리가 들렸다. 예련은 놀라 눈을 떴다. 전시실 입구 쪽에서 사람들 발자국 소리가 들렸다. 왕의 옆에서 10분 남짓 아주 짧게 잠을 잔 셈이었다. 고분 전시실로 한 무리의 사람들이 들어왔다. 예련은 보름 전에 공문을 받았기에 오늘 그들이 올 것을 알고 있었다. 천여 년 전의 왕궁을 그대로 재현하는 왕경복원유적사업을 맡은 프로젝트 팀원들이었다. 프로젝트 팀은 정부와 지방자치단체 공무원들, 학자들, 관광개발공사 직원들로 구성됐다. 외국인도 몇 섞여 있었다. 그들은 두 시간여를 머물다 돌아갔다. 그들은 왕경이 곧 복원되는 대로 왕도 궁궐 안으로 옮겨갈 것이라고 했다.

점심 식사 뒤, 예련이 고분공원 안 연못 위로 떨어지는 낙엽들을 바라보았다. 곧 복원될 왕경 안 정원을 황금 옷을 입은 왕과 그녀가 다정하게 걷는 상상을 했다. 피식 웃음이 났다. 전시실 안으로 들어오자마자 눈을 꼭 감고서 아무 마음도 없이 왕이 누워 있는 유리관에 기댔다. 그렇게 왕의 곁에 있는 동안은 아득한 배신감과 참담한 기분 따위는 어디론가 사라지고 없었다.

예련은 밤새 뒤척이다 일어나 담배를 피웠다. 두 개비 연거푸 피우니 잠은 더 멀리 달아나버렸다. 눈을 감으면 강렬한 햇살이 눈동자를 할퀴듯 달려들었다. 모든 소리들이 멀어지고 위층 변기에서 물 흐르는 소리만이 방 안 가득 울려 퍼졌다. 딩동, 딩동. 적막을 뚫고 초인종 소리가 그녀의 두 귀를 관통했다. 집주인이 아닌 건 분명했다. 집주인이었으면 초인종을 두 번 누른 뒤에는 반드시 현관문을 두드렸을 것이다. 조금 편한 마음으로 누구세요? 하고 물었다. 가늘고 불안정한 목소리가 들려왔다.

"불이 켜져 있길래요. 영화나 같이 볼까 하고요. 무례하다면 돌아갈게요."

문밖에 건너편 원룸의 4층 남자가 서 있었다. 남자는 한쪽 손에 캔맥주를 들고, 다른 손에는 유에스비를 치켜들고서 멋쩍게 웃고 있었다. 무슨 말이든 해야 했지만 아무 말도 할 줄 모르는 사람처럼 그녀는 서 있었다. 무슨 행동이든 해야 했지만 아무 행동도 할 수 없어 가만히 서 있는 그녀를 비껴 남자가 방으로 들어왔다. 밤새 세워둘 거예요? 남자는 그녀의 노트북에 유에스비를 꽂고 영화 파일을 열었다. 알 파치노 주연의 「인썸니아」였다. 그가 침대 발치에 앉자 그녀도 그의 곁에 앉았다.

"불면에 도움이 될까 해서 이 영화를 가져왔어요. 알 파치노가 잠을 자기 위해 어떻게 하는지 잘 보세요."

목소리로 보아 수줍음이 많은 청년일 거라 생각했는데 나이에 비해 꽤나 의젓해서 속으로 놀랐다. 그가 캔맥주 하나를 그녀에게 건넸다. 그녀가 캔맥주를 받고선 양파칩 하나를 그에게 건넸다. 「인썸니아」가 끝날 때까지 양파칩이 입속에서 오도독거리는 소리만 났다. 예련은 생각했다. 이 남자가 매일 밤 찾아와도 나쁘지 않을 거라고. 그렇게라도 밤을 견뎠으면 좋겠다고. 어차피 영화를 같이 보며 밤을 견디는 일 외에는 아무 일도 일어나지 않을 거니까.

영화가 끝나자 남자가 일어서며 말했다.

"매주 금요일 저녁 8시에 영화를 같이 보면 어떨까요?"

예련은 아무 말도 하지 않았다.

"그럼, 다음 주 금요일에 올게요. 아무것도 준비하지 마세요. 간식도 내가 가져올게요."

돌아서 가는 남자의 발걸음이 큰 체격에 비해 가벼웠다.

예련은 퇴근길에 고분공원의 전돌 위를 걸으며 나무들을 바라봤다. 키 큰 단풍나무의 노랗거나 붉은 잎사귀들이 지천으로 경내에 떨어져 있었다. 밤의 시간은 더디게 흐르는데 계절은 빠르게 흐르는 게 비현실적으로 느껴졌다. 잎사귀 사이로 가는 비가 흩날렸다. 저녁부터 밤새도록 굵은 비가 내릴 거라고 했다. 빗소리가 사방 모든 소리를 삼키면 너무 고독해서 잠이 더 오지 않을 것 같았다.

남자가 두 주일째 영화를 보러 오지 않았다. 예련은 남자의 안부가 궁금했다. 혼자서 밤을 지새우는 일에도 진저리가 났다. 자정을 넘긴 시간, 큰 우산을 쓰고 두터운 카디건을 걸친 채 건너편 4층 남자의 원룸 초인종을 눌렀다. 거구의 남자가 의외라는 듯이 멋쩍게 웃었다. 방 대부분을 차지하고 있는 킹 사이즈의 침대 위에 퍼즐판이 놓여 있었다.

"밤을 견디기엔 영화 감상 외엔 이게 최고더라고요. 퍼즐에 집중하는 동안은 시간이 어떻게 지나가는지도 몰라요."

삼천 피스 정도 되려나. 반쯤 맞추다 만 형태로 봐선 무슨 그림인지 잘 알 수 없었다.

"아, 잠자는 비너스, 라는 그림이에요. 이탈리아 화가 조르조네 작품이라고 퍼즐 설명서에 나와 있어요. 이걸 맞추는 동안은 우울하거나 힘든 생각들이 모두 어딘가로 사라지고 없죠. 같이 할래요?"

밤새 몰입하여 볼 수 있는 영화나 책을 고르듯 「잠자는 비너스」라는 퍼즐보드를 골랐을 남자를 생각하니 씁쓸한 웃음이 나왔다. 비스듬히 누워 있는 나신의 비너스. 비너스 주위에 짙게 깔린 녹음을 남자가 한 조각씩 맞추고 있었다. 가만히 앉아 있기가 민망해진 예련은 하늘과 구름 조각을 찾아 맞췄다. 남자는 누워 있는 비너스 너머로 보이는 마을 풍경 퍼즐을 끝내고 비너스의 발치 아래에 흘러내리듯 펼쳐져 있는 옅은 녹색의 천을 맞췄다. 드디어 마지막 한 조각을 맞추고 났을 때 예련과 남자는 동시에 하이 파이브를 외치며 손을 마주잡았다. 남자와 예련의 가슴이 서로 닿았다. 너무 바짝 서로의 손을 당겨 잡은 탓이었다. 순식간에 일어난 일이었다. 말로 표현하기는 불가능한 어색한 순간이었다. 남자가 예련을 안았다. 예련이 얼른 몸을 뺐다.

"가만히 있어줄래요. 그냥…… 단지…… 그러니까 사람의 체온을 느끼고 싶어요. 안심하세요. 절대 다른 행동은 안 합니다."

남자가 다시 예련을 안았다. 예련은 가만히 있었다. 방 안에는 거친 숨소리만이 존재했다. 남자는 침대 위에 있는 퍼즐판을 바닥으로 내려놓았다. 예련을 안은 팔에 힘을 주며 침대에 누웠다. 오랫동안 잠들지 못한 사람은 오랫동안 잠들지 못한 사람의 고통을 안다. 예련은 침대에 누워 남자가 팔을 풀어줄 때까지 하나, 둘, 셋 하고 속으로 세었다. 오백몇 개를 세었을 때 남자의 팔이 스르르 풀렸다. 남자가 잠에 떨어진 걸 보고 도망치듯 4층 원룸을 빠져나왔다. 다시는 남자와 단둘이 불면을 이기는 게임 따위는 하지 않으리라 생각했다. 아침 햇살이 좁은 원룸 골목으로 들어서고 있었다. 예련은 고개를 숙이고 빠르게 걸었다.

집주인이 집세를 독촉하던 날부터 예련은 부쩍 두통이 심했다. 어쩌면 조만간 찜질방으로 내몰릴지도 몰랐다. 흡연 횟수도 늘었다. 세상의 낙이라곤 오롯이 흡연밖에 없는 양 담배를 피워댔다. 이리저리 뒤척이다 창문을 열어젖혔다. 언제나 너무 쉽게 언해피 엔딩으로 끝나는 그녀 삶의 에피소드들을 떠올리며 담배 연기를 깊숙이 빨아들였다. 그때, 맞은편 창문이 열렸다. 담배 개비가 그녀의 손가락에서 떨어져 나갔다. 맞은편 4층 남자가 거대한 몸집을 흔들어대고 있었다. 그녀를 보자 놀라는 기색도 없이 계속 몸을 흔들어댔다. 남자는 희멀건 아랫도리를 드러낸 채 그녀를 마주보며 자위를 하고 있었다. 그의 몸이 흔들릴 때마다 어디선가 고양이가 갸르릉거렸다. 남자는 행위가 끝나자 한쪽 주먹을 높이 들고 다른 손 손가락을 주먹 속으로 삽입하는 시늉을 하며 소리쳤다. 당신도 한번 해봐요! 나는 당신을 생각하며 해요! 잠이 잘 와요!

예련이 배꼽 아래에 손을 얹었다. 아랫배를 시계 반대 방향으로 천천히 쓰다듬었다. 혜영이 잠을 이루지 못하는 그녀를 위해 늘 해주던 방법이었다. 중국에서는 전희의 한 방법으로 오래전부터 사용해오던 거래. 혜영의 손놀림에 따라 천천히 달아오르던 몸의 기억을 떠올리며 팬티 속으로 손을 집어넣었다. 클리토리스를 부드럽게 쓰다듬어보았지만 몸은 열리지 않았다. 쿠르베의 「잠」 화보를 바라보며 손가락을 질 깊숙이 넣어보았지만 돌아오는 건 절정의 쾌감이 아니라 통증뿐이었다. 예련은 벌떡 일어나 냉장고 쪽으로 걸어갔다. 냉장고문에 붙은 쿠르베의 화보를 힘껏 떼어냈다. 얇은 어깨가 한동안 들썩거렸다. 자위행위로 잠을 잘 수 있는 행운도 아무에게나 찾아오는 건 아니었다. 그것은 맞은편 원룸 남자에게만 배당되는 행운이었다.

*

예련은 전시실 입구에 있는 전시품들부터 눈으로 훑었다. 오백 평 면적의 전시실은 만이천여 점 왕의 부장품들로만 채워져 있었다. 천여 년 전에 죽은 왕의 무덤에서 출토된 유물들은 모두 순금제였다. 금제 허리띠, 금관, 금으로 만든 둥근 고리 장식이 붙은 칼, 금목걸이, 금팔찌, 금반지, 금귀걸이, 금잔, 금모자, 금동신발, 금으로 장식된 말수레와 말안

장…… 그가 사용했던 부장품들을 한 점, 한 점, 천천히 오래도록 바라보았다. 곧 복원될 왕궁으로 그가 옮겨진다면 그와 그의 애장품들을 지금처럼 매일 오랜 시간 쳐다볼 수는 없을 것이었다. 휴대전화가 몸을 떨었다. 김 계장이었다. 차예련 씨, 관람객들이 없으면 지금 사무실로 와. 달갑지 않았다. 김 계장은 오늘도 분명 벌겋게 충혈된 눈으로 그녀를 머리끝에서 발끝까지 은밀하게 훑어댈 것이다. 아니면, 또 무슨 트집을 잡아댈까. 그의 모호한 눈빛이나 말들은 마음에 두지 않으면 그만이지만 재계약 건에 대한 얘기라면 상황이 달랐다. 사무실로 가는 발걸음이 무거웠다. 전시실 앞에서부터 전돌 개수를 천천히 세기 시작했다. 가급적 아주 천천히 세었다. 김 계장이 뭐라고 할지 두려웠다. 키 큰 백양나무들 쪽으로 눈길을 돌렸다. 우산 모양의 잎사귀들이 가는 바람 줄기에도 바르르 몸을 떨었다. 김 계장의 눈은 여전히 충혈되어 있었다. 잎맥까지 붉게 물든 마른 잎사귀 같았다. 여느 날과 달리 짐승의 눈알이 아니라 따뜻한 알전구 같은 눈이었다. 그가 그녀의 시선을 피한 채 무미건조하게 물었다.

"예련 씨, 근무 기간이 이번 달까지지?"

"네."

김 계장은 말없이 고개를 끄덕였다.

"여긴 더 이상 도슨트를 채용하지 않아. 이번에 관광개발공사와 K시에서 도슨트를 이십 명 정도 공개 채용해. 복원될 왕궁에 배치할 도슨트라 나이 제한에다 신원 조회도 있어. 예련 씨는 내가 손써볼 방법이 없더라고."

뜻밖의 담담한 어투였다. 예련은 놀라 그를 쳐다보았다. 그의 눈빛도 담백했다. 진담인지 농담인지도 모를 말을 던지며 그녀를 야릇하게 바라보던 눈빛이 아니었다.

"저녁에 술이나 한잔할까?"

그녀는 조용히 고개를 가로저었다.

눈을 뜨니 새벽녘이었다. 어스름이 좁은 방에 깔려 있었다. 침대 옆에는 담배꽁초가 수북했다. 어제 퇴근길에 사 온 담배 한 갑을 밤새 피웠다. 격렬한 불안과 두려움이 온몸을 엄습해 한기가 들었고 몸이 자꾸 떨렸다. 재계약이 안 되면 어쩐란 말인가. 담배 한 개비를 피우고 난 뒤엔 수면유도제 한 알을 먹고, 또 한 개비를 피우고 난 뒤엔 수면제를 먹었던 기억이 났다. 새벽에 깨어 일어나 자신의 생은 왜 부드럽게 흘러가지 못하고 화석처럼 굳어버리게 된 건지 생각했다. 머리가 지끈거려 두통약을 집어들었다. 굵은 빗방울이 두두두 창문을 노크했다. 여름 우기도 아닌데 비가 자주 내렸다.

쿵!

육중하고 둔탁한 소리였다. 여기저기서 문 열리는 소리가 났다. 4층 남자예요! 누군가 소리를 질렀다. 그녀도 창문을 열었다. 맞은편 4층 원룸텔을 바라보다 아래를 내려다봤다.

천 길 낭떠러지 아래를 굽어보는 듯했다. 구급차가 들어오고 뒤이어 경찰차가 들어오는 걸 보고서야 창문을 닫았다. 희멀건 아랫도리를 나를 향해 흔들어대던 남자에게 죽음이라니. 앞집 남자는 흔적 없이 빗속으로 스며들기엔 덩치가 너무 커. 그녀는 낮게 탄식하며 오래 어둠 속에 서 있었다.

예련은 고분 전시실 안에 전시되어 있는 천마도 앞에 한동안 서 있었다. 자작나무로 만든 말다래에 흰말이 하늘을 나는 문양이 새겨져 있어 천마도라 불리는 그림이었다. 죽어서조차 크고 화려한 방을 가진 왕과 함께 천마를 타고 지상을 굽어보며 끝없이 날아오르고 싶었다. 거구의 4층 남자는 지금 하늘을 잘 날고 있을까? 그녀는 빗속으로 사라진 남자와 그가 털목도리처럼 두르고 있던 고양이를 잠시 생각했다. 그 고양이는 어디로 사라졌을까. 휴대전화 진동음이 들렸다. 김 계장이었다. 퇴근 뒤 맥주나 한잔하자고 했다. 예련은 계약직이긴 했지만 도슨트로 채용해준 김 계장에 대한 마음의 빚을 한번쯤은 갚아야 될 것 같아 호프집으로 나갔다.

호프집에서 혼자 맥주를 연거푸 들이켜던 김 계장이 그녀를 빤히 보며 말했다.

"차예련 씨, 요즘도 잠을 못 자나 보네."

"그렇죠, 뭐."

"미스 차보다 내가 먼저 회사를 그만둘 것 같아."

"아니, 왜요?"

"빤한 월급에 애들과 아내 뒷바라지를 어떻게 하나? 이건 숫제 도둑질을 해서 돈을 보내달라는 말과 같아."

"계장님도 잠을 못 주무시나요?"

계장이 그녀를 쳐다보며 웃었다.

"어떻게 알았어? 혼자 있는 밤에 뭘 하겠어? 인터넷 서핑을 하지. 밤의 인터넷에는 말이야, 나처럼 외로운 인간들이 부지기수로 떠다니지."

예련은 피식 웃었다. 밤마다 여자를 찾아다니는 난봉꾼인 줄 알았는데 밤마다 컴퓨터를 안고 뒹구는 사람이었다니……

"아, 그렇게 처연한 눈빛으로 볼 건 없고. 가끔은 인터넷에서 자상하고 친절하게 알려준 맛있는 밥집을 찾아다니거나 여자가 있는 술집을 찾아다니기도 하지. 스물몇 살짜리 여자 애들과 술을 마시고 함께 자는 건 어렵진 않아. 숙면에는 섹스만 한 게 없지 않나? 그러나 문제는 숙면의 유효기간이 그날 하루뿐이라는 거야. 그 뒤로 잠이 더 오지 않는다는 거지. 예련 씨, 우리 서로 잠 안 오는 밤엔 만날까? 심야 극장이든, 술집에서든, 어디서든 만나. 모텔에서 만나도 좋고. 옆에 사람이 있으면 잠이 올지도 모르잖아."

예련은 희미하게 웃어 보였다. 사람의 온도를 느끼고 싶다던 앞집 4층 남자가 생각났다.

"옆에 사람이 있다고 잠이 올까요?"

그는 미간에 약간 야릇한 감정을 드러내며 그녀의 눈동자를 가만히 들여다보고 말했다.

"그야 모르지. 심야 영화관에서 난해하고 지루한 프랑스 영화를 보다가 서로의 어깨에 기댄 채 잠이 들지도."

그의 말과 표정이 하도 간절해서 그녀는 하마터면 그의 무릎 위에 가만히 손을 얹을 뻔했다. 그에 대한 적대감이 희미한 친밀감으로 변하는 찰나였다. 그와 나란히 모텔로 갈지도 모른다는 불안감 때문에 그녀는 벌떡 일어나 호프집을 나왔다.

일주일 뒤, 탈의실에서 유니폼을 벗고 사복으로 갈아입는데 S가 들어왔다. 함께 점심을 먹는 사이에다 붙임성 있고 귀염성이 있는 성격이라 S와는 정도 많이 들었다. 언니, 그 소식 들었어요? S가 큰 눈을 더 크게 뜨고선 호들갑스럽게 쳐다보았다. 뭔데? 빅뉴스예요. 김 계장님이 수십억을 횡령했대요. 뭐? 어디서 들었어? 관광종합개발공사 직원한테서요. 몇 해에 걸쳐 조금씩 횡령했대요. 지금 김 계장님은 해외로 도주하고 없대요. 그 인간 내게 뭐랬는 줄 알아요? 같이 자재요. 섹스는 필요 없고 그냥 옆에 좀 누워 있어달래요. 잠을 좀 자고 싶다 어쩌나 하면서요. 그 새끼, 변태 새끼예요. S가 입을 비죽거리며 말했다. 미친놈! S의 수다스러운 말이 끝나기도 전에 예련이 거침없이 욕을 내뱉었다. 그날 밤, 그와 나란히 영화관에 앉아 심야 영화를 보고, 모텔로 가 서로의 나신을 더듬으며 잠을 잤다면 그는 사라지지 않았을까. 예련은 빗속으로 사라진 앞집 남자와 해외로 사라진 김 계장을 생각했다. 참 이상한 일이었다. 그녀가 알던 사람들은 모두들 그녀를 떠나 어디론가 사라져버렸다. 어쩌면 다음엔 자신의 차례일지도 모르겠다는 생각을 하며 원룸 현관으로 들어섰다. 주인 여자와 정문에서 맞닥뜨렸다. 주인은 음식물쓰레기통을 들고 있었다.

"거, 참, 304호는 어째 지가 먹고 버린 음식물쓰레기 값도 안 내요? 매달 이천 원씩 내는 것도 다섯 달이나 밀렸어요. 수도세, 전기세도 몇 달째 밀렸어요. 그건 별도로 청구할 테니 그리 알아요!"

얼굴이 홧홧했다. 계단을 오르는데 다리가 후들거렸다. 사방이 모두 적뿐이었다. 주인 여자가 입을 벌릴 때마다 위장 깊숙한 곳에서 똬리를 틀고 있던 실뱀이 튀어나오는 것 같았다.

침대에 누웠지만 의식은 여전히 깨어 있었다. 무거운 눈꺼풀을 감았다 떴다 했다. 우기 속으로 떠나간 앞집 남자의 희멀건 아랫도리가 선명하게 나타났다. 해외로 도주해버린 김 계장의 파삭한 낙엽 같던 눈도 어른거렸다. 김 계장의 불면과 기러기 아빠와 횡령 사이에는 어떤 상관관계가 있을까. 지금은 지상 어느 곳에서 잠을 잘 잘까. 누가 누구를 연민하고 있는지 모르겠다. 아무리 궁리를 해도 집세가 나올 데는 없었다. 창문을 열고 큰 숨을 몰아쉬었다. 어디선가 고양이 울음

소리가 들렸다. 처음엔 투정부리듯 얕게 갸르릉거리더니 어느새 원룸텔 골목을 뒤흔들었다. 고양이 소리는 좁은 방까지 비집고 들어와 음습한 어둠을 부려놓았다. 어쩌면 앞집 남자의 고양이인지도 모르겠다. 저렇게 악을 쓰며 울어대는 놈이 부러웠다. 저렇게 울다 지치면 아무 데서나 쓰러져 자겠지. 그녀는 고양이 울음소리를 귀로 좇다 건너편 옥상에 있는 빨랫줄을 쳐다보았다. 빅 사이즈 청바지가 달빛 아래 흔들리고 있었다. 그녀는 주인을 잃은 청바지를 오랫동안 바라보았다.

캄캄한 밤, 예련은 휘청거리며 고분공원으로 갔다. 손가락 지문으로 보안장치를 해제하고 왕의 무덤 속으로 걸어 들어갔다. 사십육 킬로그램의 몸이 쓰러질 듯 앞으로 나아갔다. 어두운 정원 같은 고분 내실엔 그녀의 발자국 소리만이 존재했다. 플래시를 들고서 한 걸음, 한 걸음 왕의 유리관으로 걸어갔다. 유리관 앞에 걸음을 멈추었다. 예련은 까닭 모를 분노가 몸 전체로 퍼지는 것을 느꼈다. 낮지만 단호한 목소리로 왕에게 말했다. 좀 일어나봐! 당신은 자고 또 자도 잠이 와? 마치 연인에게 따지는 듯한 기세였다. 당신은 죽어서까지 천년 내내 호사를 누리는군. 당신 왕이잖아. 일어나서 나 좀 자게 해달란 말이야. 왕은 기척도 없이 누워만 있다. 예련은 오른손 손가락을 총 모양으로 만들어 왕을 향해 총구를 겨눴다. 탕! 한 번 더 왕을 향해 방아쇠를 당겼다. 탕! 뭐라고 설명할 수 없는 후련함을 느꼈다.

이어 예련은 목에 두르고 온 스카프를 벗었다. 천연색 큰 파시미나 한 개를 펴서 바닥에 깔고 또 다른 하나는 몸 위에 덮고 왕의 유리관 옆에 조용히 누웠다. 그녀는 약통에서 수면 제를 꺼내 하나, 둘, 셋 하고 세었다. 수면제 세 알을 입에 털 어 넣었다. 약은 입속에서 쓴맛을 내며 금방 녹았다. 양수 속 에서 이리저리 흔들리다 영원히 가라앉은 토토를 잠시 생각 했다. 초음파 사진으로 보았던 토토의 모습이 선명하게 떠올 랐다. 반쯤 감은 그녀의 눈에서 반짝, 눈물이 흘렀다. 얼마 지 나지 않아 한 세상에서 다른 세상으로 넘어가는 듯한 몽롱함 이 몸으로 느껴졌다. 그녀는 자신의 입속에 총구를 집어넣은 영화 속의 남자를 떠올렸다. 탕! 하고 어디선가 총소리가 들 려오는 것 같았다.

멀리서 앵앵앵 사이렌 소리가 들려왔다. 소방차의 사이렌 인지, 구급차의 사이렌인지는 알 수 없었다. 고분공원 쪽으 로 다급하게 다가오고 있었다. 보안전문 업체의 사이렌인 듯 했다. 예련은 이곳에서 쪽잠이라도 자고서 내일을 붙들고 싶 었다. 그러나 여기에서도 잠을 자기 글렀다는 것을 깨달았다. 잠을 자기 위해 어디로 또 숨어들어야 하는지도 알 수 없었 다. 거기가 어디든 잠들 수 없다는 것을 그녀는 알고 있었다.

나는 유령의 집으로 갔다

나는 정우가 떠난 후, 캐리어 하나와 백팩 하나 달랑 들고서 K시로 향했다. 내가 살던 곳으로부터 될 수 있는 한 멀리 가고 싶었다. 몇몇 소도시를 생각하다가 정우가 언젠가 내려가 살고 싶다고 말했던 K시를 떠올렸다. K시로 내려오는 고속버스 안에서 휴대전화 부동산앱으로 아파트 방 한 칸을 급하게 계약했다.

그 아파트는 소도시인 K시의 신도심을 벗어난 구시가에 있었다. 구시가에서도 조금 외따로 떨어진, 얕은 둔덕을 지나 강 하류를 사이에 두고 마치 낡은 풍경화처럼 고즈넉이 서 있었다. 15층 높이의 아파트는 지은 지 오래되었는지 아이보리색의 외벽이 언뜻 옅은 잿빛으로 보였다. 벽은 군데군데 실금이 가 있었고 페인트칠이 생선 비늘처럼 일어나 있었다. 뒤쪽 베란다에는 몇 집 건너 한 집씩은 남루한 빨래들이 너울처럼 펄럭였다. 엘리베이터를 타고 15층에서 내렸다. 나는 휴대전화에 저장해둔 주소를 다시 한 번 확인한 다음 벨을 눌렀다.

아파트 현관문을 열어준 여자는 나를 무심하게 바라보았다. 백팩을 메고 여행용 캐리어 하나 들고 서 있는 내게 인사 대신 A4 종이를 먼저 건넸다. 그러고는 한마디 말도 없이 바로 거실 쪽으로 돌아서 갔다. 여자는 어쩌면 저렇게까지 왜소할 수 있을까 싶을 정도로 키가 작고 말랐다. 여자의 조막만한 얼굴은 오랫동안 바깥출입을 하지 않은 사람처럼 창백했다. 4월인데도 두꺼운 터틀넥스웨터를 입고 있었다. 여자가 준 종이 첫 줄에는 '세입자가 지켜야 할 규칙'이라는 문장이 진한 고딕체로 적혀 있었다.

1. 거주하실 방은 현관문 왼쪽에 있는 방임.
2. 무조건 실내 정숙.
3. 세 든 방 이외 공간 접근 금지!(큰방, 오른쪽 방 출입 금지!)
4. 문의 사항은 휴대폰 메시지로만 할 것.

세입자 규칙을 말로 하면 될 것을 굳이 글로 적어주다니. 왠지 모를 꿉꿉한 기분이 들었다. 집 안에서는 노린내와 매움한 냄새가 역하게 났다. 여태 이런 냄새와 마주한 적은 없었다. 텅 빈 뱃속인데도 욕지기가 올라왔다.

실내는 외관보다는 깨끗했다. 거실은 2인용 소파 외에는 가구가 없어서 원래 평수보다 넓어 보였다. 거실 창문엔 자주 빛깔의 두꺼운 벨벳 커튼이 드리워져 있었다. 오후 4시밖에 안 됐는데도 해거름처럼 어둑했다. 뭔가 이상한 사건에 연루된 것 같은 느낌이 들었으나 나로서는 어쩔 수 없는 일이었다. 어디로 가야 할지 알 수도 없었을뿐더러 사람들을 피해 도망치는 마음으로 이곳까지 왔으니 세 든 방에 대해 이렇다 저렇다고 말하는 것은 사치스러운 일이었다. 현관문 입구 오른쪽 방에는 '출입 금지'라는 작은 표지판이 걸려 있었다. 의아했지만 이런 낡은 아파트에 보물이 숨겨져 있을 리는 없을 것이고 무슨 사정이 있으려니 여겼다. 현관문 왼쪽에 있는 방으로 들어갔다. 방에는 싱글 매트리스 하나, 붙박이 옷장 하나, 옷장과 같은 오크 계열의 낡은 삼단 서랍장이 있었다. 창문을 열고 아래를 무심히 내려다보았다. 건너편에 있는 강의 잔물결까지도 손에 잡힐 듯 가까이 보였다. 온몸의 긴장이 풀리기 시작했다. 매트리스 위에 털썩, 누웠다. 매트리스는 눅눅하고 딱딱했다. 쓸쓸함이 밀려들었다. 다섯 시간 동안이나 차를 탄 탓인지 이내 피로가 몰려왔다. 눈을 감고 잠을 청했다. 잠결에 옅은 신음 같은 소리가 들렸다. 병상의 환자들이나 낼 법한 소리가 사라졌다 이어졌다 반복됐다. 소리의 진원지가 어디인지는 확실하지 않았다. 눈을 떴을 때는 사방이 어둑했다. 나는 잠결에 환청을 들은 것이 아닌지 팔을 꼬집었다. 이내 맵싸한 통증이 느껴졌다. 나는 마치 정우가 곁에 누워 있는 듯 나직이 말했다. 정우야, 이 집은 이상해. 당장 이 집에서 나가고 싶어.

이튿날 아침, 부엌에 있는 정수기에서 물을 받아 오다 방문에 빨간색 포스트잇이 붙어 있는 것을 발견했다. 절대 실내 정숙! 주인 여자가 붙여놨겠지. 나더러 어쩌란 말인가. 집 안에서도 도둑고양이처럼 숨어 다니란 말인가? 나는 일부러 문을 쾅, 세게 닫았다.

욕실에서 머리를 감고 나니 뭉친 머리카락이 배수구 구멍을 반 정도 막고 있었다. 비누 거품이 배수구 구멍 속으로 느물느물 빠져나갔다. 기억하고 싶지 않은 일들이 저 구멍 속으로 뭉텅 빠져나간다면 얼마나 좋을까? 목구멍에 뭉친 머리카락이 들어찬 것처럼 숨이 막혀왔다. 나는 정우에게 말을 걸듯이 입속으로 웅얼거렸다. 왜 나는 여기 있는 거지? 왜 나는 말을 더듬거리게 된 거지? 머리를 말리면서 아파트 근처를 타박타박 걸어 다니며 생활정보지를 구해야겠다는 데 생각이 미쳤다. 정우만을 그리워하고 있을 수는 없었다. 그에 대한 연민은 삶의 액세서리에 지나지 않을지도 몰랐다. 당장 먹고살 궁리를 해야 했다. 방문을 열고 나가니 현관문에 노란색 포스트잇이 붙어 있었다. 일상적으로 생활해도 됨. 나도 모르게 휴, 옅은 숨이 나왔다. 뭐라고 표현하기도 어려운 노린 내가 온몸을 핥고 지나갔다. 누린 냄새는 집 안 곳곳에 복병처럼 숨어 있다가 문을 열 때마다 기습적으로 나타났다.

*

오전에 친구들과 만나 영화관에서 영화를 보고 뮤지엄센터에서 사진전을 관람했다. 친구들과 헤어진 뒤 혼자 아로마스파센터에 왔다. 테라피스트가 체온만큼 데워진 오일을 내 뒷목과 등에 조심스레 붓고는 손으로 쓸어내렸다. 실내는 두툼한 카펫 위를 조심스럽게 오가는 테라피스트의 발소리와 은은하게 들려오는 음악 소리와 내가 내뱉는 나른한 숨소리뿐이었다. 그때 휴대전화가 울렸다. 정우의 레스토랑 직원이었다. "사장님이 돌아가셨습니다."

장례식장 복도에서 정우의 동생과 맞닥뜨렸다. 그는 한참 동안이나 적의에 찬 눈빛으로 나를 노려보며 지나갔다. 정우의 영정사진 앞에 섰을 때 나를 탓하는 날 선 정우 어머니의 목소리가 들렸다. 쟤가 여기가 어디라고 와. 내 아들이 저리 될 때까지 너는 대체 뭐하고 있었냐고! 아들을 잃은 슬픔도 모자라, 10년 동안 매달 분할 상환해야 할 빚을 정우 대신 짊

어져야 할 그들로서는 분풀이 대상으로 나만큼 낙낙한 존재도 없을 터였다. 쓰러질 듯 허정허정 장례식장을 걸어 나왔다.

정우의 마지막 행적은 그의 성품만큼이나 정갈했다. 레스토랑은 이미 오래전 부도 상태였지만 레스토랑 직원들에게 밀린 급여는 없었다. 그러나 그는 그의 어머니와 동생을 신용불량자로 만들고 빚더미에 올라앉게 했다. 나도 그들의 상황과 다르지 않았다. 그는 나를 완전 빈털터리로 만들어버렸다. 함께 살았던 오피스텔은 담보로 가득 차서 은행에 고스란히 내주어야 했고, 차곡차곡 넣고 있던 적금과 보험금에도 압류가 들어와 있어서 내 수중에 있는 돈이라곤 얼마 안 되는 현금이 다였다. 내 이름으로 대출받은 카드 빚은 어떻게 갚을지, 언제 다 갚을 수 있을지도 알 수 없었다.

매일 밤 꿈을 꾸었다. 정우가 두 손으로 목을 부여잡고서 가쁜 숨을 몰아쉬며 내 이름을 불렀다. 번개탄 냄새가 매캐한 자동차 안에서 그가 눈물을 후득후득 떨어뜨리고 있었다. 가슴이 답답하고 숨을 쉴 수가 없어 번쩍 눈을 뜨면 환하게 불 켜진 방에는 아무도 없었다. 그럴 때마다 나는 차가운 벽에 이마를 소리 나게 찧었다. 악몽에 시달리고 난 날이면 말이 잘 나오지 않았다. 목 안에 커다란 이물감 같은 것이 낱말들을 입 밖으로 나오지 못하게 가로막고 있었다. 목구멍 깊숙이 손가락을 집어넣어봤지만 손가락에 걸리는 것은 아무것도 없었다. 말을 하기 위해 큼, 큼, 큼, 큼 소리를 냈다. 누구라도 좋아요. 부디 내 말 좀 믿어줘요. 나는 정말 아무것도 몰랐어요. 레스토랑은 정우 혼자서 운영했어요. 레스토랑이 그 정도 상황인지 몰랐어요. 현금이 돌지 않아서 은행 대출을 낸다고만 해서 그런 줄로만 알았어요. 상황을 알았더라면 친구들과 웃고 떠들며 왁자하게 전시회나 스파를 찾아다니지는 않았을 거예요. 그러나 낱말들은 소리가 되어 나오지 않았다. 츠츠츠츳 트트트툿, 하는 소리만 나왔다. 문장들은 츠츠츠츳 트트트툿이란 기괴한 음향이 수 초간 지속된 뒤에야 겨우 소리가 되어 나왔다. 음성 틱 현상은 그가 나에게 주고 간 슬픈 유산인 셈이었다.

K시로 온 뒤로, 나는 창문에 커튼을 치고는 종일 누워 지냈다. 일자리를 알아보겠다는 의욕도 희미해졌다. 컴컴한 방에 누워 정우의 휴대전화 번호로 문자를 보내는 게 일과였다. 정우야, 나는 이제 어디로 갈까? 이제 어디로 가야 할까? 그의 휴대전화에서 문자 수신 알림음이 울리면 나는 그의 휴대전화 액정 화면으로 내가 보낸 문자를 확인했다. 어스름이 내려앉으면 편의점에서 삼각김밥과 컵라면으로 허기를 때웠다. 뜨거운 면발이 목구멍으로 넘어갈 때야 내가 유령이 아니라 살아 있는 사람이라는 걸 느낄 수 있었다. 편의점에서 나온 뒤엔 강가를 따라 천천히 걸었다. 마치 내가 살아 있는 사람이라는 것을 애써 증명이라도 하듯이.

오후부터 치조골이 녹아내리듯 욱신거렸다. 이가 모두 흔들리고 들떠서 음식을 씹기도 힘들었지만 뭐라도 먹어야만 될 것 같았다. 주인 여자에게 문자를 보냈다. '주방에서 간단히 취사를 해도 될까요? 옆방.' 문자가 이내 날아왔다. '조용히 사용한다는 조건하에서만 사용 가능함.' 물기 하나 없이 가칠한 여자의 메시지에 부아가 슬며시 치밀어 올랐다. 나는 코로만 긴 날숨을 크게 쉬었다. 가만가만 발소리를 죽이며 주방으로 갔다. 불을 켜니 식탁 아래에 고양이 한 마리가 몸을 U자로 접고 엎드려 있었다. 흰색 바탕에 갈색 얼룩무늬를 띤 고양이었다. 세상에, 불 꺼진 그곳에 생명 가진 무언가가 있었다니. 어둠이 식탁 다리처럼 기다랗게 휘어지는 곳에서 몸을 접고 누군가를 기다리고 있었다니. 밤의 식탁 아래에서 서로 은밀히 만나기로 약속이나 한 것처럼 고양이와 나는 한동안 서로를 쳐다봤다. 먼저 고양이가 내 쪽으로 살금살금 다가왔다. 내 발등을 조심스럽게 핥았다. 까칠하지만 따뜻했다. 고양이에게 발을 맡긴 채 한동안 그 자리에 서 있었다. 고양이를 들어올려 가슴에 안았다. 어디에 놓고 온 우산을 다시 찾았을 때의 반가움 같은 감정이 밀려왔다.

정우는 입사 시험에 오십번째 떨어지던 날, 스테이크와 스파게티, 샐러드가 주메뉴인 아담한 레스토랑을 열겠다고 선

포했다. 그다음부터는 주위 사람들이 조언을 할 사이도 없이 차곡차곡 레스토랑 창업 준비를 해나갔다. 정부로부터 청년 창업지원금을 받기 위해 정부지원금 컨설팅 업체에 지원서 작성 일체를 맡겼다. 지원금을 받았지만 턱없이 부족했다. 지원금은 6년 이내에 갚아야 하는 돈이었다. 우리는 결혼식을 생략했다. 그는 어머니의 집을 담보로 대출을 조금 받았다. 나는 돌아가신 부모님이 물려준 작은 아파트를 팔아 더 작은 13평대 오피스텔을 구했다. 그러고 남은 돈은 창업 자금으로 내놓았다. 처음 계획했을 때보다는 실제 레스토랑의 규모가 제법 컸다.

대학을 졸업한 뒤 줄곧 중학생들 과외를 하고 있던 서른한 살의 내가 걱정스런 낯빛으로 물었다.

"네가 요식업에 대해서 뭘 알아? 나도 그런 일은 해보지 않았고."

대학에서 경영학을 전공한, 나와는 동갑인 정우가 호기 있게 대답했다.

"누구든 처음엔 아무것도 모르고 시작해. 걱정하지 마. 대학 때 이미 홈칵테일 실습도 몇 달 해봤고 양식요리사 자격증과 바텐더 자격증도 있잖아. 그리고 레스토랑에서 1년 동안 아르바이트를 한 경험도 있는 거 알잖아."

너무도 자신 있는 대답에 정우를 믿을 수밖에 없었다. 곰곰 생각해보니 정우가 빚을 갚느라 자금난에 허덕이고 있을 즈음부터 그의 잠버릇이 고약해지기 시작했던 것 같다. 그의 잠버릇이 처음부터 유별났던 것은 아니었다. 6개월 전부터였다. 어린아이 보채듯 밤새 한 손으로는 내 온몸을 휘감아 더듬고, 또 다른 손으로는 내 머리카락을 꼬며 잤다.

정우가 나에게 마지막으로 보내온 문자를 나는 삭제하지 않았다. 보관 메시지함을 터치하자 그가 마지막으로 보내온 짧은 문장들이 나타났다. '선경아, 사랑한다. 미안하다!' 한 자, 한 자씩 천천히 짚어 나갔다. 그의 벗은 몸을 안고서 그의 목뼈부터 등뼈까지 하나씩 하나씩 짚어 나가던 것처럼. 손끝이 떨렸다. 잇몸이 다시 욱신거리기 시작했다. 치통은 이가 느끼는 슬픔일까? 두 손으로 턱을 감싸고 한동안 그대로 있었다.

K시 중심가의 '메디컬센터' 건물 안에 위치한 치과는 대기 중인 환자들로 만원이었다. 대기실에서 차례를 기다리는 동안 나는 슬며시 휴대전화를 꺼내 들었다. 카톡 배경화면에 정우와 내가 다정하게 백허그 하고 있는 사진이 떴다. 나는 정우와 나의 채팅방에 슬며시 한 문장을 적어 전송했다. 거기에도 바람이 불어? 해는 뜨고 지고, 달도 떠?

치과의사는 내 입속을 들여다보더니 얕은 한숨을 내쉬었다. 이어 데스크 쪽으로 걸어가 앉았다. 나도 치과용 유닛체어에서 천천히 일어나 상담의자에 앉았다. 최근 들어 스트레스가 심했나 보군요. 잇몸이 많이 나빠져 있어요. 여섯 개 정도는 빼야 합니다. 명민하고 침착한 표정을 한 의사가 낮은 소리로 설명했다. 발치 후에는 임플란트나 부분의치를 해야 하는데 젊은 분이니 임플란트를 하는 게 좋을 것 같은데요. 어떻게 치료 계획을 잡아드릴까요? 의사가 나를 바라보며 대답을 기다렸다. 말이 빨리 나올 것 같지 않아 오늘은 잇몸 치료만 해주세요, 라고 적은 메모지를 그의 앞으로 내밀었다. 고작 서른여섯 살의 나이에 임플란트나 의치…… 의사에게 내 남루한 삶을 모조리 들킨 것 같아 초라해졌다. 치아 상태와 피부 상태를 보면 그 사람의 현재 생활 정도를 알 수 있다는 말을 인터넷에서 읽은 기억이 났다. 순간, 극심한 치통이 몰려왔다. 나는 다시 유닛체어에 가 앉았다. 치위생사가 치주 큐렛으로 잇몸 사이를 후벼 팠다. 따끔한 정도가 아니라 뇌 속을 후벼 파는 듯한 통증이 시작됐다. 십여 분이 지나자 감각이 둔감해진 탓인지 통증이 오히려 시원하게 느껴졌다. 석션 기구가 간간이 침을 빨아들이는 소리를 들으며 나는 설핏 잠을 잤다.

밤이 되자 다시 치통이 시작됐다. 통증은 뺨으로, 귀로 목까지 뻗쳐왔다. 약을 먹으려고 뺨을 부여잡은 채 물병을 들고 주방 쪽으로 향했다. 뭔가 물컹하고도 섬뜩한 이물감이 발바닥에 닿았다. "우왜에에옹 우왜에엥옹" 쥐어짜듯이 울부짖는 소리가 들렸다. 온몸의 털이 쭈뼛 섰다. 현관 복도 스위치를 켰다. 그때 그 고양이었다. 어느 날 밤, 식탁 아래에서 조우한. 틀림없을 거야. 장모종으로 길고 흰 털이 몸 전체를 덮고 있었지. 짙은 갈색 띠가 머리부터 목덜미로 이어져 꼬리까지 있는. 미안하고 안쓰러운 마음에 고양이를 가만히 들어 가슴팍에 댔다.

"고양이 내려놔요!"

손톱 끝으로 칠판을 긁어대는 것 같은 싸늘한 목소리였다. 종주먹으로 뒤통수를 한 대 맞은 것처럼 멍했다. 내가 잘못들었나 싶어 무르춤하게 서 있는데 주인 여자가 내 앞에 와섰다. 여자는 고양이를 낚아채듯 가지고 가서는 가슴에 안았다. 고양이를 안은 여자의 가슴이 거칠게 오르락내리락하고 있었다. 여자는 목젖까지 차올라 있는 짜증기를 고스란히 드러내며 말했다.

"앞으로 고양이에게 손대지 말아요."

쉰 듯한 쇳소리였다. 그냥, 고양이가 내 방문 앞에 앉아 있어서 안아줬을 뿐이에요, 하고 말하고 싶은데 말들이 목구멍에 갇혀 나오지 않았다. 끙, 하는 신음이 가슴 저 깊은 곳에서부터 새어 나왔다. 여자가 내 얼굴을 한참 동안 빤히 보더니 안방으로 걸어갔다.

정오쯤에 강가로 나갔다. 강가를 느리게 걸으면서 흐름을 멈춘 것처럼 잔잔한 물결을 바라보았다. 나는 카디건 주머니에 작은 돌멩이들을 쑤셔 넣었다. 이대로 강으로 들어간다면 물속으로 가라앉을까. 돌멩이들을 얼마나 채워 넣어야 삶의 고통에서 벗어날 수 있을까. 강가를 따라 초등학생으로 보이는 아이들이 자전거를 타고 왔다 갔다 했다. 나는 돌멩이를 쑤셔 넣던 손을 등 뒤로 감추었다.

마트에 들러 간소한 먹을거리와 문구류 몇 점을 사서 집으로 돌아오니 방문에 빨간색 포스트잇이 또 붙어 있었다. 절대 정숙 요망. 그리고 내 고양이에 관심 갖지 마세요. 지키지 못할 것 같으면 나가줘요. 지금껏 본 내용 중에선 가장 긴 글이었다. 잰걸음으로 총총 안방 쪽으로 걸어가 문을 벌컥 열어젖히고 그녀의 손아귀라도 낚아채고선 큰 소리로 말하고 싶었다. 이봐요, 대체 나더러 어쩌란 거예요? 나보고 대체 어디로 가란 거예요? 물론 목소리는 내 의지와는 달리 나와주지 않을 것이다. 주인 여자에게 받은 모욕감이 좀체 가시지 않았다. 그녀와 마주칠 일도, 그녀의 고양이와 마주칠 일도 거의 없었다. 하루에 한 번 밖으로 나가 아파트 주변 편의점에서 즉석식품이나 빵으로 대충 요기를 하고 도로 건너편에 있는 강가를 산책하고 돌아올 때 어쩌다 잠깐 마주치는 일이 다였다. 분을 애써 삭이며 팬시점에서 사 온 조그만 야광 지구본을 삼단 서랍장 위에 놓았다. 검지와 중지로 천천히 돌렸다. 천장과 벽에는 별, 달 모양의 야광 플라스틱 모형을 붙였다. 밤이 되자 온 방 안이 번쩍였다. 매트리스 위에 누워 금가루가 쏟아져 내리는 듯한 천장을 바라보며 정우의 영혼은 지금쯤 캠핑카를 타고 이국의 들녘과 도로를 다니고 있을지도 모르겠다는 생각을 했다. 그는 사업이 안정되면 캠핑카를 타고 어디로든 여행을 가자고 했다. 두 달 정도 마음 닿는 곳으로 다녀오자고 했다. 끝도 없이 푸른 들녘을 달리고 싶지 않아? 그 끝에 뭐가 기다리고 있는지는 모르겠지만 말이야. 내 가슴에 가만히 얼굴을 묻으며 그가 잠긴 목소리로 말했다. 그러더니 비 오는 밤 처마 밑에 버려진 고양이처럼 흐흐으으응 흐으으응 한참 동안 울었다. 소년도 아니고 싱겁긴, 하며 그의 등을 오랫동안 쓸어주었다. 사실 그때 그의 상황을 알아챘어야 했다. 채권자들은 그를 두 번 다시 기억하고 싶지 않겠지만 나는 그의 모든 것을 잊고 싶지 않았다. 그의 몸에 있는 터럭 하나까지도. 정우야, 나는 왜 여기에 혼자 있지? 네가 있는 그곳에 가면 모든 걸 다 잊을 수 있을까? 밤 내내 미용, 미용 하는 고양이 울음소리가 들렸다. 높고 격렬한 울음도 아니고 음울하게 낮은 소리도 아니었다. 무언가에 짓눌려 숨통이 끊어질 것 같은 울음소리였다. 나는 쿠션으로 귀를 막았다.

우유와 식빵을 사들고 현관문을 열었다. 현관문 안쪽에 장모종 고양이가 옹크리고 있다가 몸을 서서히 펴며 나를 빤히 바라봤다. 나도 바짝 녀석 앞으로 다가가 녀석의 눈을 들여다봤다. 녀석의 아몬드형 눈은 물기를 머금고 있었다. 식빵 몇 조각을 떼어 바닥에 흩트려놓았다. 녀석은 구미가 당기지 않는지 게걸스럽게 달려들지 않고 물끄러미 바라만 보았다. 녀석을 조용히 들어올려 가슴에 안았다. 뺨을 녀석의 목덜미에 갖다 댔다. 따뜻하고 부드러웠다. 녀석의 긴 털을 손가락으로 빗질하듯이 쓸어내렸다. 두 눈에 살짝 눈물이 고였다. 쿵, 쿵, 쿵, 쿵 이쪽으로 급하게 뛰어오는 발자국 소리가 들렸다. 주인 여자였다. 목을 스카프로 친친 맨 여자의 두 손엔 라면 박스가 들려 있었다. 여자는 박스를 내려놓더니 나를 쏘아보았다.

"재수 없어!"

거침없는 쇳소리였다. 여자는 말이 끝나자마자 녀석을 낚아채가더니 철썩, 내 따귀를 때렸다. 여자의 맹렬한 기세에 나는 뒤로 움찔 물러났다. 너무 순식간에 벌어진 일이라 맞은 쪽 뺨만 슬며시 쓰다듬었다. 말은 목구멍에 갇혀 한마디도 나와주지 않았다. 경멸하는 기색이 역력한 표정으로 여자가 말했다.

"당신이 오고부터 고양이가 두 마리나 죽었어. 한 마리는 집을 나갔고. 이 박스 안에 뭐가 들어 있는 줄 알아? 죽은 고양이가 들어 있다고. 이제 두 마리밖에 남지 않았어. 그러니 재수 없는 손으로 내 고양이 만지지 마! 말도 제대로 못하는 병신 같은 년이."

몸이 부들부들 떨렸다. 나는 있는 힘을 다해 여자의 얼굴에 따귀를 갈겼다. 여자가 쇠숟가락으로 양은냄비를 긁는 소리를 내지르며 내 긴 머리채를 잡았다. 병신 같은 년이라고? 왜 너도 재수 없는 년이 병신이기까지 하다고 떠들어보지 그래. 나는 이 집에 고양이가 다섯 마리나 있는 줄 알았다면, 집 안에 배어 있는 누린 냄새가 고양이 때문인 줄 알았다면 세 들지도 않았다고! 나도 이 집에서 고양이가 된 기분이라고! 고양이처럼 살금살금 걷고 고양이처럼 야금야금 먹었다고. 그런데 뭘 더 원해! 물론 목소리가 되어 나오지는 않았다. 여자의 스카프를 오른손으로 움켜잡았다. 친친 돌려서 바투 잡고서는 밑으로 세게 당겼다. 여자가 벌게진 얼굴로 켁, 켁 기침을 해댔다. 스카프를 쥔 손아귀에 힘이 점점 주어졌다. 미야옹, 미야옹. 녀석이 애절한 울음소리를 길게 냈다. 녀석의 울음소리를 듣고서야 퍼뜩 정신이 들었다. 여자의 스카프를 움켜잡고 있던 오른손을 놓았다.

주인 여자는 나와 싸운 뒤부터 실내에서 마주칠 때면 애써 내 눈길을 피했다. 부엌에서 맞닥뜨릴 때면 말을 더듬거렸다. 무엇보다 내 방문에 실내 정숙을 요구하는 포스트잇을 붙이는 일 따위는 더 이상 하지 않았다. 내가 알던 여자가 맞나 싶을 정도로 태도가 변했다. 세 하나 주면서 갑질이 너무 지나치다 느낄 만큼 간섭이 심하고 턱없이 위세 당당했던 두 달 전 여자의 모습이라고 보기 힘들었다. 공연히 미안해졌다. 너무 그러지 않아도 된다고, 차라리 예전처럼 공격적으로 대하라고 어깨를 다독거리며 말을 해주고 싶을 정도였다.

　오후 4시가 채 안 되었는데도 실내는 어둑했다. 여자가 종일 커튼을 치고 있기 때문이었다. 아까부터 접이식 다용도실 문이 덜컹거렸다. 주인 여자는 거실에 나와 있지 않은 것 같았다. 다용도실 문과 베란다 문을 닫으려고 부엌으로 가는데 거실 소파에 그녀가 몸을 옹송그리고 있는 게 희미하게 보였다. 누군가에게 버림받는 게 어떤 건지 알아요? 여자가 쉬위윅, 소리를 내며 느닷없이 물었다. 예기치 못한 질문에 나는 아무 말도 하지 못했다. 버림받는다는 건 말이에요, 온몸에 한기가 드는 일이에요. 내 경우에는 그랬어요. 한여름인데도 긴 옷, 두꺼운 옷을 입을 수밖에 없어요. 너무 추워서 말이죠. 나는 식탁 위의 러너만 만지작거리고 서 있었다. 그때, 문득 그녀의 살아온 내력이 궁금해졌다. 여태껏 방을 잘못 얻었다 싶어 계약 기간이 끝나기만을 기다렸지 그녀의 삶 따위에는 일말의 관심도 없었다. 그 뒤부터 나는 종종 집 안에서 여자와 마주칠 때면 의식적으로라도 살포시 웃어 보였다. 그녀도 겸연쩍은 듯 싱긋, 웃어주었다. 여자의 표정이 한결 낫낫했다. 허공을 떠돌던 고양이 냄새도 참을 만했다.

*

동물병원에서 전화가 걸려온 것은 뜻밖이었다. 수화기 너머로 의례적이지만 나긋나긋한 젊은 여자의 목소리가 들려왔다.

"E동물병원입니다. 민선경 씨죠? 윤혜진 씨라고 아시죠?"

나는 윤혜진이 누군가 생각하느라고 잠시 침묵했다. 수화기 저편에서 이번에는 좀더 높은 톤으로 빠르게 말했다. 고양이 중성화 수술을 끝냈는데, 윤혜진 씨가 탈진 상태니 보호자는 동물병원으로 내원하라는 내용이었다.

"⋯⋯"

말이 금방 나오지 않았다.

"빨리 좀 와주셔야겠어요. 아니면, 병원으로 바로 후송 조치합니다."

나는 가까스로 말문이 터졌다.

"치치치칫⋯⋯ 아⋯⋯ 네."

수화기를 내려놓았다. 나가봐야 하는지 모른 체해야 하는지 판단이 서지 않았다. 여자가 왜 내 번호를 가르쳐줬을까, 서로 드잡이를 한 지 일주일밖에 지나지 않았는데 이게 대체 무슨 상황이란 말인가. 나는 같은 말을 반복해서 중얼거리며 방 안을 왔다 갔다 했다. 오후 5시 반, 밖은 벌써 끄느름했다. 조금 있으면 빗줄기가 더 굵어질 것 같았다. 여름 장맛비가 제법 끈질기게 내렸다. 주섬주섬 옷을 꿰어 입었다.

동물병원 대기실 소파에 앉아 있는 여자의 얼굴 표정이 묘하게 일그러져 있었다. 나는 여름인데도 목에 스카프를 두르고 있는 여자에게로 다가갔다. 여자는 좀 멍해 보이는 시선으로 나를 보더니 희미하게 웃었다. 창밖에서는 차도를 후벼 팔 듯이 맹렬한 기세로 비가 내리고 있었다. 여자와 내가 나란히 고양이 케이지를 하나씩 들고 옆 건물에 있는 커피숍을 향해 뛰었다. 빗줄기가 가늘어질 때까지 시간을 좀 벌어보기로 했다. 커피숍 소파에 등을 깊숙이 묻은 여자의 얼굴은 옆 윤곽선만 보였다. 실내가 어두침침한데다 여자가 창 쪽으로 얼굴을 돌리고 있었기 때문이다. 여자가 콧물을 훌쩍이지도 어깨를 들썩이지도 않았지만 나는 여자가 울고 있다는 것을 알았다. 여자가 고개를 내 쪽으로 돌려 말했다.

"그쪽은 내 마음을 이해할 수 있겠어요? 녀석들을 더 이상 잃고 싶지 않았어요."

나는 애써 창으로 고개를 돌렸다. 한 사람의 깊은 마음을 이해하기엔 나는 너무 지쳐 있었다. 여자가 집게손가락으로 눈 밑을 훔치며 갈라진 목소리로 말했다.

"녀석들이 사라질 때마다 정말 참담해요. 부모님이 돌아가셨을 때보다 더 황망하고 견디기가 힘들어요. 그래서 어쩔 수 없이 중성화 수술을 시켰어요. 그래도 자꾸 집을 나가려고 하는 녀석이 있어 어젯밤에는 그 고양이를 벽에 던져버렸어요.

그때는 제정신이 아니었어요. 아침에 일어나보니 고양이가 움직이지를 못해서 병원에 데리고 와서 사진 찍어보고 치료를 했어요. 중성화 수술도 같이 했고요."

　여자의 말이 끊어지자 침묵만이 둘 사이를 가득 메웠다. 그녀의 비밀스런 사연을 듣는 것이 난감했다. 놀라운 일이었지만 내색은 하지 않았다. 밤이 되면 종종 발작적으로 들려오는 고양이 소리의 이유를 알 것 같았다. 여자가 가끔씩 고양이에게 히스테릭한 행동을 하는 모양이었다. 돈이 생기면 어서 빨리 이 집을 나가야겠다는 생각을 하며 창밖의 비 오는 풍경만 쳐다보았다. 빗줄기는 점점 더 거세졌다. 여자는 아예 머리를 무릎에다 파묻고는 한동안 고개를 들지 않았다. 케이지 속에 든 고양이들이 발밑에서 이옹, 이옹 하는 가는 신음 소리를 냈다. 커피숍에서 나와 집에 도착할 즈음엔 빗줄기는 약해져 있었다.

　늦은 밤, 안방에서 밤새 여자의 울음소리가 들려왔다. 이젠 고양이 소리 대신에 여자의 울음소리를 내내 듣고 지내야 될지도 모를 일이었다. 나도 모르게 옅은 한숨이 흘러나왔다. 여자의 울음소리에 쉬윅, 쉬위윅 같은 소리가 묻어났다. 울음소리가 잦아지는가 싶더니 휴대전화에 메시지가 들어왔다. 여자가 보낸 메시지였다. 오늘, 고마웠어요. 병원으로 바로 실려 가기 싫어서 그쪽 번호를 알려줬어요. 우리, 술 한잔할래요?

밤 11시가 가까운 시간인데도 술집에는 사람들이 많았다. 여자는 묻지도 않은 말을 먼저 했다.

"내 목소리 이상하죠? 후두암 수술을 했거든요. 그전까진 이러진 않았죠. 노래 주점을 했었어요."

여자가 말을 할 때 간간지런한 잇새로 쉿소리와 휘파람 소리가 섞여 났다. 여자는 주변 사람들을 의식하는지 말을 할 때면 내 쪽으로 바짝 다가와서는 귀엣말을 하듯 낮은 음성으로 말했다. 여자는 흑맥주 몇 잔을 연거푸 마셨다. 맥주 한 잔에 발그레해진 나를 보며 그녀가 술 못 마시죠? 맞죠? 하며 키득댔다. 여자가 쉬이휭 소리를 거칠게 내며 말을 많이 하기 시작했다. 취기가 오르는 모양이었다.

"이제부턴 아기처럼 울어대는 고양이 소리는 못 들을 거예요. 그쪽한텐 건배할 만한 일이죠, 그죠? 거세나 불임을 당한 고양이들은 많이 온순해지거든요. 발정기가 돼도 이제는 녀석들이 나를 떠나는 일은 없을 거예요. 나는 누군가와 헤어지는 일이 죽는 것만큼 싫거든요."

여자의 눈빛은 마치 현실에서 두 발을 떼고 있는 듯 몽롱했다. 여자는 계속 말을 했다.

"후두암 수술 뒤에 집에 혼자 있으면서 고양이를 기르기 시작했어요. 나는 내 고양이들 외엔 어떤 것에도 관심이 없어요. 집 밖 세상은 아무것도 알고 싶지가 않아요. 고양이를 안고 눈을 뜨고 고양이 털을 만지작거리며 잠을 자고, 그런 일들이 좋아요."

나는 긴 머리카락을 왼손 엄지와 검지로 꼬며 그녀를 바라봤다.

"그런데 글쎄, 고양이들도 나를 배신하더라니깐요. 발정기가 되니깐 이놈들이 글쎄, 환장하듯 끙끙대더니 집을 나가선 돌아오지 않는 거 있죠. 수놈들만 키우거든요. 또 병들어서 죽는 놈들도 있고. 개네들 치료비에 보텔까 해서 방을 세놓은 거예요. 한 마리, 한 마리씩 사라지니 견디기가 힘이 들어요. 그래서 나를 떠나려는 고양이에게 분노가 일어서 나도 모르게 몹쓸 짓을 하곤 해요."

여자는 가슴이 답답한지 물을 벌컥벌컥 마시더니 밖으로 나갔다. 여자는 술집 옆 골목에 서서 담배를 피웠다. 나는 여자 옆에 나란히 섰다. 여자는 묻지도 않았는데 또 먼저 말을 했다.

"내 꿈이 뭐였는 줄 알아요? 스흐흥 가수요, 가수! 이젠 그야말로 꿈이 돼버렸지만요……"

여자가 내게 담배 한 개비를 건넸다. 이봐요, 나는 한 번도 담배를 피워본 적이 없어요, 라는 말 따위는 하지 않았다. 그저 담배를 받아들고 얕게 한 모금 머금었다 금세 뱉었다. 여자의 손끝에서 담배가 타 들어갔다. 여자가 허공을 향해 연기를 내뿜었다. 여자가 피워 올리는 연기는 새가 되어 날아갔다. 한 마리, 두 마리, 세 마리……

"글쎄, 그 새끼가 내가 수술하고 입원해 있는 동안 딱 한 번 왔더라니깐요. 와서는 똥 마려운 개처럼 병실 문 쪽에 엉거주춤 서 있다가 그냥 가버리더라고요. 평생 이 목소리를 들을 생각하니 지도 암담했겠죠. 그래도 이 년 동안 같이 살았는데…… 내 보험금까지 고스란히 챙겨 갔더라니깐요. 퇴원하자마자 그 새끼 죽여버리겠다고 잭나이프도 사고, 면도날도 한 상자 사고, 수면제도 모으고, 별짓을 다해봤어요. 내가 오늘 말이 좀 많죠?"

여자가 스흥, 소리를 내며 웃었다. 씁쓸하게 웃는 여자의 눈에 그늘이 졌다. 스흥, 스흥 웃는 소리가 안쓰러워 여자의 짧은 커트 머리 아래로 드러난 마른 목을 어루만져주고 쓸어주고 싶다는 생각이 들었다.

"이제, 그쪽 얘기 좀 해봐요."

나는 눈을 내리깔고서는 이마 위로 내려온 머리카락만 손으로 자꾸 쓸어 넘겼다.

"머리카락만 자꾸 만지지 말고. 어서요."

나는 여자의 말에 화들짝 놀랐다. 나도 모르게 정우의 습관을 고스란히 따라하고 있었다. 여자가 슬며시 내 눈치를 봤다. 나는 맞은편 건물에서 나오는 불빛만 멍하니 바라보았다.

몹시 취한 여자를 부축해서 집으로 왔다. 소파에 여자를 눕혔다. 추워. 너무 추워. 여자는 잠꼬대인지 술주정인지 진심인지도 모를 말을 하며 몸을 뒤척였다. 여자가 몸을 움직이자 툭 하고 무언가 거실 바닥에 떨어졌다. 제법 무게감이 있는 소리였다. 열쇠 꾸러미였다. 고리에 달린 열쇠는 다섯 개였다. 열쇠마다 라벨지에 이름이 써져 있었다. 큰방, 오른쪽 방, 왼쪽 방, 욕실1, 욕실2. 나는 '출입 금지'라는 표지판이 걸린 오른쪽 방이 궁금했다. 여자는 깊은 잠에 빠져 있었다. 나는 오른쪽 방 열쇠로 조용히 문을 열었다. 텁텁한 공기가 훅, 입속으로 들어왔다. 스위치를 켰다. 평범한 드레스룸이었다. 커튼식 행거 옷장이 양쪽 벽면을 차지하고 있었다. 한쪽 벽면에 있는 옷장 커튼을 밀쳤다. 2단 행거에 빼곡히 걸린 옷들이 나타났다. 다른 쪽 커튼을 밀쳤다. 악! 나도 모르게 두 손으로 입을 가렸다. 선반 위에 고양이 한 마리가 앉아 있었다. 탐스러운 긴 꼬리를 위로 뻗어 올린 채. 순간, 나는 숨을 사렸다. 눈을 크게 홉뜨고 자세히 보았다. 박제된 고양이었다. 나는 긴 숨을 내뱉으며 손으로 심장께를 문질렀다.

박제 고양이를 본 뒤 바로 내 방으로 건너왔지만 잠이 오지 않았다. 고양이의 푸른 눈빛이 형형해서 지워지지 않았다. 매트리스에 앉아 지구본을 검지와 중지로 빙빙 돌리며 정우의 영혼은 지금쯤 어디를 지나가고 있을지를 생각했다. 정우야, 이 집엔 유령이 두 명 살아. 후두암을 앓고서는 고양이들과 함께 사는 여자와 음성 틱을 가지고 있는 여자. 재밌지? 이 집은 미스터리 하우스야. 지금 이 집에 이름을 붙여보자면 그래. 그럴싸하게 표현하자면 그렇고 솔직히 말한다면 '유령의 집'이라고 이름 붙이는 게 맞을 것 같아. 그에게 무심한 듯 말을 건네고는 입술을 지그시 깨물었다. 나는 휴대전화를 집어 들고서 그에게 문자를 보냈다. 그런데…… 나는 이제 어디로 갈까, 어디로 갈까…… 의미도 없는 물음이었지만 그에게 보낸 문자는 휴대전화기 화면에 빽빽이 쌓였다. 이 방에서 종일 내가 할 수 있는 일이라곤 이런 일뿐이었다.

그때, 안방 쪽에서 여자가 쇳소리를 내며 구슬피 우는 소리가 들려왔다. 그새 깼나? 그 소리는 집 안 전체를 가득 채웠다. 여자의 울음소리와 함께 뭔가 날카로운 기구에 찔려 우는 듯한 고양이 울음소리가 섞여 들려왔다. 고양이는 어딘가 살이 찢기고 떨어져 나가기라도 한 듯이 발작적으로 울었다. 이토록 심하게 오랜 시간 고양이가 울어대는 건 이 아파트에 이사 온 뒤로 처음 있는 일이었다. 나는 안방으로 뛰어갔다. 안방 문은 잠겨 있었다. 문을 탕, 탕 두드렸다. 여자는 문을 열어주지 않았다. 그제야 입주 첫날에 여자가 내민 종이에 있던 내용이 생각났다. 세번째 항목이었던가. 세 든 방 이외 공간 접근 금지! 안방 문 앞에서 듣는 고양이 울음소리는 치위생사가 치주 큐렛으로 잇몸 사이를 후벼 팔 때 나는 소리만큼 끔찍했다. 나는 요리용 망치로 방문을 여러 번 쳤다. 방문에 조그마한 구멍이 생기자 손을 집어넣어 방문 걸쇠를 풀었다. 여자가 등을 보이고 침대 발치에 서 있었다. 몹시 고통스러운 듯 고개를 한쪽으로 돌린 채 한쪽 발로 기다란 쿠션을 밟고 있었다. 쿠션 밑에서 쿠웨옹 쿠에엥 꾸웨옹, 하는 소리가 들렸다. 뭔가 섬뜩한 기분이 들었다.

'이봐요! 지금 뭐하는 거예요?'

말은 입안에서만 맴돌 뿐 터져 나오지 않았다. 화장대 위에 있는 작은 액자를 방바닥에 던졌다. 여자가 흠칫, 돌아봤다. 액자를 하나 더 던지며 침대 발치 쪽으로 가서 여자의 어깨를 낚아챘다. 여자가 내 쪽으로 고개를 돌렸다. 눈물이 얼굴로, 목으로 흘러내리고 있었다. 얼른 쿠션을 들추었다. 고양이 한 마리가 축 늘어진 채로 누워 있었다. 고양이를 품에 안았다. 아직은 심장이 뛰고 있었다. 다른 한 마리는 어디 갔을까, 두리번거리며 살폈다. 침대 아래에서 이옹, 이옹 하는 아주 옅은 소리가 났다. 장모종 고양이였다. 덥석 안았다. 그사이 여자는 보이지 않았다. 거실로 뛰어나갔다. 여자는 등을 보이며 15층 앞 베란다 난간에 몸을 밀착한 채 서 있었다.

"트트트툿 치치치칫…… 이…… 이…… 이봐요!"

말은 겨우 소리가 되어 나왔다. 긴장하면 말이 더 안 나오는데 희한하게 목소리가 되어 나왔다. 난간에 기댄 채 내 쪽으로 몸을 튼 그녀는 금방이라도 떨어질 것처럼 위태로웠다. 나는 그녀의 두 팔을 낚아챘다. 이어 그녀의 머리채를 잡고 그녀를 난간에서 끌어내렸다. 그녀가 둔탁한 소리를 내며 베란다 바닥으로 나뒹굴었다.

병원 수술실 앞 대기의자에 앉아 주인 여자의 수술이 끝나기를 기다렸다. 그녀를 난간에서 끌어내리는 중에 그녀의 몸이 바닥에 부딪히는 사고가 났다. 나는 의자에서 간신히 일어나 자판기에서 커피를 한 잔 뽑았다. 새벽에 마시는 커피는 들큼하고 썼다. 커피를 입안에 머금고 있는데 주인 여자가 수술 후 깨어난다면 함께 캠핑카라도 구입해 어디로든 가고 싶다는 생각이 문득 들었다. 주인 여자나 나나 외롭고 힘들게 살아가고 있지만 어디든 새로운 길은 남아 있지 않을까. 나는 가칫한 손바닥으로 연신 마른세수를 해댔다. 수술실 문이 열리기만을 초조하게 기다리는 동안 불현듯 집에 남아 있는 고양이가 걱정됐다. 턱이 떨어져 나갈 듯한 치통이 다시 밀려왔다. 고양이를 밟았을 때의 발의 감촉을 떠올렸다. 살아 있는 생물체의 뭉클함, 온기가 생생하게 느껴졌다. 정수기에서 뜨거운 물을 종이컵에 받아서 천천히 마셨다. 한 컵을 비우고 나니 목구멍 깊숙한 곳이 새 이가 돋을 때처럼 간지러웠다. 목소리가 터져 나올 것만 같았다.

소
파
밑
의
방

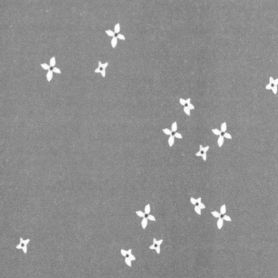

또 소파 아래였다. 수현은 똑바로 누운 채로 천천히 몸을 옆으로 밀어 소파에서 빠져나왔다. 거실 바닥에 맥없이 앉아 소파를 쳐다봤다. 단단하면서도 부드러운 질감의 베이지색 가죽 소파였다. 그것은 자신의 몸에서 탈피한 거대한 껍질 같았다. 마치 자신에게서 빠져나온 영혼을 보는 듯했다. 소파 다리는 길쭉해서 소파와 거실 바닥 사이에는 배구공이 쉽사리 드나들 정도의 공간이 있었다. 요즘 들어 아침에 일어나보면 소파 밑일 때가 잦았다. 그는 어젯밤에 침대 위에서 자다가 어떻게 소파 밑으로 기어들어가 잠이 들었는지 기억이 나지 않았다. 침실로 가보니 잠들기 전까지 침대 위에서 읽었던 책만 베개 위에 덩그러니 놓여 있었다. 언제부터 소파 아래로 들어가 잠을 자기 시작했는지는 정확히 알 수 없었다. 일어나 보면 침대 밑일 때도 있었고, 거실 바닥일 때도 있었고, 소파 위일 때도, 소파 아래일 때도 있었다. 그러다가 언젠가부터 소파 밑에서 눈을 뜨는 날이 많아졌다. 그는 침대에 걸터앉아 손가락을 머리카락 깊숙이 집어넣어 헤집었다. 소파 밑에서 눈을 뜰 때마다 난감했다. 아직도 이 상황을 믿기 어려웠다. 저 소파가 자신을 정상에서 비정상인 사람으로 바꾸고 있는 중이라고 생각하니 화가 치밀었다. 한편으로는 자신에 대한 연민의 감정이 올라왔다. 그는 고개를 숙이고선 얼굴을 두 손으로 감싸 쥐었다. 그의 몸에서 나는 땀냄새와 거친 숨소리가 좁은 방을 떠다니고 있었다. 시간이 흘러가고 있었지만 한동안 침대에 걸터앉은 자세 그대로 꼼짝하지 않았다. 그는 창쪽으로 시선을 돌렸다. 안개가 짙어 어두웠다. 천천히 몸을 일으켜 출근 준비를 했다.

수현은 자동차를 타고 도심의 한가운데에 있는 신문사로 출근하고 있었다. P공과대학교 근처부터 도로에 정체 현상이 일어났다. 안개 때문에 교통사고가 난 모양이었다. 차에서 내려 현장 쪽으로 뛰어가는 사람도 보였다. 사고 현장 쪽에 사람들이 웅성대고 있었다. 누가 큰 소리로 외쳤다. 고라니가 자동차에 치였어! 목이 백팔십도로 꺾였어! 산중턱을 깎아 지은 P공대 주변에서 다람쥐를 가끔씩 보긴 했지만 고라니가 나타났다는 말은 처음 들었다. 고라니가 아니라 개일지도 몰랐다. 큰 개가 경중거리며 도로를 건너다가 차에 치였는지도 모를 일이었다. 도로 정체 현상이 서서히 풀리자 가속 페달을 밟았다. 사고 현장을 무심하게 지나쳤다.

수현은 도로 정체 때문에 조금 늦게 주간 『포커스 21』 편집국에 도착했다. 마침 문화체육부 기자 K가 박스를 가지고 나왔다. K는 피부가 구릿빛이고 몸도 건장한데다 성품까지 쾌활해서 동료들 사이에서는 평판이 좋았다. 수현이 신문사에서 유일하게 좋아하는 동료였다. 그와 눈이 마주쳤을 때 K는 한쪽 입꼬리를 위로 말아 올리며 씨익, 웃었다. 잘 있어, 김수현 기자. K가 그의 성에 이름까지 붙여 부르며 작별 인사를 했다. K는 자기 물건을 박스에 담아 편집국을 나가면서 괜찮다는 듯이 한 번 더 웃어 보였다. K의 눈가가 파르르 경련을 일으켰다. 어쩌면 그것은 누구에게나 일상적으로 있는 희미한 근육의 떨림일지도 몰랐다. 그러나 수현에게는 경련을 일으키는 것처럼 보였다. K의 비밀스런 모습을 훔쳐본 듯한 기분이 들었다. 모두가 퇴근하고 없는 편집국에서 누가 수음을 하고 있는 장면을 훔쳐본 것처럼 당혹스러웠다. 편집국에 있는 어느 누구도 고개를 들어 K를 쳐다보지 않았다. 모두들 컴퓨터 모니터를 쳐다보며 자신의 업무를 보고 있었다. 벌써 몇 번째 겪는 상황이었다. 앞서 퇴사를 한 다른 두 기자는 고개도 들지 않은 채로 편집국을 나갔다. 이직을 한 게 아니라 재계약이 되지 않아 퇴사를 당한 것이었다. 엄밀하게 말하면 해고는 아니었다. 업무 실적에 따라 2년마다 재계약을 하는 게 이 신문사의 운영 방식이었다. 그렇지만 퇴사 통보는 언제나 갑작스럽게 찾아왔다. 당사자에겐 갑작스러운 게 아니었겠지만 다른 동료의 재계약일을 모르는 사람들에게는 언제나 황망한 일이었다. 엘리베이터 쪽으로 걸어가고 있는 K의 등을 바라보며 그는 자신의 재계약일을 헤아려봤다. 4개월 남짓 남았다. 귀밑머리에서 땀이 차올랐다.

다음날, 수현은 편집국에 제일 먼저 출근했다. 언제나 제일 먼저 출근하고 제일 늦게 퇴근했다. 노트북을 켜자 윈도우 시작 소리가 흘러나왔다. 그 소리는 상쾌하면서도 묘한 긴장감을 주었다. 커피머신에 카페오레 캡슐을 넣었다. 캡슐이 머신 속으로 톡, 하고 떨어지는 소리가 경쾌하게 들렸다. 윙, 하고 나직이 돌아가는 히터 소리는 거슬리기는커녕 정겨웠다. 그는 아무도 없는 편집국에서 컴퓨터 모니터로 한 시간 동안 조간신문을 천천히 읽었다. 그는 자신이 P시에서 발행하는 유일한 주간지, 게다가 발행부수가 삼만 부나 되는 신문사 기자라는 사실에 자부심을 가졌다. 무엇보다도 하루 중 아무도 도착하지 않은 편집국에서 혼자 보내는 이 시간이 소중했다. 손가락이 곱고 머리가 셀 때까지 현장에서 취재를 하고 기사를 쓰고 싶었다. 조간신문을 읽어본 뒤 취재 기사를 한 문장 한 문장 심혈을 기울여 써내려갔다. 한 단락이 끝날 때마다 손으로 뒷목을 쓸어 올렸다. 요즘 부쩍 목 통증이 심해지며 생긴 버릇이었다.

해사한 얼굴에 깔끔하고 지적으로 보이는 김수현의 얼굴은 기자라는 이미지에 잘 어울렸다. 178센티미터의 키에 70킬로그램의 몸무게, 숱 많은 반곱슬머리. 그는 늘 체중에 신경을 썼고 패션 감각도 뛰어나 사내 베스트 드레서로 뽑히기도 했다. 남들이 보면 부러워할 만했다. 그런 그지만 신문사 재계약, 점점 나이 들어가는 아버지의 부양 문제, 정원과의 관계를 생각하면 종종 뒷목덜미가 뻐근했다. 그럴 때마다 세상의 수많은 사람이 겉으로는 멀쩡해 보여도 속을 까뒤집어보면 하나같이 문제들을 안고 있을 거라고, 자신만 그런 것은 아닐 거라고 곱씹었다.

그는 기사를 쓰다가 불현듯 세 음절이 떠올랐다. 세 문장도 아니고, 세 어구도 아니고, 딱 세 글자가 떠올랐다. 떠올랐던 게 아니고 비처럼 쏟아져 내렸다고 보면 될 것이다. 재. 계. 약. 그는 재, 계, 약, 하고 소리를 스타카토처럼 끊어서 말해 보았다. 목 쪽이 선뜩거렸다. 어제 자동차에 치여 뒤로 목이 꺾였다는 고라니가 떠올랐다. 고라니의 목이 뚝, 부러지는 소리가 들리는 것 같았다. 화장실로 달려가 거울 앞에 서서 자신의 목덜미를 손으로 더듬다 허허, 하고 웃었다.

수현은 K를 식당으로 불러냈다. K가 퇴사한 지 두 달이 지난 뒤였다. K가 퇴사할 때 남긴 유에스비와 취재노트 한 권을 갖다 주겠다는 명분으로 저녁을 같이 먹자고 했다. 사실은 K가 편집국 문을 나갈 때 눈가에 경련을 일으키던 모습을 떨쳐버릴 수가 없었다는 게 이유였다. K와 저녁을 간단히 먹고 근처에 있는, 오래된 재즈를 LP판으로 틀어주는 재즈바로 K의 팔을 이끌었다. 생각보다 술값과 안줏값이 비싸서 놀랐지만 태연한 척 굴었다. 삼십대 초반으로 보이는 바텐더가 오래된 LP를 턴테이블에 올렸다. 앞면에 실린 노래가 다 끝날 때까지 둘은 말없이 맥주를 천천히 마셨다. K가 뒷면도 틀어줄 수 있느냐고 바텐더에게 물었고 수현은 맥주를 더 주문했다. K가 드디어 입을 열었다. 재계약을 하지 않겠다고 통보하는 편집국장에게 이유가 뭐냐고 물었지. 이유가 한두 개가 아니더라고. 내가 영업부 여직원에게 목소리가 섹시해 남자들에게 인기가 좋겠다고 성희롱했다는 이유도 들어가 있더라고. 나에 대해서 모르는 게 없더라고. 냉소적인 내 말투 때문에 조사팀 직원이 화장실에서 몇 번이나 울었다는, 나도 모르는 사실까지 알고 있더라고. 그게 부풀려진 말인지, 조작인지는 모르겠지만. 내 기사의 조회수가 늘 적었다는 말도 빠뜨리지 않고 하더군. 4년 동안 최선을 다해 일했는데 말이야. 반칙도 하지 않았는데 심판이 선수에게 링에서 내려가라고 하는 것과 같은 행태지. 부장이 광고 건수도 적게 따 왔다는 말까지 하더라고. 취재기자에게 영업 행위까지 시키고 말이야.

그거야말로 반칙 아니야? 대학 졸업 후 인턴만 돌고 도는 청
춘들이나 우리나 도긴개긴이라고! 부장에게 잽을 훅, 날리고
싶은 걸 참느라 혼났지. 그는 쉬지 않고 말을 쏟아내는 K를
보며 내심 이렇게 말이 많은 사람이었나 싶어 놀랐다. 저 말
을 하고 싶어 두 달간 어떻게 지냈을까 싶었다. K는 그러고는
더 이상 입을 열지 않았다. 기네스를 몇 병 더 주문해서 마셨
다. K가 술잔을 비우더니 한숨을 크게 쉬었다. K는 술김에 하
는 말이 아니라는 것을 증명하려는 듯이 손을 뻗어 허공에다
잽을 빠르게 날렸다. 이어 이종격투기의 기법인 목을 꺾어 누
르는 시늉을 했다. 그날 K는 그에게 부축을 받으며 택시에 올
랐다.

K를 재즈바에서 만나고 온 뒤로 수현은 근린공원에서 경보
를 할 때 종종 잽을 허공에 대고 날렸다. 명치끝이 시원해지
는 느낌이었다. 그는 근린공원에서 종종 빌라의 주인을 만났
다. 빌라 주인은 오십대 후반의 여자로 반장도 맡고 있었다.
주인은 운동복 차림에 흰 장갑을 끼고 나와 근린공원에 설치
되어 있는 기구를 이용해 운동을 하거나 공원 주변을 빠르게
걸었다. 그녀는 공원에서 마주칠 때마다 이런저런 공지사항
을 알려줬다. 자전거 도둑이 있으니 자전거 관리를 잘해야 해
요. 분리수거를 잘해주길 부탁해요. 공용 공과금 입금을 제때
해주세요. 전부 집주인이며 반장다운 이야기들이었다. 그럴

때마다 그는 예, 잘 알겠습니다, 하고 고개를 가볍게 끄덕이며 말했다. 방세가 하루라도 늦게 입금되면 두 시간 간격으로 문자메시지를 보내고 늦은 밤에도 현관 벨을 누르는 주인이기 때문에 무조건 고개를 끄덕이는 게 상책이었다. 주인은 돈 문제에서는 악착같았다.

수현은 퇴근 후 집에 돌아오자마자 샤워를 하고는 소파에 누웠다. 소파는 그에게 유일한 안식처이기도 했지만 골칫거리이기도 했다. 소파는 결혼 준비를 하면서 세일 기간에 맞추어 미리 사둔 거였다. 거실 테이블과 맞춤형으로 산, 등받이가 높은 유럽풍 소파였다. 물소가죽 소파처럼 고가는 아니었지만 웬만큼 돈을 지불하고 구입했다. 정원과의 기억이 남아 있어서 버려야 할 것 같기도 했고 그래서 더욱 버리지 말아야 할 것 같기도 했다. 집에 두기에는 크기도 부담스러웠다.

그는 매일 믿을 수 없게 피곤했고 잠을 자고 싶었으나 잠들 수는 없었다. 그는 두 달 전부터 '하늘에 떠 있는 사람들'이라는 기획 취재 기사를 매주 내보냈다. 40미터 위 광고탑에서 고공 농성 중인 노동자와 양화대교 위에서 사법시험 존치를 외치는 고시생을 차례대로 인터뷰해서 원고지 서른 장 분량의 기사를 실었다. 독자들 반응이 괜찮았다. 연재 기사를 쓰기 위해서 취재에 앞서 자료 검색을 하고, 노동법 서적을 찾아 읽고 좋은 문장 연습도 했다. 기자로서의 소명 의식도 있었지만 우선은 '하늘에 떠 있는 사람들' 시리즈 기사를 잘 써서 신문사에서 살아남아야만 했다. 기사를 쓰는 틈틈이 재계약이 되지 않을 때를 대비해 프리랜서 자리도 여기저기 알아보고 있었다.

수현은 소파에서 일어나 간단히 저녁을 먹고 바로 책상으로 가 앉았다. 시간은 어느새 훌쩍 자정을 넘어가고 있었다. 정원에게 불쑥 전화가 하고 싶어졌다. 그럴 때는 전화를 해야 할지 말아야 할지 곤혹스러웠다. 정원과는 무슨 관계라고 이름 붙일 수 없는 묘한 사이였다. 굳이 말한다면 3년 전에 결혼할 뻔했던 사이, 그 뒤 한 번도 만난 적 없지만 밤에 가끔 통화를 하는 사이라고나 할까. 그는 새벽 1시에 소파에서 일어나 캔맥주 하나를 따서 마시며 정원에게 전화를 했다.

정원아…… 정원아……

정원은 시큰둥하지만 차갑지 않은 목소리로 대꾸했다.

왜…… 잠이 또 안 와? 난 일찍 출근해야 해.

알았어.

다행이었다. 새벽 1시에 전화를 해도 그녀가 화를 내지 않는다는 것은 지금 침대에서 그녀를 껴안고 있는 남자가 없다는 사실이니까. 나른한 목소리로 전화를 받던 정원은 갑자기 생각났다는 듯이 목소리를 높여 물었다.

너, 설마 자면서 너도 모르는 사이에 전화하고 있는 거 아냐? 예전, 그 증세 맞지?

정원의 물음에 그는 조금 섭섭한 어투로 대답했다.

무슨 소리야! 언제 적 얘기를 하는 거야? 요즘은 그런 증세 없어.

수현과 정원이 결혼 승낙을 받기 위해 양가에 들렀을 때, 양가 어른들은 똑같이 둘을 탐탁지 않게 여겼다. 양가 부모들은 모두 그들보다 더 좋은 조건의 사위, 더 좋은 조건의 며느리를 들이고 싶어 했다. 두 사람은 결혼 준비를 하면서 신혼여행지를 고르다가 소소하게 다투었다. 정원은 아드리아해 연안의 크로아티아로 가자고 우겼고 그는 일주일 이상 소요되는 여행은 업무 때문에 갈 수 없다고 했다. 결혼휴가 외에 추가로 일 년 연차를 미리 다 쓰면 안 돼? 정원은 크로아티아를 고집했다. 그럼, 호주는 어때? 시드니 오페라하우스에도 가보고. 정원이 주간지 기자라는 그의 직업을 이해 못하고 자꾸 보챘다. 기사 마감일에는 밥 먹고 오줌 누는 시간까지 아껴야 해. 기사 쓰다가 오줌보가 고장 난 선배들도 더러 있어. 그걸 몰라서 자꾸 연차를 내라고 하는 거야? 고작 신혼여행 때문에? 그가 먼저 발끈 화를 내며 말했다. 고작 신혼여행이라고? 정원이 양쪽 팔을 감싸 안듯이 팔짱을 낀 채 격양된 목소리로 말했다. 그는 평소 배려심이 많은 정원이 신혼여행 행선지 문제로 철없는 아이처럼 보채는 게 실망스러웠다. 급기야는 그녀도 결혼 생활이 시들해지면 자신의 엄마처럼 자주 집을 비우는 철없는 행동을 하지 않을까, 하는 생각까지 들었다. 이것이 정원과의 결혼이 무산된 여러 이유 중 하나였다는 것을 그는 최근에야 깨달았다.

수현은 신혼 가구를 고르는 데도 정원의 취향과 예비 장모의 가구 취향까지 고려해야 하는 현실 때문에 짜증이 났던 터라 신혼여행지 때문에 또 부딪치니 화가 치밀었다. 너는 대체 나를 원하는 거니, 신혼여행지나 신혼 가구를 원하는 거니? 우리가 살 집인데 네 엄마 가구 취향까지 생각해야 해? 결국 그가 하지 말아야 할 말을 내뱉었다. 나중에는 양가 어른들끼리의 싸움으로 번졌다. 어른들끼리 큰소리가 오갔고 그들은 어른들 사이에서 어정쩡하게 있다가 헤어졌다. 결혼식 준비를 하다가 헤어진 경우였다. 이별이라는 우아한 말을 갖다 붙이기엔 너무나 현실적이고 데데한 이유로 서로 각자의 길을 갔다.

수현은 정원과 통화를 끝낸 뒤 냉장고에서 캔맥주 하나를 더 꺼냈다. 기사도 잘 써지지 않았다. 그는 사실 매우 조용한 남자였고 글을 끼적거리는 것 외에는 어떤 일에도 큰 흥미가 없었다. 엄마 없이 청소년기를 보냈지만 종종 책상 밑이나 소파 밑으로 들어가는 특이한 놀이를 하는 것 외에는 평범한 학창 시절을 보냈다. 사회복무요원으로 병역의무도 이행했고 졸업 뒤 2년 만에 취업도 했다. 사실 거창하게 취업이라고 할 건 없었고 구청에서 발간하는 주간지 인턴 기자로 들어간 게 그의 첫 직장이었다. 구청에서 사회복무요원으로 일한 게 계기가 되어 편집기자 모집 공고를 보자마자 입사원서를 냈다. 첫 직장에서 인턴 기자로 1년을 버틴 뒤에 정식 기자가 되었고, 그 후 세 군데 잡지사를 거쳐 지금의 주간지로 자리를 옮겼다. 그는 늘 기사 쓰는 일에 피로감을 느꼈지만 어떤 직업을 가진다 하더라도 이 정도의 피로감과 긴장감은 있을 거라고 생각했다.

수현은 밤새 기사 마감일에 쫓기는 꿈을 꾸다 눈을 떴다. 세상에서 제일 무서운 게 기사 마감일이었다. 사방이 캄캄했다. 여기가 어디지? 무슨 일이 벌어진 거지? 아직도 밤이라서 컴컴한 거야? 어둠 속에서 푸르스름한 빛이 들어오고 있었다. 조심스럽게 손을 뻗어보았다. 이마 바로 위가 평평하고 딱딱한 나무였다. 그는 휴, 하고 길게 탄식을 했다. 잠을 자면서 또 자신도 모르게 소파 밑으로 기어들어간 모양이었다. 익숙한 일인 듯 누운 채 몸을 천천히 옆으로 밀었다. 날이 희부옇게 밝아오고 있었다. 그는 몹시 곤혹스러운 듯 얼굴을 찡그리고는 두 손으로 얼굴을 감쌌다.

수현은 저녁 식사를 마친 뒤, 빌라 근처 P공대 뒤에 있는 나지막한 산길을 따라 걸었다. 기사는 잘 써지지 않았고 집에서 초조하게 있자니 가슴이 답답했다. 권투 기본자세를 취한 채로 빠르게 걸으며 양팔을 번갈아가며 앞으로 휙, 휙 뻗었다. 산행을 한 그는 오랜만에 숙면을 취했다.

자고 일어났을 때 그는 팔과 다리에 멍이 들어 있는 것을 발견했다. 절망감에 우 우 우 우 짐승 소리를 내질렀다. 자다가 무의식적으로 소파 밑으로 기어들어가다가 소파 다리에 부딪힌 자국이었다. 거울 앞에서 자신의 얼굴을 노려보았다. 머리카락은 땀에 젖어 있었고 눈빛은 착잡하고 허탈해 보였다.

사람들은 김수현을 일중독자라고 불렀다. 어느 날엔가는 일벌레라 했다. 그렇지만 언제 퇴출될지는 아무도 알 수 없었다. 그는 사건 사고 기사나 오지 지역 탐방 기사, 문제 인물 인터뷰도 마다하지 않았다. 작년에 사회부에서 조사부로 부서 이동이 되고부터 심리적으로 위축되어 있었다. 수평이동인 것 같지만 사실은 강등된 거였다.

수현은 자전거를 타고 좁은 골목길을 벗어났다. 핸들을 좌우로 빠르게 꺾으며 교외로 나갔다. 교외로 접어들자 헬멧을 벗었다. 바람이 머리카락 속을 헤집었다. 자전거 속도에 가로수들이 뒤로 밀려났다. 입안으로 찬바람이 들어찼다. 잇몸이 얼얼할 정도로 차가웠지만 상쾌했다. 달려오는 차들을 하나하나 비켜 속도를 내어 달렸다. 거센 바람이 몸을 할퀴었다. 잠시 몸이 휘청거렸다. 그의 옆으로 라이딩족들이 일렬로 무리를 지어 지나갔다. 그는 강 둔치에 자전거를 멈추고 이온

음료를 마셨다. 자신이 밤에 종종 꾸는 꿈들을 생각했다. 꿈을 꾸고 난 다음날이면 어김없이 두통이 심했고 몸은 물에 젖은 이불처럼 무거웠다. 그는 정원과 자전거를 타고 교외로 나갔던 때를 떠올렸다. 어젯밤에는 꿈 안 꾸고 잘 잤어? 서른이 넘은 남자가 어린애들이나 꾸는 무서운 꿈을 아직도 꾸다니. 정원은 말해놓고는 킥킥거렸다. 문득 정원이 몹시 보고 싶었다. 정원과 다시 시작하고 싶었다. 정원이 곁에 있으면 소파 밑으로 기어들어가는 증세가 없어질 것도 같았다.

수현은 퇴근 뒤 현관 복도에 세워둔 자전거가 없어졌다는 것을 알았다. 도심의 박명 사이로 자전거를 타고 바람을 가르며 출근하던 상쾌함을 한동안 맛볼 수 없다고 생각하니 화가 치밀었다. 세상에는 부도덕한 사람이 널려 있는 듯했다. 타인에게 도덕적 잣대를 갖다 댔을 때, 도덕적인 사람보다는 부도덕한 사람이 훨씬 많으리라는 것은 누가 가르쳐주지 않아도 알 수 있는 사실이었다. 자전거 도둑을 찾으면 목을 부러뜨려놓고 싶었다. 고라니의 뒤로 꺾인 목처럼.

수현이 아버지 집에 도착했을 때 아버지는 늦은 저녁을 준비하고 있었다. 예순의 나이에도 화물차탁송 전문업체에서 계약직 화물기사로 일하고 있는 아버지였다. 성냥개비처럼 몸이 가는 아버지가 버스전용차로가 없던 시절에도 공룡 같은 화물차를 거뜬하게 몰고 다녔다는 게 늘 신기했다. 아버지는 그에게 왔냐, 하고 물은 뒤에는 아무 말도 건네지 않았다. 아버지가 차려준 밥을 말없이 먹었다. 묵은 김치와 쇠고기 메추리알 장조림, 된장찌개가 전부인 소박한 밥상이었지만 밥 한 공기를 맛있게 먹었다. 저녁 식사 뒤, 아버지는 텔레비전 리모컨을 차례대로 눌렀다. 스포츠, 홈쇼핑 광고, 예능 재방송, 쇼 프로를 거쳐 드라마 채널에서 멈췄다. 일일 연속극이었다. 그는 아버지 옆에 멀뚱히 앉아 휴대전화기 화면을 넘기고 있었다. 드라마를 보던 아버지가 갑자기 부엌으로 가더니 소주 한 잔을 단숨에 들이켰다. 저런 여자들은 그저 모가지를 휙 비틀어놓아야 한다니까…… 모가지를 휙 비틀어버린다든가 다리몽둥이를 분질러놓는다든가, 하는 말은 아버지가 술만 마시면 내뱉는 말이었다. 자주 듣는 터라 위협적이지는 않았지만 듣기 불편했다. 마치 자신의 목이 비틀어져 날아가버린 듯 섬뜩한 느낌이 들었다. 그는 손으로 뒷목덜미를 쓰다듬었다. 아버지는 싱크대로 가서 소주잔을 개수대에 넣더니 삶은 계란을 식탁 위에 놓았다. 요즘 엄마와 자주 연락하니? 그는 어머니 얘기가 나오자 심장이 졸아드는 기분이 들었다. 네 엄마 말이다, 그렇게 슬그머니 며칠씩 집을 나갔다 돌아왔을 때 다리를 분질러놓든가 병원에 집어넣든가 했어야 했는데…… 그때 말이다, 네 엄마 행동이 이상했잖아. 잠깐 나갔다 온다고 하고선 며칠씩 안 들어오는 날이 몇 번 있었잖아. 너는 그때 네 엄마가 왜 그랬는지 알고 있었지? 아버지는 계란조림을 만들려고 계란 껍데기를 까면서 물었다. 그는 몰라요, 그때 일을 어떻게 기억해요? 엄마 얘기는 듣고 싶지 않아요, 엄마가 재혼한 지 20년이 넘었다고요, 하며 미간을 있는 대로 찌푸리며 퉁명스럽게 잘라 말했다. 아버지는 더 이상 아무런 말도 하지 않은 채 계란을 깠다. 아버지의 입에서 긴 한숨이 새어 나왔다. 내가 괜한 걸 물었구나. 이미 다 지난 일인 걸. 그래도 나는 자꾸 그때 네 엄마의 가출 이유가 궁금해. 아버지는 삶은 계란 껍데기를 까듯이 25년이나 지난 엄마의 과거 내력을 지금이라도 다 까보고 싶은 듯했다. 화물차를 몰다가 휴게소에 들를 때마다 네 엄마 비슷한 사람이라도 볼라치면 그날은 영 운전대 잡기가 그래. 그럴 땐 차 안에서 한숨 자고 출발하지. 아버지는 깐 계란을 찬물로 씻으면서 나직하게 말했다. 그는 아버지가 술만 마시면 종종 자신에게 묻는 이런 말이 듣기 싫어서 자신의 빌라에서 자동차로 한 시간이면 도착하는 아버지 집에 자주 가지 않았다. 수현은 평소 조용한 성품의 아버지가 폭음을 한 뒤에 허공에 대고 폭언을 하기 시작했던 때를 떠올렸다.

수현은 학교에서 돌아와 숙제를 하고 있었다. 현관문 열리는 소리가 들렸다. 아버지가 이교대로 화물차 트럭 운전을 끝낸 뒤 돌아왔다. 아버지가 불쾌한 얼굴로 현관에 들어서더니 죽일 년, 화냥년, 하고 고래고래 소리를 질렀다. 그는 아버지에게 인사만 얼른 하고는 책상 밑으로 숨었다. 그는 아버지가 안방에서 허공을 향해 엄마에게 쉼 없이 욕설을 한 뒤 제풀에 꺾여 잠들기를 기다리며 책상 밑에서 귀를 막고 앉아 있었다. 그는 책상 밑의 구석에 둔, 케이지에 든 햄스터들을 조용히 바라봤다. 케이지를 손가락으로 툭툭 치니 햄스터 두 마리가 재빠르게 케이지 안을 돌아다녔다. 두려움이 조금 가셨다. 다행히 아버지는 책상 밑으로 숨어 들어간 아들을 못 본 척해주었다. 귀에서 손을 떼자 아버지의 목소리가 천장을 뚫을 듯 다시 날아들었다. 다른 여자들은 해외로 돈 벌러 간 남편도 기다리던데 격일로 근무하는 남편도 못 기다려? 그는 온몸이 오그라들었다. 연필을 손가락으로 부러뜨렸다. 연필을 한 자루씩 부러뜨릴 때마다 무언지도 모를 분노가 조금씩 사그라졌다. 연필이 똑, 하고 부러지는 소리는 묘한 긴장감과 짜릿함을 주었다.

수현은 아버지 집에서 돌아와 잠자리에 들었다. 잠이 잘 오지 않았다. 자정까지 눈을 감고서 잠자는 흉내만 내다 벌떡 일어나 정원에게 전화를 했다.

정원아…… 정원아……

왜?

정원의 대답에는 짜증이 조금 묻어 있었다. 그는 잠시 잠자코 있다가 정원에게 아무렇지 않은 듯 물었다.

무슨 일 있어?

너 같으면 새벽에 이런 전화 받고 싶겠어? 이젠…… 전화
하지 마. 그리고 나 좋아하는 사람 생겼어.

……왜 이제야 그걸 얘기해?

그는 벌컥 화를 냈다. 그러면서 화를 내고 있는 스스로에게
놀랐다.

앞으로 다시는 연락하지 마. 내게 조금이라도 애정이 남아
있다면 말이야. 그리고…… 아직도 내가 신혼여행 때문에 너
와 헤어진 거라고 생각하진 않겠지? 일에만 매달리고, 소심
하고 타협할 줄도 모르고, 작은 일에도 분노 조절을 못하는
네 성격 때문에 헤어진 거야.

그는 정원의 단호한 말투가 불쾌해서 전화를 먼저 끊었다.
화가 솟구쳐 가만히 앉아 있을 수가 없었다. 말로는 설명할
수 없는 분노였다. 좁은 방 안을 이리저리 서성거리다 털썩
소파에 앉았다. 뒷목덜미며 귓바퀴에 썰렁한 바람이 이는 것
같았다.

그는 정원에게 좋아하는 남자가 생겼다는 소식에 밤새 뒤
척였다. 피곤한 몸으로 출근하려고 현관문을 열었다. 자전거
가 없었다. 늘 소화전 옆에 세워둔 자전거가 보이지 않았다.
사방을 두릿댔지만 어디에도 없었다. 자전거를 도둑맞았다는
사실을 깜빡했다. 기운이 빠졌다. CCTV가 없어서 자전거 도
둑을 잡기는 어려울 것이다.

일주일 뒤, 기사를 쓰다가 우연히 창밖을 바라보았다. 가로 등 불빛 아래 가로수가 바람에 이리저리 휘어졌다. 거실 창 커튼을 치는데 빌라 지하창고에서 누가 나오고 있었다. 창에 바짝 얼굴을 갖다 댄 채 바깥을 바라보았다. 엉거주춤 무언가 를 끌고 나오는 사람을 본 순간 소스라치게 놀랐다. 주인 여 자가 지하창고에서 희끄무레하게 보이는 물건을 끌고 나와 작은 트럭에 급하게 실었다. 가로등 불빛에 희미하게 드러난 물건은 자전거였다. 주인 여자가 다시 창고로 들어갔다. 자전 거 한 대를 더 끌고 나왔다. 날렵한 맵시를 자랑하던, 그의 자 전거와 비슷했다. 희미한 가로등 아래였지만 자신의 자전거 가 맞는 것 같았다. 급하게 옷을 꿰어 입고 1층으로 뛰어 내 려갔다. 주인 여자를 실은 작은 트럭이 막 골목을 빠져나가고 있었다. 작은 트럭에 희망중고물류센터, 라는 상호가 언뜻 보 였다.

그는 출근길에 자신의 차를 청소하고 있는 주인 여자와 마 주쳤다. 흘낏 쳐다보자 주인 여자는 자전거 아직 못 찾았죠, 하며 의례적인 인사말을 건넸다. 그는 예, 하고 짧게 말하고는 얼른 자동차 페달을 밟아 빌라를 빠져나왔다. 자전거 도둑년! 세상에는 믿을 수 없는 사람들이 태반이야! 그는 입속말로 여 러 번 웅얼거리듯 말했다. 자신도 모르게 주먹으로 핸들을 탁, 탁 치고 있었다. 주인 여자의 목을 홱 잡아채 꺾고 싶었다.

다음 주, 수현은 울산으로 취재를 갔다. 비정규직 노동자 여섯 명이 부당 해고에 반발하며 단식 농성을 벌이는 현장에 도착했다. '정리해고·비정규직 노동악법 철폐'라고 쓰인 긴 현수막이 크레인 위에서 나부끼고 있었다. 수현은 까마득히 높이 떠 있는 크레인을 올려다봤다. 먼저 노동조합 위원장과 인터뷰를 했다. 부당 해고에 반발하는 노동자 여섯 명이 무기 계약직 전환을 요구하며 벌이는 농성이었다. 크레인 위에서 노동자 한 명이 취재기자인 그를 향해 확성기를 들고서 큰 소리로 무언가를 외쳤다. 자신들의 주장이 관철될 때까지 내려오지 않겠다는 이야기인 것 같았다. 그는 나이 들어 더욱 마르고 왜소한 아버지가 큰 화물차를 모는 내내 운송업체로부터 갑자기 해고 통지를 받을까 봐 전전긍긍하던 모습이 떠올랐다. 그는 크레인 위에 있는 사람들에게 묘한 동지애를 느꼈다. 벽돌 몇 장을 가슴에 얹어놓은 듯 마음이 무거웠다.

그는 카메라로 농성 현장을 여러 장 찍고 서울로 돌아가는 중에 편집국장으로부터 문자를 받았다. 집으로 바로 퇴근하지 말고 5시 편집회의에 참석하게. 또 무슨 귀찮은 특집을 맡기려나 싶어 마음이 편하지 않았다. 6개월 전에 신문사를 나간 K나 그전 해에 나간 기자 둘 다 부장의 지시사항에 순종적이지는 않았다. 그는 특별한 경우가 아니면 지시 사항을 그대로 받아들이는 편이었다.

편집회의가 끝나자 국장실로 들어갔다. 국장은 손수 커피를 내려서 테이블 위에 놓았다. 국장이 덤덤한 어조로 말했다. 김수현 기자의 업무 성과가 2년 전부터 점점 낮아지고 있어. 조사부로 부서를 옮겼는데도 성과는 마찬가지야. 물론 근무 태만이나 근무 불량은 아니야. 김 기자의 성실성은 인정해. 감정 조절 능력, 그중에 분노 조절 능력에 문제가 좀 있다는 인사평가가 있어. 김 기자…… 인터뷰이와 갈등을 일으켜 인터뷰가 무산된 경우도 몇 차례나 있더군. 이번 달로 계약기간이 끝났고 계약 연장은 더 하지 않기로 했네. 조금 전 계약종료 안내를 메일로 보냈네.

그는 뭔가 차갑고 딱딱한 물질이 자신의 머리를 때리고 지나간 듯한 느낌을 받았다. 낮은 성과보다는 매년 점점 올라가는 연봉 때문이겠지. 규칙을 어기지 않았는데도 링 위에서 퇴장하라고 하는군. 그는 목구멍까지 올라오는 말을 꾹 눌렀다. 한 달 전까지는 계약만료 기간을 기억하고 있었다. 요즘 연재 기획 기사를 쓰느라 까맣게 잊고 지냈다. 그는 평소에는 조용한 성품으로 편집국에서도 있는 듯 없는 듯 지내는 사람이었지만 누구라도 자신의 자존감을 건드리면 맹수처럼 달려들었다. 실제로 편집회의 도중 논쟁을 벌이다가 자신의 의견에 비아냥거리는 동료에게 생수병을 던진 적이 있었다. 자신이 하지도 않은 말을 애매하게 지어서 퍼뜨린 동료에게는 무선 마우스를 던지기도 했다. 세상 누구라도 자신을 궁지로 몰아세

울 수는 없었다. 그는 커피를 다 마시고는 종이컵을 손으로 쭈그러뜨려 납작하게 만들었다. 국장은 납작해진 종이컵을 가만히 바라봤다. 어떤 기자는 재계약이 되지 않은 사실을 통보받자마자 국장실 문을 발로 차고 나왔다고 했다. K는 의외로 조용히 나왔다고 했다. 수현은 단지 종이컵 하나만을 납작하게 만들었을 뿐이었다.

수현은 계약 만료일에 편집국에서 자신이 쓰던 물건들을 박스에 들고 나왔다. 편집국에는 마침 동료들이 거의 외근을 나가고 없었다. 동료들의 어정쩡한 배웅을 받고 떠나는 것보다는 아무도 배웅을 하지 않는 편이 나았다. 그는 박스를 바닥에 내려놓고 한참 동안 목덜미를 쓰다듬었다.

신문사를 나온 그는 한동안 차를 몰고 이리저리 돌아다니다 K가 다닌다는 권투도장으로 갔다. 샌드백이라도 흠씬 두들겨 패주고 싶었다. 그곳에서 K를 만났다. K는 하루의 절반을 권투장에서 지냈다. 아침에 도장에 와서 몸을 풀고 훈련을 하고 자장면을 시켜 먹었다. 점심 식사 뒤 다시 운동을 하고 쉬는 시간에 차를 마시고 텔레비전을 보고 다시 훈련을 하다가 오후 5시에 도장을 나갔다. 샌드백을 때리고 싶은 사람이라 상상하고 너덜너덜하게 패주다 보면 하루가 그냥 가. 그러나 잊지 마. 그건 한 달이면 충분하니까. 패주고 싶은 사람이 누구든 한 달 이상 그런 마음으로 운동하면 기분이 언짢아지거든. 링 안에서는 규칙을 어기지만 않으면 퇴장당하는 일

없어! 링 안에서는 선수 둘 다 갑이야. 을은 존재하지 않지! K는 마우스를 낀 입을 벌려 한껏 웃었다. 수현은 주먹으로 샌드백을 세게 쳤다. 그래, 나는 늘 을이었어. 직장에서도 빌라 주인에게도. 그리고…… 사랑에 대해서도 을이었어. 연애 기간 내내 정원의 안색과 분위기를 살피느라 애가 탔으니까. 결혼을 그만두자고 먼저 말한 사람도 정원이었으니까. 자신에게 되돌아오는 샌드백을 더 세게 치면서 그는 '햄스터 투쟁'이라 자신이 이름 붙였던 그 사건을 생각했다.

교실 보관함에 있는 체육복과 필기구들이 자주 없어지자 담임선생이 반 학생들을 대상으로 개별 면담을 실시했다. 며칠간 수업이 끝나면 예닐곱 명씩 교무실에 불러 상담을 했다. 한 명당 상담 시간이 3분을 넘지 않았다. 그러나 그에게는 예외였다. 담임은 특별한 질문도 없이 그를 15분 넘게 붙잡아두었다. 아버지와 대화는 많이 하느냐, 학교 준비물은 본인이 챙기느냐, 생일날 특별히 받고 싶은 선물이 있느냐, 엄마와는 연락이 되느냐, 혹, 선생님에게 하고 싶은 얘기가 없느냐, 하는 것들을 꼬치꼬치 묻고는 교실에 가서 체육복을 가지고 오라고 했다. 그의 체육복을 이리저리 살펴본 담임은 도로 가져가도 좋다고 말했다. 집에 와서 곰곰 생각해보니 서른세 명의 학생 중 그만 15분 넘게 상담을 한 것이었다. 체육복을 가져와보라고 한 학생은 그를 포함해 두 명뿐이었다. 담임은 그를 필기구와 체육복 도둑으로 생각하고 있는 게 분명했다.

다음날, 4교시 수업을 마치는 종이 울렸다. 모두들 교내 식당으로 가기 위해 자리에서 일어서고 있었다. 담임도 출입문 쪽으로 막 등을 돌렸다. 그가 봉지에서 무언가를 꺼내 담임을 향해 던졌다. 악! 까악! 하는 비명이 여기저기서 들렸다. 담임의 등에서 피가 흘러내렸다. 흰 블라우스를 입은 담임은 새하얗게 질려 아무 소리도 내지 못했다. 엉거주춤 서 있는 담임의 가슴을 향해 그는 봉지에서 무언가를 꺼내 하나 더 던졌다. 담임의 발밑에 목이 댕강 잘린 햄스터 두 마리가 널브러져 있었다. 여학생 한 명이 까무러쳤다.

그는 집에 돌아오자마자 책상 밑이 아닌 소파 밑으로 들어갔다. 선생님들과 까무러친 아이의 부모가 뒤쫓아 와서 자신의 목덜미를 가볍게 한 팔로 낚아채 갈 것 같았다. 머리카락과 몸이 땀으로 흠씬 젖었다. 늦은 밤, 퇴근해서 집에 온 아버지가 아들의 방문을 열었다. 이 방 저 방 방문을 열어 아들을 찾던 아버지는 소파에 걸터앉아 손바닥으로 소파를 가볍게 탁, 탁 쳤다. 그것은 아들이 소파 밑에 숨어 있다는 것을 안다는 의미였다. 한동안 아버지는 퇴근해서 집에 오면 소파를 손바닥으로 탁, 탁 쳤다.

새 직장을 구할 때까지 수현은 시간에 대해서는 자유로웠다. 저녁 무렵에 K와 재즈바에서 만나기로 약속되어 있었다.

그는 샤워를 한 뒤 거울을 보며 팔을 뻗어 원투를 날렸다. 부엌과 이어진 좁은 거실에서 풋워크 스텝을 밟으며 가볍게 위빙을 했다.

K는 재즈바에 먼저 와 기다리고 있었다. 카운터 제일 안쪽 의자에 슈트 차림으로 앉아 있었다. 이미 맥주를 한 병 마시고 있었다. 그가 맥주를 시키며 물었다. 결혼식 갔다 오는 거야? 응. 김 기자, 좋은 소식이 있어. 그리고 유쾌하지 않을지도 모를 소식도 있고…… 뭐야? 맷집이 좋은 스파링 상대라도 만난 거야? 아님, 진짜 권투 경기 일정이 잡힌 거야? 좋은 소식이라는 말에 조금 흥분해서 그가 질문을 해댔다. K는 어정쩡한 표정을 지었다. 지난주부터 『데일리경제』에서 일해. 사회부로 발령 났어. 앞으로 경제 분야 공부 엄청 해야 될 것 같아. 수현은 잘됐네, 하고 짧게 말하고 홀 쪽으로 시선을 돌렸다. 아직 술을 마시기에는 이른 시간인지 홀 안 손님은 옆 테이블에 앉은 여자 둘이 전부였다. 긴 머리에 짧은 치마를 입은 여자와 보브 스타일에 스키니진을 입은 여자였다. 보브가 짙은 입술로 잔을 찬찬히 핥았다. 짧은 치마가 손으로 팝콘을 집어 붉은 입술 속으로 넣었다. 뱀이 붉은 혀로 사냥감을 입속으로 삼키는 광경이 연상돼서 그는 몸을 움찔했다. 여자들은 쳐다보는 시선이 불쾌한 듯 고개를 돌렸다. 오늘은 내가 사지, 하며 K가 짐빔에 콜라를 섞은 짐빔콕을 시켰다. 위스키 고유의 깊은 맛과 상쾌한 콜라가 위 속으로 들어가자 그

는 조금 노근해졌다. K가 어렵게 말을 꺼냈다. 오늘 결혼한 친구 말이야. 신부 이름이 낯익더라고. 김정원이더라고…… 흔한 이름이라 말하긴 그렇지만. 피로연 하는 내내 누군지 생각이 나지 않았는데 신부가 대학교 교직원이었다고 하더라고. 수현은 정신이 번쩍 들었다. 김 기자가 술만 마시면 부르던 이름 있잖아. 전에 대학교 홍보실에서 일한다고 했었던가? 술자리에서 오간 말이라 헷갈리네. K는 그 말을 끝으로 아무 말도 하지 않았다. 김정원, 좀 흔한 이름이지. 내가 말했던 김정원은 예전에 대학교 교직원이었어. 그 뒤 프리랜서였다가 지금은 섬유회사 홍보실에서 일해. 수현은 무심한 척 한마디 내뱉고는 그 말을 끝으로 맥주만 들이켰다.

K가 사준 술을 마시고 집으로 돌아오던 수현은 빌라 앞에서 가죽구두 밑창으로 분리수거 쓰레기통을 세게 찼다. K가 말한 정원과 자신의 약혼녀였던 정원이 같은 사람인지 아닌지 알 수 없었다. 세상에 삼십대 중반의 '김정원'이 한두 명이겠냐고. 대학교 교직원이었던 김정원이 얼마나 많겠냐고. 내가 아는 정원은 3년 전부터 섬유회사 홍보실에서 일한다고! 집으로 돌아와 샤워를 한 뒤 정원과 함께 고른 소파에 앉았다. 한참을 동그맣게 앉아 있었다. 눈물이 났다. 자신이 정원을 여태 사랑하고 있었다는 것을 깨달았다. 그는 거실 바닥에 누웠다. 천천히 소파 밑으로 기어들어갔다. 깊은 잠을 자고 싶었다.

다음날, 그는 오후 서너 시가 돼서 눈을 떴다. 누운 채로 몸을 옆으로 조금씩 밀어 소파 밑에서 빠져나왔다. 소파를 바라봤다. 멀쩡한 침대를 두고 소파 밑으로 들어가서 자는 자신이 처량했다. 그는 머리를 감싼 채 좁은 거실을 왔다 갔다 했다. 더 이상 지체할 수가 없어 공들여 샤워를 했다. 늦은 오후에 인터넷 신문사의 경력 기자 면접시험이 있었다. 그는 말끔한 정장 차림으로 집을 나섰다.

1층 현관 로비에서 주인을 만났지만 그는 묵례를 하지 않았다. 자신의 자전거를 훔친 장본인과 정면으로 마주친 사실이 몹시 불쾌했다. 주인은 목에 깁스를 하고 있었다. 겸연쩍은 듯 세상 참, 하며 말을 꺼냈다. 기자 양반도 조심해요. 늦게 들어올 때가 많던데…… 어젯밤 늦게 편의점에 가려고 근린공원 근처를 지나는데 뒤에서 누가 입을 손으로 막고 공원 쪽으로 끌고 가더니 목을 조르잖아. 이제 죽었구나 싶었지. 죽을힘을 다해 발로 정강이를 찼더니 윽, 소리를 지르더니만 바로 도망가더라고. 세상 참 무서워서…… 손이 억세고 거칠었고 덩치가 컸던 것 같아. 숨 쉬는 소리로 봐서 오십은 넘은 것 같더라고. 그는 아무런 대꾸를 하지 않았다. 몇 걸음을 걷다가 뒤돌아서서 주인의 깁스한 목을 쳐다보았다. 주인은 먼지떨이로 자신의 자동차를 세심하게 닦고 있다가 뜨거운 시선을 느꼈는지 그를 흘낏 쳐다보았다. 그는 주인 여자에 대한 분노의 감정이 눈 녹듯이 사라지는 것을 느꼈다. 누군지는 모르지만 주인 여자를 해치려고 한, 억세고 거친 손을 가진 남자가 눈물 날 정도로 고마웠다. 면접시험에 늦을까 봐 시계를 보며 잰걸음으로 빌라를 빠져나왔다.

면접을 마친 그날 밤, 그는 소파 밑으로 들어갔다. 그러곤 눈을 감았다. 꿈속의 어디에선가 크레인 위에 올라간 사람들이 구름을 타고 하나둘씩 내려오고 있었다. 정원과 자신이 바람을 가르며 자전거를 타고 있었다. 정원의 웃음소리가 희미하게 들려왔다.

다음날 수현은 정오쯤 소파 밑에서 나왔다. 정오의 햇살이 좁은 거실에 부챗살처럼 퍼졌다. 그는 이제는 소파를 팔아야겠다고 생각했다. 좋은 사람이 생겼다는 정원과도, 소파 밑으로 들어가 잠을 자는 일과도 단절하고 싶었다. 컴퓨터 자판의 Esc 버튼을 누르면 이전 화면으로 되돌아가듯이 소파를 없애고 나면 소파 밑으로 들어가 잠을 자기 이전의 생활로 돌아갈 수 있을지도 몰랐다. 물론, 소파를 그대로 두면서 극복할 수 있는 방법이 있다면 그걸 택하고 싶었다. 그는 고개를 저었다. 그는 휴대폰으로 중고가구센터를 검색했다. 몇 군데 전화를 해서 받을 수 있는 소파 금액을 물어봤다. 대부분 이십만 원 이내의 가격을 제시했다. 그는 삼백만 원 넘게 주고 구입한 소파인데 너무 헐값을 매기는 건 아니냐며 따지듯 되물었다. 그러면 사지 않겠다는 말만 되돌아왔다. 그중 한 군데는 소파 사진을 찍어 보내달라고 했다. 사진을 보내니 이내 전화가 왔다. 삼십만 원에 사겠다고, 곧 방문해도 되겠느냐고 말했다. 그는 아주 잠깐 마음이 흔들렸다. 소파를 잠깐 쳐다봤다. 정원이 태블릿피시를 들여다보며 소파를 고르면서, 이건 어때? 디자인도 기능성도 괜찮은 것 같은데. 우리 신혼집에 잘 어울릴 것 같아, 하며 그를 쳐다보며 환하게 웃던 모습이 떠올랐다. 정원의 웃음이 봄 공기 속에 스며들어 포근하게 느껴졌다. 그는 그런 정원의 모습을 도취된 듯 창가에 서서 바라보고 있었다. 그들의 나날이 깃털처럼 가볍게 전개될 거라고 믿었던, 어느 봄날 오후의 정경이었다. 그는 소파 위에서 정원과 빈틈없이 몸을 붙이고 사랑을 나누었던 장면을 떠올리고서는 씁쓰레하게 웃었다. 소파 밑에서 눈을 떴을 때의 막막한 두려움, 자신이 지금 어디로 가고 있는지 불안했던 감정도 되살아났다. 어린 시절, 소파 밑으로 들어가 아버지가 돌아올 때까지 기다리던 일도 떠올랐다. 그는 중고센터 직원에게 알겠다고 대답했다.

수현은 소파에 몸을 깊숙이 들이고 앉았다. 소파는 그에게 가장 소중한 물건이었다. 어떤 의미에서는 아버지나 정원보다도 더 각별했다. 오로지 소파만이 자신을 보호해줄 것만 같았다. 소파만이 잘할 수 있어, 절망하지 마, 라고 말해주는 것 같았다. 자신의 생이 소파 없이 어떻게 흘러갈지 두려웠다. 오늘을 보내고 나면 내일이 오듯이 어쩌면 소파를 잃는 대신

다른 무언가를 얻을 수 있을지도 모르겠다고 마음을 달랬다. 내일부터는 지금과는 다른 날이 시작될 것이란 상상을 했다. 수현은 소파 위에 기다랗게 누웠다. 늦은 오후의 햇살이 거실 바닥으로 비쳐들었다. 낮은 조도의, 노랗고 부드러운 빛이었다. 눈꺼풀이 감겼다. 나른한 햇살이 몸을 낮추어 그의 얼굴 위로, 몸 위로 쏟아졌다.

딩동, 딩동. 초인종 소리가 아득히 들려왔다.

버려진 이들의 도시, 그리고 생존법

최선영(문학평론가)

1. 버려짐

아담과 이브가 에덴에서 쫓겨난 거창한 기원을 들먹일 것도 없다. 우리는 타인의 육체가 우리를 세상에 덩그러니 밀어내는 것으로 인생을 시작한다. 그런 삶마저도 죽음에 내던져질 때까지만 허락될진대 타인과 사회, 운명 등 수많은 타자에게 받는 외면 또한 자연스러운 비극이란 생각마저 든다. 비관주의나 무소유의 철학을 설파하려는 건 아니다. 다만 이 세계의 성질과 습성이 그렇다는 것이다.

문서정의 소설들은 바로 이 '버려짐'이라는 삶의 토대를 이해하며 시작한다. '버려짐'의 속성에 한 번이라도 천착해

본 사람이라면 그것의 필요조건이 '버림'이라는 얄궂은 사실을 알고 있을 것이다. 그러니까 버려진 이들은 버려진 이들인 한, 자신을 버린 타자의 흔적을 그림자처럼 달고 다닌다. 탄생이 우리를 삶으로 내버리곤 죽음까지 함께하는 것처럼 운명과 타인 혹은 기억과 같은 타자의 다양한 형상 역시 마찬가지다. 그렇다면 남는 것은 버려진 이의 삶일 텐데, 문서정은 그 삶이 비극의 드라마가 아닌 생존의 기술로써 가능함을 직시한다. 기억을 다루고 타인을 다루며 결국 자신을 다루는 삶의 생존법은 여덟 편의 이야기가 되어 버려진 이들의 세계를 구축한다. 나는 이 소설집 『눈물은 어떻게 존재하는가』가 누군가에게 문학이자 생존 기술서로 읽히는 상상을 하게 된다.

2. 과거의 밀봉법

과거 청산이라는 말은 얼마나 산뜻한가. 버려짐의 흉터가 남은 이들에겐 더욱 그럴 것이다. 「개를 완벽하게 버리는 방법」의 은성은 가난한 옛 연인 "박지호를 완전하게 버리"고 경제적으로 안정된 새 연인 재훈과의 삶으로 이행하기 위해 "과거 청산 프로젝트"(106쪽)에 착수한다. 은성은 반년 전 지호가 "터무니없는 물건을 두 개씩이나 강매"(118쪽)하듯 맡겨놓은 신혜와 개(별)를 데리고 D시와 K시로 "이별 여행"을 떠난다. 망막색소변증으로 시력을 거의 잃은 신혜야 청소년 쉼터에 보내기로 했지만, 문제는 개다. 지호가 돌아올 때까지 개를 돌봐달란 신혜의 애원에도 불구하고 은성은 "미필적 고의"(107쪽)를 빙자해 개를 버리기로 계획한다. 사실 은성에게 개를 버리는 일은 "생존해야 한다는 본능"(116쪽)이자 경험의 지혜다. 월남전 후유증을 앓는 아버지와 어린 은성을 몇 번이고 버리려 했던 어머니, 무말랭이장아찌 한 상자만을 안겨주고 은성을 해고한 첫 회사, 무엇보다도 지호의 무소식으로 끝난 십이 년의 "지리멸렬했던 연애 기간"(110쪽)은 "통증에도 등급이 있"(121쪽)는 세상에서 더는 "갖고 싶지 않은"(109쪽) 버려짐의 경험들이다. 그러나 과거는 끈질김을 과시하듯 '실수로' 개를 잃어버리는 계획은 번번이 실패한다. 설상가상 신혜가 어느 정도 시력을 확보하고 있었다는 사실은 이 소설의 반전이라 할 만한데, 그 과정에서 개를 데리고 도망친 신혜는 휴대전화 너머로 은성에게 날카롭게 외친다.

"별을 버리는 건 삼촌을 버리는 일이야! 세상에는 버릴 수 없는 것들이 있다고 했어. 삼촌이 그렇게 말했어!"(131쪽)

그러니까 과거란 은성이 개에게서 받은 인상처럼 "그림자" 같은 것으로 "살아온 시간"인 동시에 "살아낼 시간"(107~108쪽)이기도 하다. 은성마저도 요금 미납을 빌미로 어머니를 사설 요양병원에서 시립노인요양병원으로 보냄으로써 버려짐은 재생산된다. 이 되풀이, 청산 '불가성'이야말로 이 소설이 세상에 내리는 나름의 진단일 것이다. 신혜가 떠난 후, 계속된 불운에 무력해진 은성은 차에서 애써 잠을 청한다. 그런 그녀의 차에 다가오는 개들은 곧 버려짐이라는 삶의 어쩔 수 없는 조건을 떠오르게 한다. 그러나 은성은 콘솔박스의 공구함에서 "뾰족한 기구 하나를 꺼내 단단히 쥐었다."(133쪽) 그리하여 어떻게든 이 여행을 끝마치고 말겠다는 집념만이 포기할 수 없는 은성의 생존을 예견한다.

과거 청산의 시도가 예견된 실패라면 「밀봉의 시간」은 기억의 차원에서 과거를 차단한다. '나'는 대학 시절 연인이자 운동권 선배였던 K와의 기억을 이십여 년 동안 "완벽하게 밀봉"(139쪽)한다. '나'는 아들의 입시 문제로 재회한 대학 후배이자 피아니스트인 J를 선산휴게소에서 배웅하고 난 후, 집으로 돌아갈 모든 정보를 잊어버리고 스멀스멀 올라오는 옛 기억들과 간헐적으로 마주하게 된다. K, J와 함께한 이 년이 넘는 독일 유학을 끝낸 건 학비와 생활비를 위해 파트너 아르바이트를 마다하지 않던 '나'를 몰아붙인 K의 높은 도덕성과 비현실적인 이상주의였다. "나의 더러운 꼴에 구역질이 난다는" 듯 토악질을 하는 K를 떠나 한국에 돌아왔지만 "실상은 그로부터 짐짝처럼 내버려진"(151~152쪽) 것이었다. "작은 소동"과 다름없는 자살 기도를 거친 후, '나'는 "환승"(157

쪽)하듯 부유한 남자와 급히 결혼한다. '나'를 버린 K와 기억
은 명품 시계로 가린 손목의 실금처럼 밀봉되지만 사실 그것
은 때때로 관리를 필요로 하는 짐에 가깝다.

때론 단출하고 평범한 일상에서 불쑥불쑥 누군가의 얼굴이 뇌
리를 가로지르려고 할 때도 있었다. 그럴 때면 나는 종일 피트니
스센터에서 운동을 하거나 백화점 명품관을 순례하곤 했다. 누락
된 기억들은 서랍장 속 깊은 곳에 봉인되어 녹슨 잠이나 자면 될
일이었다.(153쪽)

이런 처절한 기억 관리법에도 불구하고 문득 찾아오는 "근
원을 알 수 없는 불안감"이나 "발 딛고 있는 이곳이 허방인
듯 느껴지"(155쪽)는 허무감은 '나'의 오랜 증상이다. 안온
한 삶에 부록처럼 딸려 오는 시댁과 남편의 노골적인 모멸이
한몫했겠지만, 밀봉된 기억 또한 그 크기만큼의 공허를 남기
기 마련이다. 그리고 J가 남긴 칼날 같은 질문들, "대체 선배
는 어떤 사람이에요? K 선배를 사랑하긴 했어요?"(159쪽) 상
처를 비집고 새어 나오는 기억을 '나'는 비로소 마주본다. 낭
만적으로 발효된 독일에서의 추억과 대학 시절 K에 대해 불
리한 진술을 했던 비겁함, 무엇보다 시민운동가의 이상을 끝
까지 밀어붙이다가 세상을 떠난 K가 떠오르자 오열이 밀려
온다. 그러나 울음 끝에 '나'가 맞이하는 건 어제와 다름없는

"설핏 얼비치는 아침햇살"(163쪽)이다. '나'는 J가 주고 간 K의 회고록을 파란 쿠페의 트렁크에 넣고 덮개를 힘껏 닫는다. 과거의 밀봉법이 상처를 덮고 현재를 맞이하게 한다면, '나'에겐 그것을 이십여 년간 유지한 단호한 힘이 있다. 과거를 다루는 생존자라면 응당 지녀야 할 그런 힘 말이다.

3. 공격적 수비자들

버려진 이들이 과거를 어떻게 다루건, 혹은 다루지 못할지라도 현재를 살아가야 함은 당연하다. 문서정의 소설은 버려진 이들이 맞이하는 새로운 국면, 또 다른 타자들을 향한 대처법에 집중한다. 「밤의 소리」의 희명은 5급 청각장애인으로 P시청 도서관에서 사서로 일하고 있다. 그녀의 장애와 화상은 불운한 삶을 비관한 어머니의 자살 시도에서 비롯된 비극으로, 유일한 가족인 할머니마저 세상을 떠나자 그녀는 외톨이가 된다. 이렇듯 버려진 삶 속에서 희명은 "청력이 회복되리라는 희망"(45~46쪽)을 품거나 장애인의 스테레오 타입을 표방하는 대신 "공격적 수비"(45쪽)를 펼치며 앞날을 개척한다. 공격적 수비의 역사는 "이젠 콤플렉스에서 벗어날 때도 되지 않았니?"라는 여교사의 무심한 핀잔에서 시작된다. 열일곱의 희명은 여교사의 자동차에 빨간 래커로 거리낄 것 없는 욕설을 도배한다. 그런 그녀에게 붙었던 별명, "빨간 셰퍼드"(60쪽)는 이를테면 슬픈 훈장인 셈이다.

격렬하게 저항하지 않으면, 먼저 공격하지 않으면, 불행은 머리카락처럼 자라나고 슬픔은 밤처럼 점점 짙어간다는 걸 나는 이미 열일곱 살에 알아버렸다.(60쪽)

슬픔에 대항하는 공격적 수비. 상처로 점철된 이들에게 이보다 확실한 생존법이 있을까. 공격적 수비는 사랑하는 조 실장이 그녀의 인조 귀에 실망하고 뺨을 때리는 절망적인 상황에서도 여지없이 발휘된다. 희명은 똑같이 조 실장의 따귀를 후려치곤 "누구든 나를 치면 피범벅이 되도록 곱절로 되갚아준다"(53쪽)는 오기 섞인 다짐을 되새긴다. 공격적 수비를 구사하는 또 다른 인물로는 「소파 밑의 방」의 계약직 기자 김수현이 있다. 초등학생 시절 어머니가 집을 나가 불우한 환경에 처해 있던 그는 교실 물품이 사라지는 일로 담임교사에게 은근하지만 노골적인 추궁을 당한다. 이에 수현은 수업 시간에 그녀의 가슴에 목이 잘린 햄스터를 던지며 "햄스터 투쟁"(251쪽)을 벌인다. "자신의 자존감을 건드리면 맹수처럼 달려"드는 공격적 수비형 삶의 태도는 "분노 조절 능력"(249쪽)이라는 일방적 진단으로 꼬투리가 잡혀 재계약 실패라는 사회적 버려짐을 겪게 한다. 재계약 시스템의 맹점에 대해 발

언해야 하는 기자마저도 재계약 불가를 통보받는 아이러니 속에서 그는 "종이컵 하나만을 납작하게 만"(250쪽)드는 최소한의 분노 표현으로 인간을 손쉽게 버리는 시스템의 잔혹성과 오류를 치열하게 물어 잡는다.

한편 희명은 돌아가신 할머니의 선물인 "밤의 소리"(47쪽)를 듣는 능력으로 옆집 1005호 남자의 자살을 막는다. 남자역시 세상에 환대받지 못한 존재로 왕따와 폭력, 성추행 끝에 생존을 포기했던 이다. 희명은 희명 "때문에 살아났"다는 이버려진 남자에게 생존법의 기본을 가르친다. "좆나, 좆나, 씨발, 씨발"을 연발하는 "공격적 수비 연습"(70~71쪽)은 서로의 생존 가능성을 높이는 또 하나의 방법론으로 확장된다. 희명이 공격적 수비의 '나눔'으로 생존을 공고히 했다면 수현은 분노를 넘어서는 방법을 선택한다. 수현이 자꾸만 파고드는 소파 밑은 햄스터 투쟁 이후 그의 불안을 위로해주는 유일한 공간으로 남아 있다. 불안이 분노와 한 쌍이라면 "세 문장도 아니고, 세 어구도 아니고, 딱 세 글자"인, "비처럼 쏟아져내"(233쪽)리는 재계약이란 세 음절에 대한 분노의 크기 역시상상할 수 있다. 그러나 수현은 결국 소파를 팔기로 한다. "내일부터는 지금과는 다른 날이 시작될 것이란 상상"(258쪽)을하며 눈을 감는 수현은 버려짐의 분노와 불안에 함몰되지 않는, 그런 내일을 맞이할 새로운 방법을 궁리해보는 것이다.

4. 버려진 이들의 도시

문서정의 소설 공간을 말하면서 K시를 지나칠 순 없을 것이다. 첫 작품「개를 완벽하게 버리는 방법」에서 과거와의 '이별 여행'의 종착지였던 K시는 마치 연작처럼 두 편의 작품을 통해 구체화된다.「지나가지 않는 밤」의 예련은 사고로 인한 유산을 시작으로 남편과 지인들의 잇따른 배신으로 떠밀리듯 K시에 정착한다. 디자이너였던 그녀는 단지 생활을 위해 고분공원의 계약직 도슨트로 일하며 "이혼녀에, 신용불량자에, 한정치산자"(176쪽)의 삶을 견뎌낸다. 더구나 트라우마로 발현한 불면증은 같은 원룸 입주민이자 연인이던 혜영이 그녀의 돈과 명품을 훔쳐 도망친 후 "벼룩의 잠"(179쪽)마저 빼앗기듯 극악으로 치닫는다. 그런 예련에게 다가온 이웃의 비만한 남자 역시 불면증을 겪고 있는데, 아마도 그 몸 때문에 사회 진출에 낙오된 탓으로 보인다. 예련이 떠나온 도시가 가족 공동체를 꿈꾸는 공간이었다면 K시는 사회에서 버려진 개인 단독의 단위로 구획된 생존의 기획도시다. 그러니까 예련의 304호 원룸은 오직 생존만을 위한 "참담하게 무너진 세계"(175쪽)인 것이다. 이들은 최소한의 단위로 쪼개진 공간 안에서 자신과 같은 유령을 벽 너머에 둔 채 살아간다. 그리고 예련이 벽 너머 남자의 방에서 함께 퍼즐을 맞추던 새벽, 그는 그녀를 와락 껴안고 만다.

가만히 있어줄래요. 그냥…… 단지…… 그러니까 사람의 체온을 느끼고 싶어요. (……) 오랫동안 잠들지 못한 사람은 오랫동안 잠들지 못한 사람의 고통을 안다. 예련은 침대에 누워 남자가 팔을 풀어줄 때까지 하나, 둘, 셋 하고 속으로 세었다. 오백몇 개를 세었을 때 남자의 팔이 스르르 풀렸다.(186~187쪽)

예련은 남자를 이해한다. 그녀 역시 한때 "혜영의 몸냄새를 맡으며 자는 날엔 그럭저럭 잠을 잤"(170쪽)기 때문이다. 횡령으로 고분공원을 떠나게 된 기러기 아빠 김 계장의 "숙면에는 섹스만 한 게 없지 않나?"(192쪽)라는 저속한 말도 본질적으로 같은 맥락에 있다. 이들의 접촉, 즉 '곁'은 내일을 보장하는 일종의 생존법에 가깝다. 이 '곁의 생존법'은 「나는 유령의 집으로 갔다」에서도 비슷하게 반복된다. 선경은 남편 정우의 갑작스러운 자살과 그가 남긴 빚에 도망치듯 K시로 온다. 선경이 머무는 구시가의 아파트 방 한 칸은 「지나가지 않는 밤」의 원룸처럼 집주인 혜진과 선경을 개인의 단위로 구획한다. 더구나 침묵을 강요하는 "세입자 규칙"(200쪽)은 아파트를 "유령의 집"(223쪽)과 같은 독방의 집합으로 만든다. "누군가에게 버림받는 게 어떤 건지 알아요?"(215쪽)라는 혜진의 물음은 그녀 역시 선경처럼 버려진 이임을 짐작하게 하는데, 선경의 음성 틱이 정우에게 받은 "슬픈 유산"(205쪽)이라면 혜진에겐 후두암 수술이 남긴 "칠판을 긁어대는 것 같은 목소리"(210쪽)가 있다. 그로 인해 연인과 가수의 꿈을 잃은 혜진의 곁엔 이제 고양이들뿐이다. 혜진은 발정기 고양이가 자신을 떠나는(버리는) 것을 참지 못하고 도륙하기에 이르다가 결국 자살까지 시도한다. 선경은 가까스로 그녀를 구하지만, 혜진은 낙상으로 인해 수술을 받게 된다. 소설의 마지막 장면, 선경은 수술이 끝나길 기다리며 혜진과 함께 "캠핑카라도 구입해 어디로든 가고 싶다는 생각"을 한다. "살아 있는 생물체의 뭉클함, 온기가 생생하게 느껴"(225쪽)지는 이 결정은 '곁의 생존법'의 이상적인 형태다. 사랑일 필요까지는 없고 연대는 거창하다. 곁이란 유령이 아니기 위한 최소한의 온기이기에 더 소중하다. 버려진 이들이 버려진 이들에게 곁을 내어주는 것. 이 새로운 생존 공동체에 의해 K시를 덮고 있던 유령의 안개는 점차 걷힌다. 같은 맥락에서 「지나가지 않는 밤」의 비만한 남자가 자살하고 도슨트 재계약에도 실패한 예련이 왕의 미라 곁에서 잠을 부르는 장면은 인상적이다. 죽은 이에게마저 찾아내려는 실낱같은 온기는 생존을 위한 최후의, 그러나 끈질긴 호흡과 같다.

5. 회귀하는 화살

이렇듯 여섯 편의 소설들이 구현한 버려진 이들의 세계가 있다. 그리고 그들의 생존 가능성을 열어둔 채 문서정의 소설은 어쩐지 처음으로 돌아간다. '버려짐'의 조건이 '버림'임을 기억하는 것, 그리하여 버려진 이들을 생존하게 할지언정 격리하진 않는 입체적 인식이 담긴 두 편의 소설은 우리에게 근본적 질문을 던진다. 그러니까 왜, 그들은 버려져야 했을까.

「레일 위의 집」의 서준은 부산의 기간제 교사로, 서울의 대학원을 오가던 중 서울역에서 "예쁘고 경쾌하고 달콤한, 근심 걱정 없어 보이는"(15쪽) 수영을 만나게 된다. 서준은 "깨끗한 아파트"(17쪽)로 대표되는 오랜 연인 은정의 현실적 욕망과 대조되는 "아름다운 전원주택"(10쪽)과 같은 수영의 탈세속적이며 낭만적인 꿈들에 매료된다. 수영과의 관계는 연이은 임용고시 낙방과 이미 초임 교사가 된 은정이 주는 은근한 부담감에서 벗어나 "궤도를 이탈해 달려보고 싶은"(21~22쪽) 충동으로 정당화된다. "엉겁결에"(14쪽), "얼떨결에"(19쪽), "당황한 나머지"(26쪽) 등과 같은 방어적인 수사와는 달리 서준은 매주 서울역에서 수영을 만나고, 주머니를 내어주고, 입맞춤 끝에 모텔로 향한다. 남루한 수영의 속옷을 보고 모텔을 도망쳐 나온 장면을 꼭 언급하지 않더라도 서준의 비겁함은 교사 임용 후 학교로 그를 찾아온 수영을 다시 거리로 내쫓는 일을 예견하게 한다. 수영의 말대로, 서준에게 그녀는 "여행지에서는 유용한" 기분전환이었지만 임용 교사의 안정된 일상에서는 버려 마땅한 "낡은 여행 가방"(35쪽)일 뿐이다.

이 년 후 서준은 석사 논문 발표를 위해 다시 서울행 기차를 탄다. 그는 신문 기사의 서울역 노숙자 살인범 "빨간 모자의 주인"(38쪽)이 수영임을 눈치챈다. 서준은 노숙자들을 "영원한 안식의 집"(38쪽)으로 보냈다는 진술의 의미를 알고 있는 유일한 사람이지만, 끝내 일상으로 발걸음을 돌린다. 알고 있었다는 고백. 그것만이 서준이 '레일 위'로 표상되는 '버려진 세계'에 남겨놓고 간 일말의 자백일 것이다. 서준에 대한 윤리적 질책보다 중요한 것은 이 모든 이야기를 '버려짐'이 아닌 '버림'으로 귀결시키는 구성의 의다. 버려진 이들의 비극엔 따져 마땅한 외부의 원인이 있으며, 그 원인을 인식하는 이상 버려진 이의 세계는 불편한 균열을 지속하며 완결을 거부한다.

표제작 「눈물은 어떻게 존재하는가」는 버려진 이들의 세계와 그 균열을 내밀한 호흡으로 보여주는 작품이다. 여성잡지 『뷰인』의 기자인 '나'는 갑작스러운 심장마비로 사망한 대학 동아리 친구 J의 장례식장에서 십팔 년 만에 S를 만난다. "풍만한 가슴", "청초한 인상"(78쪽) 등 '나'(H), K, Q와 같은 남성의 시선으로 재구성되는 S는 무엇보다 "눈물공주"(77쪽)로 비유된다. 곧잘 우는 그녀를 욕망하던 남자들은 아직도 그 눈물에 "중세의 마법"(75쪽)이라는 판타지를 부여하며 은근한 유희를 즐긴다. S에 대한 남자들의 성적인 허세건 "색종이"(85쪽)로 폄하하는 여자들이건 십팔 년이 지나도록 그녀는 그들에게 타자로 남아 있다. S와 "뜨거운 사이"(88쪽)였음을 과시하는 남자들 사이에서 정작 연인이었던 '나'는 조용히 과거를 회상한다. 무용학과 입시를 준비하다가 정원 미달로 문화인류학과에 오게 된 S의 무지와 "값싼 눈물"(79쪽)을 혐오하면서도 '나' 또한 그녀를 욕망했다. 관계의 시들함을 S의 눈물 탓을 하며 이별을 선언했던 '나'의 태도 역시 성적인 화제로 그녀를 도마 위에 올리는 남자들과 그리 다르지 않다. 다만 이별을 선언한 순간 눈물 바람 대신 "차가운 새끼"(93쪽)라는 비난을 들었던 '나'로선 십팔 년이 지난 지금도 여과 없이 흐르는 S의 눈물이 그저 슬픔의 표현임을 알고 있을 뿐이다. 그러나 딸의 중병을 비롯하여 작품 전반에 드러나는 폭력적 소문들이 중첩되어 있을 십팔 년의 세월은 그녀에게 눈물의 존재 방법을 바꾸게 했다.

"울고 싶은데 말이야 마음 놓고 울 데가 있어야지. 집에서 아픈 딸애 앞에서 울까? 병원 사무실에서 울까? 돈도 벌면서 마음껏 실컷 울고……"

그녀는 말을 끝내고는 흐흥, 흐흥 웃음을 흘렸다.(100쪽)

한때 눈물은 S의 "슬퍼"(80쪽)라는 메모의 눈물 자국처럼 투명한 감정 표현법이었다. 그러나 이제 눈물은 '흐흥'이라는 가벼운 웃음소리에 감정의 자리를 내어준 채 자본으로 치

환된다. 눈물의 자본화라는 치욕적 전략은 마치 "우리들의 S는 그대로이겠지"라며 "이상야릇한 설렘"(86쪽)에서 빠져나오지 못하는 남자들의 타자화된 시선을 비웃는다. 그리고 이 변화 앞에서 "그냥 개는 개일 뿐이야"(87쪽)라는 '나'의 일말의 양심고백은 무색해진다. 그녀에게 이제 눈물은 자본이 아니고서야 차마 흘리기 힘든 삶의 고통이며 "들리지도 않았을 소리"(100쪽)처럼 지나가는 웃음만이 슬픔의 자리를 대신한다. 그러나 자본화를 통한 슬픔의 회피라는 "서글품"(101쪽)을 자아내는 S의 생존법은 적어도 '나'에게 슬픔이라는 눈물의 순수한 존재 방식을 일깨우며 유효해진다. '나'는 외면해왔던 이웃 노인의 장례식에 다녀온 후, 허공에 울리는 S의 웃음소리를 듣는다. S의 웃음 너머에 고인 눈물이 작은 파문처럼 '나'의 세계에 침투한다.

6. 다시, 아침

모든 이가 각기 다른 하루를 살아가는 것처럼, 그 하루에 딸려오는 생존의 모양도 천차만별일 거라고 나는 생각한다. 그러나 적어도 생존이라는 지극히 현실적인 단어에 의외로 강하게 얽힌 건 감정일지도 모른다. 그런 의미에서 현대의 생존을 말하는 데에 소설만큼 적확한 매체는 없다. 문학의 효용

성이라는 게 정말 있다면, 그 본질은 이 지점에 있을 거라고 믿는 만큼 문서정의 소설들은 반가웠다. 이 소설집에서 다룬 여덟 명의 인물들은 오늘 어떤 상처가 내려앉고 또 어떤 오명을 얻었건 내일을 살아가는 방법을 모색한다. 돌이켜보면 삶에 충분히 관대한 이들이다. 그리고 나 역시 우리가 그런 승리의 순간을 맞이하길 바라는 것이다. 어찌할 바 모르며 눈을 떴다가 오랜 망설임 끝에 침대 밖으로 걸어 나가는, 살면서 한 번쯤은 찾아오곤 하는 유난히 밝은 아침처럼 말이다.

작가의 말

여덟 편의 소설을 세상에 내어놓는다. 내 뒷모습을 보는 것
같아 마음이 무지근하다. 외로움과 추위를 껴안고 노트북 앞
에서 서성거린 나날들을 견딘 기록이다. 작중 인물들과 부대
끼며 이 시간을 지나는 동안, 나는 조금 더 단단한 사람이 되
었을까. 조금 더 나은 사람이 되었을까. 부디 조금 더 단단하
고, 담대하고, 깊어진 사람이 되었기를 바라본다. 그렇지 않
다면 내가 이 시간을 통과한 의미가 없을 테니까.

처음부터 소설을 쓰고 싶다는 마음 하나만 갖고 시작한 일
이었다. 왜 그 길이어야 하는지, 그 길 끝에 무엇이 있는지는
알지 못했다. 컴퓨터 모니터 앞에서 칭얼대며 여기까지 왔다.
아직도 그 길 끝에 무엇이 있는지는 잘 모른다. 그러나 이제

야 분명히 알게 된 것도 있다. 소설을 쓰면서 나는 내가 가진 것은 무엇이며 가지지 못한 것은 무엇인지를 깨달았다. 특히나 내가 가진 것보다는 가지지 못한 것이 훨씬 많다는 사실도 뼈저리게 느꼈다. 그래도 내가 갈 수 있는 가장 멀리까지 가보고 싶다. 길이 어디로 이어져 있는지, 얼마나 가야 되는지, 거기 무엇이 있는지는 알지 못하지만 발이 부르트도록 걸어가보고 싶다.

일상을 뒤로 미루고 책상에 앉아 소설을 쓰는 일이 사치로 여겨질 때가 있다. 그렇지만 나는 내가 쓰는 사람이어서 다행이고, 소설을 쓸 수 있어서 감사하다. 오래도록 쓰는 사람이 되겠다.

내가 소설을 껴안고 있는 동안 내 뒤로 다가와 가만가만 나를 안아준 가족 덕택에 편안하게 소설을 쓸 수 있었다. 내가 가진 유일한 배경인 가족 덕분에 조급함과 만성적인 피로를 떨쳐버릴 수가 있었다. 앞으로도 변함없는 눈빛으로 나를 응원해달라고 부탁하고 싶다.

흔쾌히 추천사를 써주신 권정현 선생님, 해설을 맡아주신 최선영 선생님, 부족한 글을 예쁘게 묶어준 강출판사에 마음 깊이 감사드린다.

내 글에 대한 믿음을 건네주고 책을 출간할 용기를 준 한국문화예술위원회와 읽고 쓸 수 있는 공간을 내어준 호텔 프린스에도 감사드린다.

기꺼이 이 책 안으로 걸어 들어온 독자들에게는 따뜻한 마음을 전한다. 문장과 문장 사이를, 낱말과 낱말 사이를 산책하듯 걸어줬으면 한다. 칼칼한 소설로 곧 다시 만날 것을 약속드린다.

마지막으로, 넉 달 전 아주 먼 곳으로 떠난 어머니께 깊이 사랑한다는 말을 올린다. 첫 소설집을 묶어내는 이 기쁨도 살아내는 동안의 슬픔도 당신이 계셨기에 가능한 일이다. 유쾌하고 행복하게 글을 쓰고 살아갈 테니 걱정하지 마시라는 말 드린다.

2020년 3월
명동 '소설가의 방'에서
문서정

수록 작품 발표 지면

눈물은 어떻게 존재하는가
© 문서정

| 1판 1쇄 발행 | | 2020년 3월 30일 |
| 1판 3쇄 발행 | | 2020년 11월 20일 |

지은이		문서정
펴낸이		정홍수
편집		김현숙 임고운
펴낸곳		(주)도서출판 강
출판등록		2000년 8월 9일(제2000-185호)

주소		서울시 마포구 동교로 17안길 21(우 04002)
전화		02-325-9566
팩시밀리		02-325-8486
전자우편		gangpub@hanmail.net

값 14,000원
ISBN 978-89-8218-255-6   03810

이 도서의 국립중앙도서관 출판예정도서목록(CIP)은 서지정보유통지원시스템 홈페이지 (http://seoji.nl.go.kr)와 국가자료종합목록 구축시스템(http://kolis-net.nl.go.kr)에서 이용하실 수 있습니다. (CIP제어번호 : CIP2020012499)

* 이 도서는 2018년도 아르코문학창작기금 지원사업에 선정되어 발간된 작품입니다.
* 잘못 만들어진 책은 구입처에서 교환해드립니다.